KB262398

흑사자 마왕
黑獅子 魔王

김운영 판타지 장편 소설
FANTASY FRONTIER SPIRIT

흑사자마왕 3

김운영 판타지 장편소설

초판 1쇄 찍은 날 § 2011년 3월 9일
초판 1쇄 펴낸 날 § 2011년 3월 16일

지은이 § 김운영
펴낸이 § 서경석

총괄팀장 § 유경화
편집책임 § 어정원
편집 § 주소영

펴낸곳 § 도서출판 청어람
등록번호 § 제1081-1-89호
등록일자 § 1999. 5. 31
어람번호 § 제1-1229호

주소 § 경기도 부천시 원미구 심곡2동 163-2 서경B/D 3F (우) 420-822
전화 § 032-656-4452 팩스 § 032-656-4453
http://www.chungeoram.com
E-mail § chungeoram@chungeoram.com

© 김운영, 2010

ISBN 978-89-251-2454-4 04810
ISBN 978-89-251-2323-3 (세트)

성장과 각성

3

黑獅子 魔王

흑사자 마왕

도서출판
청어람

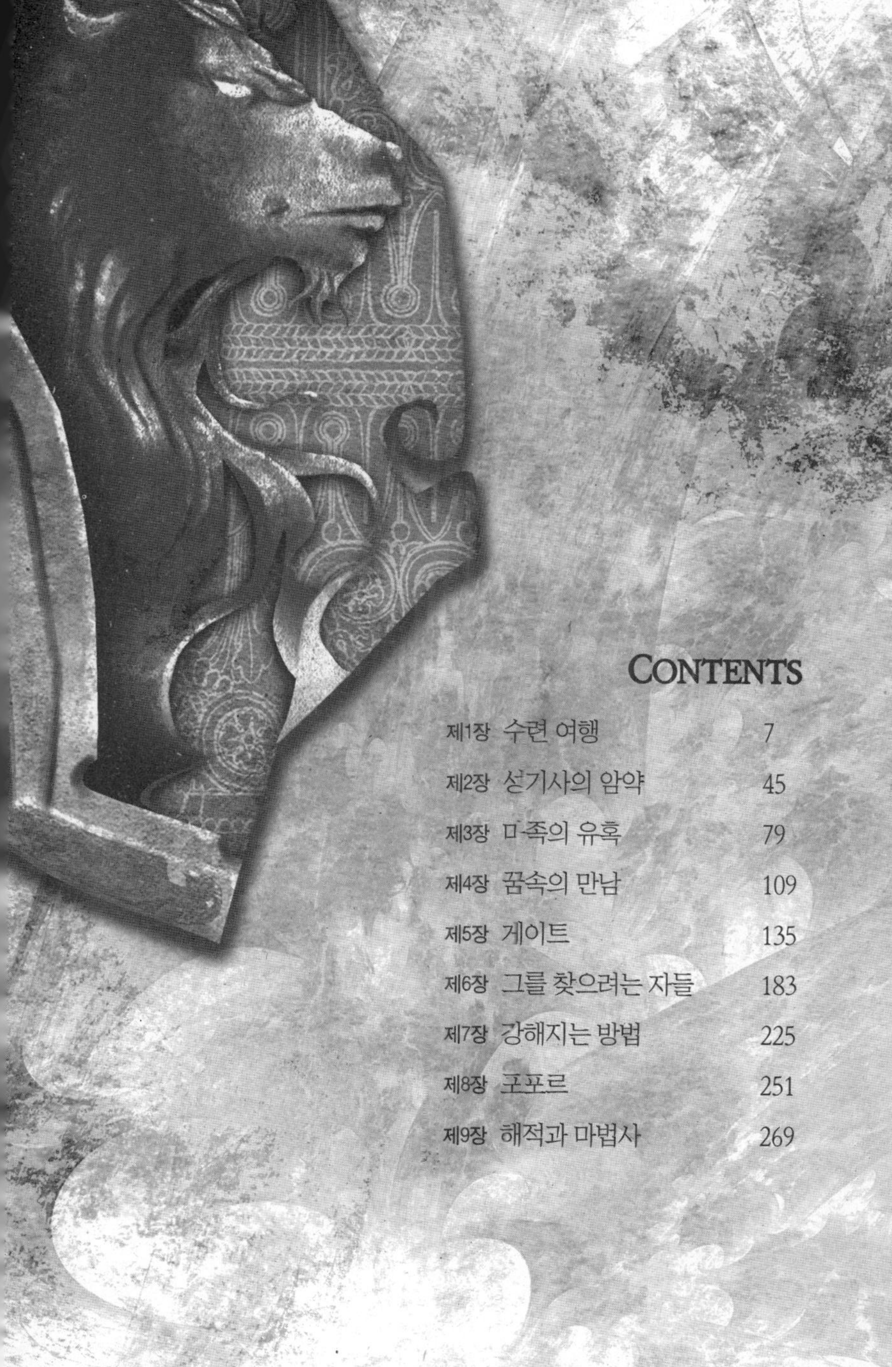

CONTENTS

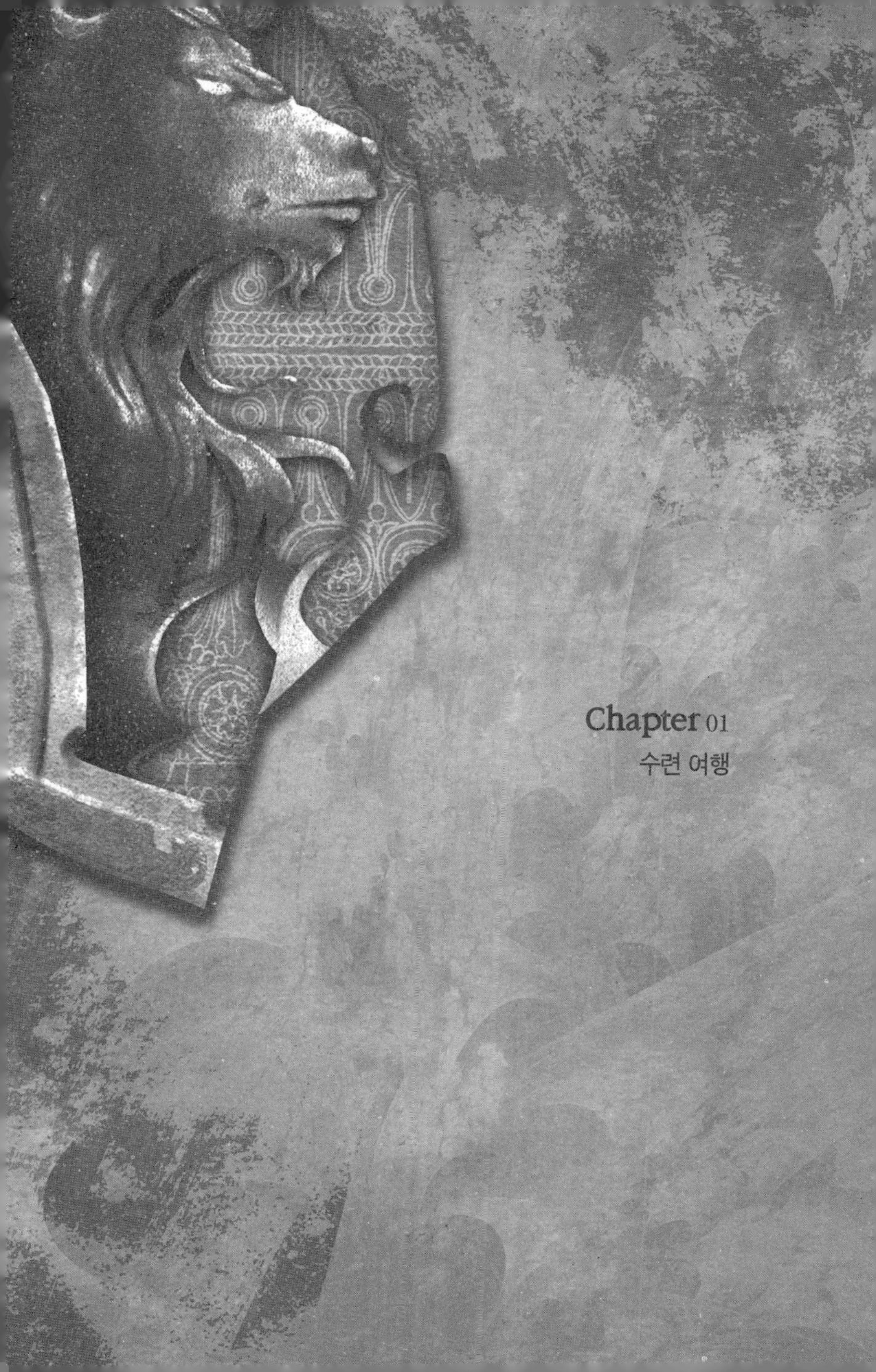

Chapter 01
수련 여행

흑사자
마왕

드라켄 제국의 실력자 중 하나인 누이만 백작에게는 슬하에 단 한 명의 아들이 있을 뿐이다.

마르텔 폰 누이만. 어렸을 때부터 백작가의 후계자로 자란 마르텔은 신체적으로도 꽤 우수하여 주변의 기대를 한 몸에 받았다. 그리하여 마르텔은 자연스럽게 오만하고 남을 부리는 일에 익숙한 남자로 자라왔다.

아카데미에 들어와서도 마르텔은 항상 리더였다. 오직 몇몇만이 신분적으로 그보다 높은 지위로서 마르텔의 존중 어린 대우를 받았지만, 대부분은 실력과 신분이 모두 뛰어난 마르텔의 지시를 받게 되었다.

그런데 변방의 한 왕국, 명칭상 제국이라고 하지만 마르텔의 생각으로는 말도 안 되는 작은 나라에서 유학 온 시골뜨기 하나가 그의 인생을 심각하게 구겨놓았다.

마르텔을 따르던 친구나 부하들은 모두 그에게서 등을 돌리거나 아예 행방불명이 되어버렸다.

가장 중요한 것은 마르텔 자신이 더 이상 디온의 앞에 설 수 없다는 데에 있었다.

공포!

마르텔은 디온에게서 공포를 느꼈다. 극복하기 힘든 강도로 밀려오는 그 암울한 감정은 마르텔의 자신감을 송두리째 앗아가 버렸다.

하지만 마르텔이 태어날 때부터 굳세게 키워온 자존심은 스스로의 자아붕괴를 막고 증오로 인한 광기의 길로 향하게 인도했다.

"디온, 으드드득."

마르텔은 자신의 눈앞에 그려지는 마법진을 보며 이를 갈았다. 검은 로브를 입은 흑마법사 둘이 산양의 피에 금가루를 섞어 만든 도료로 열심히 그리고 있는 마법진이었다.

중간 중간에 마기를 강화하기 위해 놓인 마기를 머금은 보석들이 주변에 밝혀진 촛불의 불빛에 반사되어 요사스럽게 빛났다.

이윽고 마법진을 완성시킨 마법사가 마르텔에게 다가와 공손히 말했다.

"다 되었습니다. 이제 마법진을 발동시키고 제물을 바치면 공자님의 뜻을 이룰 수 있을 것입니다."

"틀림없겠지?"

"저희는 공자님의 후원을 받는 몸입니다. 이번 일이 실패할 수 없는 일이라는 것은 잘 알고 있으니 염려 마십시오."

"그렇겠지. 흐흐흐."

마법사의 호언장담에 마르텔은 약간은 마음이 놓이는 듯 웃음을 흘렸다.

누이만 백작가와 연줄이 있는 어쌔신 길드에 디온의 암살을 청탁했을 때, 황태자 측근이 될지도 도르는 사람을 표적으로 하는 것은 쉽지 않다는 대답과 함께 소개받은 것이 이 흑마법사들이다.

저주!

마계에 산다는 마족의 힘을 빌려 표적을 고통에 휩싸여 죽게 만듦과 동시에 증거는 전혀 남지 않는 암살계 비장의 한 수가 마르텔에게 주어진 것이다.

대신 저주로 인한 암살을 행하기 위해서는 흑마법사들의 후원자가 되어야 하는 부담이 있다. 이건 명백한 제국법 위반으로 들통 나면 아무리 마르텔이라고 해도 그냥 넘어갈 수 없다.

그래도 마르텔은 이번 일을 행함에 주저하지 않았다. 어떤 수를 써서라도 디온이라는 인생의 걸림돌을 제거하고 말겠다고 굳게 맹세했다.

그리고 걸리면 문제가 되지만 안 걸리면 흑마법사만큼 편한 존재는 없다. 무엇보다 이번 일이 끝나면 앞으로의 후원은 어쌔신 길드를 통해 할 뿐 흑마법사들과 직접적인 접촉은 전혀 하지 않을 테니 걸릴 이유가 없다.

흑마법사들은 마법진 옆으로 돌아가 주문을 시전할 준비를 끝마친 후 마르텔에게 주의를 주었다.

"그럼 시작하시지요. 하지만 잊지 마십시오. 가장 큰 제물은 이런 고양이가 아니라 마르텔 공자님의 증오심입니다. 마족은 인간의 가장 격렬한 감정에 반응합니다. 공자님께서 표적을 증오하면 증오할수록 저주의 힘이 강해지지만 만약에 도중에 증오심을 버리기라도 하면 저주가 공자님을 해할 수도 있습니다. 정말 상대가 죽어도 거리낌없이 웃을 수 있는 상대임이 확실하겠지요?"

"크하하하, 그 점은 염려하지 마라. 내 그놈을 죽일 수만 있다면 팔 하나를 잘라내도 아깝지 않을 정도니까."

마르텔의 광기에 찬 눈과 웃음소리를 접한 흑마법사들은

입가에 미소를 띠며 고개를 끄덕였다. 이 정도 증오심이라면 실패할 의식도 성공하리라.

그들은 곧 저주의 의식에 따라 주문을 시전하기 시작했다.

"마계의 푸른 업화여, 마왕의 그림자에 숨어 있는 어둠의 공포여, 여기 그대들이 원하는 것이 있으니 와서 취하라. 증오로 가득 찬 피의 제물을 먹고 우리가 원하는 자의 영혼을 마셔라. 그대들의 배고픔과 갈증을 풀어줄 우리의 소원에 응하라. 사르, 두, 컴, 바르타로마르고스다루옴……."

글로 표현하기 어려운 복잡한 주문이 끊임없이 이어졌다. 두 명의 마법사는 같은 마법을 동시에 시전했는데, 마치 숨을 쉬지 않는 듯 몇 분간이나 빠르게 주문을 외우면서도 서로 어긋남이 없었다.

마법이 깃든 소리가 사람의 마음을 강하게 짓눌러 마르텔의 심장은 점점 격하게 뛰기 시작했다. 뜨거운 불길이 심장으로부터 흘러나와 내장을 태우는 듯한 기분이 드는데 괴롭기는커녕 오히려 약을 먹은 것처럼 시원한 쾌감이 사지로 퍼져나갔다.

심장의 고동은 평소보다 세 바 이상 빨라져 터져 버리지 않는 것이 이상할 정도였는데, 마르텔은 그것을 두려워하지 않고 오히려 더 빨리 뛰라고 속으로 외쳤다. 전신의 모공이 열리며 땀이 비 오듯 쏟아지니 그야말로 새롭게 태어나는 황홀

감에 빠져들었다.

　이러한 육체적 변화는 흑마법사들에게도 같이 일어나는지 얼굴이 땀으로 범벅이 되어가면서도 힘들어하는 기색은 전혀 없고 더욱 격렬하게 주문을 외웠다.

　이윽고 이들의 광기 어린 의식이 극에 달했을 무렵, 흑마법사 중 한 명이 날카로운 비수로 단 위에 놓인 고양이의 심장을 찔렀다.

　캬앙 하는 단말마의 비명 소리가 밀폐된 공간에 퍼졌는데, 이상하게도 그 비명 소리는 전혀 사그라지지 않고 주문 소리와 뒤섞여 메아리처럼 계속 울렸다.

　"왔다! 저주가 이루어진다!"

　흑마법사들이 동시에 외쳤다.

　마르텔도 그들과 감각을 공유하고 있었기에 무슨 일이 일어나고 있는지 바로 이해할 수 있었다. 어느 쪽이라고 말할 수는 없지만 어두운 곳으로부터 눈에 보이지 않는 무엇인가가 올라와 그들을 바라보고 있었다.

　마족의 힘이리라. 그것은 제물의 피의 향기와 주문의 열기를 천천히 빨아들였다. 흑마법사들은 조금이라도 더 많은 힘을 주입하려 더욱 광분해서 목소리를 높였다. 마르텔 역시 불끈 쥔 주먹에 더욱 힘을 주고 디온에 대한 증오를 강하게 되새겼다.

눈에 보이지 않는 그것은 이들의 노력에 보답하려는 듯 더욱 존재감이 강해져 갔다.

그런데 시간이 흐름에 따라 흑마법사들의 안색이 점점 굳어갔다. 주문은 계속되었지만 이제는 도중에 탁탁 끊어지고 목소리도 작아졌다.

마르텔 역시 황홀경에서 깨어나 어느 정도 제정신이 들었는데 자세히 보니 흑마법사들의 입가에 피가 흐르고 있었다.

"어떻게 된 거냐?"

불안감에 휩싸인 마르텔이 묻자, 흑마법사들은 괴로워하는 목소리로 대답했다.

"저, 저주가 실현되었는데, 의식이… 끝나질 않고……."

미처 대답을 끝내기도 전에 그들은 힘없이 바닥에 주저앉았다. 전신의 생기를 다 빨린 것처럼 숨을 헐떡대는 게 살 수 있을까 걱정될 정도다.

그리고 그것은 왔다. 심장에서 피를 흘리며 쓰러져 있던 고양이가 일어나더니 점점 커져 사람만 한 크기의 무엇인가로 변해갔다.

그것은 오만한 시선으로 마르텔과 흑마법사들을 스윽 훑어보며 입을 열었다.

"흐, 나를 부른 자가 너희냐?"

"커허헉, 우린 그대를 소환하지 않았소. 단지 약간의 힘만 빌리려 했을 뿐……."

"흐윽, 이 힘은, 이 존재감은 하급이 아닌……."

흑마법사들은 무척 당황한 표정으로 어떻게든 그것의 말에 부정을 하려 했다. 저주와 소환은 그 무게부터가 다르다. 마족은 손익 계산에 철저한 존재. 능력도 안 되는데 소환 의식을 행하면 그 결과는 영혼의 파멸 이외에는 없다.

더군다나 흑마법사들이 느끼는 이 존재의 크기는 결코 작은 것이 아니었다. 오히려 믿기 어려울 정도로 강력해서 이게 웬일인가 하고 어리둥절한 기분이었다.

세상에, 고양이 한 마리 바쳤는데 상급 마족이 직접 튀어나오는 경우가 있단 말인가!

흑마법사들은 정말 울고 싶은 심정이었고, 실제로 눈에서는 눈물이, 입에서는 핏물이 흘렀다.

하지만 그런 소환자들의 심정은 알 바 아니다. 소환된 자는 거칠게 말했다.

"시끄럽다. 그래서 일부러 이렇게 직접 힘을 빌려주러 온 것이 아니냐? 잔말 말고 소원을 말해라."

"우, 우린 그대에게 치를 만한 대가를 준비하지 않았소."

"누가 너희에게 합당한 대가를 받겠다고 했지? 내 사정이 있어 이런 손해 보는 소환에 응했지만 고대로부터의 규칙에 따라 힘닿는 한 네놈들의 소원은 들어주고 갈 테니 잔말 말고

묻는 말에 대답이나 해라.”

“헛, 그럼!”

그제서야 흑마법사들은 이 황당한 사태가 어떻게 발생했는지 짐작할 수 있었다.

눈앞에 나타난 상급 마족은 뭔가 개인적인 사정에 의해 자신의 힘을 소모하며 소환된 모양이다. 그야말로 바늘구멍을 뚫었는데 그곳에서 드래곤이 비집고 들어오는 것과 같은 상황인데, 소환된 상급 마족에게는 상당한 힘의 손실이 있었을 것이다.

하지만 반대로 이건 흑마법사들에게는 꿈에서도, 상상 속에서도 생각해 보지 못한 대박 횡재라 할 수 있었다.

흑마법사 중 한 명이 벌떡 일어나며 외쳤다.

“저의 마기를 열 배로 높여주십시오!”

방금 전까지 죽어가던 사람이라고는 생각할 수 없는 우렁찬 목소리였다. 한 방에 고위 마법사가 되고 말겠다는 의지가 담긴 눈빛이 돋보였다.

“저, 저런 나쁜 놈.”

다른 흑마법사가 기가 막힌 듯 혀를 찼다.

원래 그들은 의식을 행하는 일을 도울 뿐 소원을 말해야 하는 사람은 바로 의뢰주인 마르텔이다. 그런데 상황이 바뀌자 안면을 바꾸어 의식의 열매를 훔쳐 먹으려는 것이다.

흑마법사는 어제까지 둘도 없는 동료였던 자를 도둑이나 강도를 보는 눈으로 보았다.

질 수 없다.

그 역시 벌떡 일어나 외쳤다.

"저에게 고위 흑마법 주문서와 하급 마족 가디언을 내려주십시오! 혹시 하나만 받을 수 있다면 하급 마족 가디언을 주십시오!"

마기가 높아도 고위 마법이 없으면 말짱 도루묵이다. 고위 마법을 알아도 시전할 능력이 없으면 오히려 독이 될 수 있다. 결국 가장 중요한 것은 스스로를 지킬 힘, 바로 가디언!

두 번째로 소원을 말한 흑마법사는 내심 자신의 소원 내용에 만족하며 미소를 지었다. 동료였던 흑마법사 역시 '어! 저게 더 좋은데' 하는 표정으로 그를 보았다.

소환된 자는 천천히 고개를 끄덕이며 말했다.

"그 정도면 되는 건가? 너는 소원이 없나?"

마족이 지목하자 돌변한 흑마법사들의 태도에 당황했던 마르텔은 퍼뜩 정신이 들어 증오에 가득 찬 눈으로 마족을 보며 외쳤다.

"내 원수를 죽여주십시오! 그놈이 가장 잔인하고 고통스럽게 죽기를 원합니다!"

마족은 입가에 미소를 지었다.

"오, 나이에 걸맞지 않은 강한 감정의 표출, 내 이런 마법진
에 반응해서 소환된 것이 창피해서 이름도 말하지 않았는데
네 녀석을 보니 그나마 좀 나온 보람을 느끼겠구나. 그런데
너희는 말이야."

마족은 미소를 거두며 먼저 소원을 말한 흑마법사들을 노
려보았다.

"내 분명히 저주에 의한 살인 청탁 마법진에 반응해서 나
왔는데, 기껏 호의로 소원을 말하라고 했더니 애먼 걸 원하는
건 또 뭐냐? 그리고 대충 상황을 보아하니 저 녀석이 이번 의
식의 주최자이고 너희는 인도자에 불과한 듯한데, 왜 너희가
소원을 말하는 거지?"

마족의 날카로운 추궁에 흑마법사들은 크게 당황했다.

"아니, 그게 저……."

"소원을 말하라고 하셔서……."

"시끄럽다. 무개념은 죽음을 부른다는 흑마법의 기본 규칙
도 안 지키는 놈들!"

펑! 화르르르륵!

"끄아아아아아!"

녹색의 화염이 두 흑마법사의 몸을 집어삼켰다. 단말마의
비명 소리와 함께 그들은 순식간에 재로 변했다. 동시에 역한
냄새가 방 안에 가득 찼다. 단순히 시체 타는 냄새와는 또 달

랐다.

마르텔은 급히 숨을 멈췄다.

"어떠냐, 마계의 업화에 저주와 극독을 섞어 만든 나의 포이즌 플레임이?"

"이 독기를 좀 없애주십시오."

"훗, 염려 마라. 원래 소환된 마족의 힘은 웬만하면 소환자를 해하지 않는다. 내가 작정하고 계약을 깨려 하지 않는 한 말이지."

"그렇습니까?"

그제서야 마르텔은 안심하고 다시 숨을 쉬었다. 과연 마족의 말처럼 냄새는 역겨워도 몸에 거부반응이 일어나거나 하지는 않았다.

"상황 판단도 빠르고 꽤 쓸 만한 놈이구나. 정식으로 소개하지. 난 위대하신 마왕 헥사도스님의 직계 휘하이자 72 고위마족 중 서열 6위, 마군참모 말렉스다. 이제 너의 이름을 걸고 죽여야 할 자를 말하라. 내 능력이 되는 한 확실하게 대상을 죽여주마. 너의 분노에 상응하는 고통과 함께 말이지. 크크크큭."

"감사합니다. 저는 마르텔 폰 누이만이라고 합니다. 제가 죽이고 싶은 자는 바로 디온이라는 놈으로, 저와 같은 아카데미에 다니고 있습니다."

"크크큭, 황당한 놈이구먼. 동급생 한 명 죽이기 위해 저주 살인 의식을 행하다니. 뭐, 상관없겠지. 그러니까 대상의 이름이 디온이란 말이지?"

"예, 그놈이 고통스럽게 죽기를 원합니다."

"음, 근데 말이다. 너 이거 아냐? 마족을 소환해서 소원을 말할 때 가장 조심해야 하는 게 두 가지 있는데, 하나는 그 마족의 능력을 넘어서는 요구를 해서는 안 되는 것이고, 다른 하나는 마족에게 자살을 권유해서도 안 되는 거거든."

"다행히도 저는 그 두 가지를 범하지는 않았군요."

"아니, 그게 말이지, 넌 모르겠지만 그거 두 개를 다 건드렸어."

"예?"

"미안하다. 이건 정말 내가 마족이라서 수를 쓰는 게 아니거든. 난 기왕이면 성심성의껏 도와주려고 했었다."

"그, 그게 무슨 일입니까!"

펑! 화르르르르르!

"끄아아아아아악!"

마르텔은 그렇게 자신이 왜 죽어야 하는지도 모르게 타서 재가 되었다.

마군참모 말렉스는 보랏빛 재로 변한 마르텔의 잔재를 보고 혀를 끌끌 차며 말했다.

"녀석, 차라리 이 제국의 황제가 되게 해달라고 빌던가. 그 뒤에 군대를 동원해서 디온님을 핍박하면 좀 좋아? 하필이면 나한테 직접 죽여달라고 하는 건 뭐야. 에잇, 쓸 만한 인재 하나를 그냥 태웠네."

말렉스는 마르텔의 재능을 아까워했지만 미련을 두지는 않았다. 그는 천천히 주변을 살피며 근처에 있는 다른 인간들의 기척을 잡아냈다. 하나같이 살기가 충만한 놈들이다.

"암살자들인가? 아무튼 쓸 만한 장기말은 얼마든지 있으니까 말이야. 일단 이놈들부터 거두어들여야겠군."

말렉스의 몸이 서서히 변하더니 어느새 음침한 인상에 비쩍 마른 중년 남자로 바뀌었다. 근육이 전혀 없고 등도 살짝 굽어 싸움은 전혀 못할 것 같은 분위기이지만 날카로운 눈매는 살인자의 그것이다.

"이 정도면 되겠지."

말렉스는 천천히 마법진 밖으로 나오며 중얼거렸다.

"디온님, 기다리십시오. 제가 최대한 빠른 시간 내에 디온님을 마왕으로 만들어 드리겠습니다."

스스로에게 하는 다짐이 눈빛으로 변했는지 말렉스의 눈에서는 묘한 인광이 흘러나왔다.

*　　　*　　　*

"에취! 아씨, 어느 놈이 또 나를 노리는 건가?"

디온은 갑자기 터져 나온 재채기에 투덜대며 얼른 손수건으로 입가를 닦았다. 이제는 이 재채기가 능력 발현의 일종이라는 것을 디온은 안다.

누군가가 자신에게 살의나 적의를 불태울 때, 그리고 그 존재가 일정 거리 이내에 들어왔을 때 울려 퍼지는 경보음과 같은 것이다.

"분명히 선생님께서 그때 그 성기사들은 잘 설득했다고 말씀하셨으니 그쪽은 아닌데, 또 누가 날 죽이려 드는 거지?"

디온은 잠시 고민을 해보았지만 전혀 짐작 가는 데가 없었다.

"그만 생각하자. 괜히 나만 스트레스 받는 거지. 적이 오면 그때 처리하면 되는데, 뭘."

웬만한 적이면 충분히 감당할 자신이 있는 디온이다. 그는 고개를 절레절레 저으며 책 꾸러미를 들고 집을 나섰다.

그날도 수업은 평화로웠다. 디온이 돌아오기 얼마 전부터 마르텔이 등교를 안 했기 때문에 이제는 디온에게 시비를 거는 사람이 아무도 없었다. 오히려 친근감을 드러내며 접근하려는 사람이 너무 많아 귀찮을 지경이다.

디온은 적당히 그들의 호의에 대응하며 요리부로 향했다.

"선생님, 안녕하세요."

"오, 디온이구나. 이리 앉아라."

던컨 선생님은 그답지 않게 웃는 얼굴로 디온을 맞이했다.

오늘은 그가 복귀해서 치르는 첫 수업 날이다. 그동안 시간이 꽤 흘러 방학이 얼마 안 남은 상황이었지만 그래도 첫 수업은 첫 수업이다. 다른 요리부 학생들도 하나둘씩 들어왔다.

"여, 디온, 이번 여행은 꽤 재미있었다며?"

구스타프가 디온을 보자 웃으며 물었다.

"재미는, 정글 탐험이 재미로 따지기엔 좀 빡센 경향이 있어. 네 취향은 아닐걸."

"하하하! 하기야 황태자인 내가 정글 탐험을 할 수는 없지. 그런데 리네는? 걔는 힘들었을 텐데."

"응, 그래도 리네 덕분에 밥은 맛있는 걸로 먹었다. 하하하!"

"하기야 리네와 같이 다니면 음식 문제는 걱정할 필요가 없지."

리네는 정말 풀 한 포기로도 나름대로 맛있는 음식을 만들어내는 재주가 있다. 그러한 창의력과 소박함 속에서 식재료의 맛을 끌어내는 것은 던컨 선생도 인정하는 리네만의 특기라 할 수 있었다.

반면에 디온은 레시피와 재료가 확실한 경우에만 음식을

만들 수 있다. 대충 섞어찌개 같은 잡탕 수프를 만들라고 하면 이상하게 맛이 없어지는 게 디온의 문제점이다. 또한 새로운 요리를 고안하라고 해도 안 된다.

디온은 리네와 음식에 대한 말이 나오자 그러한 자신의 문제를 상기하고는 던컨 선생에게 물었다.

"선생님, 전 정말 독창성이라든지 창의력이라든지 하는 게 거의 없는 것 같아요. 어떻게 하면 그 부분을 키울 수 있죠?"

"음, 아무래도 자네는 어려서부터 딱 정해진 음식만 먹고 자랐을 거네. 미각은 훌륭한데 그걸 어떻게 써야 하는지를 아직 몰라. 황태자 전하께서도 약간 비슷한 구석이 있으십니다만, 그래도 황태자 전하는 융통성이 좀 있으신 편입니다."

"하하하, 나야 뭐 원래 대충 사는 걸 좋아하니까."

구스타프는 쑥스럽게 웃으며 말했다. 이제는 나이와 신분에 어울리지 않는, 거의 평민들의 대화체와 비슷한 어투에 익숙해진 구스타프였다.

디온은 피식 웃었다. 구스타프가 대충 사는 성격이 아니라는 것은 누구보다도 그가 잘 알고 있다. 또한 이 친구가 황태자의 신분으로 이렇게 약간 멍청해 보일 정도로 빈틈을 드러내며 지내는 것은 오히려 더 무섭다고 느껴진다.

던컨도 황태자의 그런 모습에 살짝 미소를 짓고는 다시 디온에게 말했다.

"디온 군, 자네에게 부족한 것은 역시 임기응변일세. 정해
진 레시피와 식재료로 계획적인 요리를 만드는 것이 아닌, 있
는 것만으로 만드는 것, 말하자면 평민의 요리법이 자네에게
는 필요해 보이는군."

"평민의 요리법 말입니까?"

"그렇지. 내 생각에는 그걸 익히기에 가장 좋은 방법은 바
로 여행을 떠나는 거지. 그리고 야영을 하면서 주변에서 재료
를 구해 요리를 하는 걸세. 힘들지만 얻는 것이 많은 수련법
일세."

"으음, 여행 중 야영을 하면서 구한 재료로……."

확실히 던컨 선생의 말대로 그럴 경우 원하는 재료를 구할
수 있다는 보장도 없고, 그 재료의 상태가 마음에 들지 않을
가능성도 많다.

"그러고 보니 선생님을 처음 만났을 때에도 그런 상황이었
네요. 하하하!"

"그렇군. 그때 자네는 정말 형편없는 실력을 지니고 있었
지. 아니, 요리에 대한 상식 자체가 없었다고 할까?"

던컨 선생도 디온과의 첫 만남이 생각나는 듯 웃었다.

"어쨌든 선생님께서 권하신 대로 이번 방학 때 집에 돌아
가는 도중에 그 수행에 도전을 해보겠습니다."

평소라면 집사 라이번이 모든 준비를 완벽하게 끝내놓기

때문에 야영을 할 일도 없고, 설혹 하더라도 푸짐한 도시락이
준비된다.

그러나 디온은 결심했다. 이번엔 진짜로 마을이 아닌 숲과
산에서 야영하며 식재료를 구해 요리하는 수련을 할 것이다.

던컨은 디온의 결심을 알고 자신의 책장에서 한 권의 책을
꺼내 그에게 건넸다.

"이걸 주지. 식재료도감이란 책인데, 이걸 참조해서 재료
를 구하면 굶어 죽지는 않을 걸세. 그래도 혹시 모르니 각종
해독제는 충분히 챙겨서 수련에 임하게."

"감사합니다, 선생님."

디온은 식재료도감을 받아 들었다. 내용을 보니 수많은 식
재료의 그림과 그것들의 특징, 그리고 구할 수 있는 장소가
기록되어 있었다.

그날 저녁, 디온은 라이번에게 그 사실을 말했다. 라이번은
디온이 하려는 일을 반대해 본 적이 없는 집사답게 고개를 끄
덕이고는 야영을 위한 준비를 하겠다고 대답했다.

"그런데 그 수행이라는 것이 어느 정도 기간 동안 해야 하
는 것인지요? 우리가 돌아가는 기간만을 따지면 약 2주 정도
뿐입니다만."

"2주로는 부족해. 내 생각인데, 기왕에 식재료도감을 얻었

으니 최대한 많은 다른 환경의 장소를 들러서 재료를 직접 확인해 보고 싶어."

디온의 말에 라이번은 소매 속에서 하나의 두루마리를 꺼내 펼쳤다. 그것은 드라켄 제국의 지도였는데, 아주 정교한 것이 일반인은 구할 수 없는 특수한 것인 듯했다.

"그렇다면 바로 돌아가지 말고, 여기서 남부로 가서 해안선을 따라 이동한 다음에 우리 레이어스 제국의 경계를 넘은 후에는 졸튼 사막 어귀를 빙 둘러서 가는 게 어떻겠습니까? 밀림 지역은 이미 경험해 보셨으니 바다와 사막 쪽을 보시면 대충 디온님께서 원하시는 대로 되는 게 아니겠습니까?"

"응. 나쁘지 않은데?"

"또한 이 경로라면 레이어스 제국 남부에 대한 순시도 하시는 셈이니 이 기회에 지방의 토호 중 몇 명을 만나보시는 것도 좋겠습니다."

"우웅, 그럴 필요가 있을까?"

"꼭 그래야 하는 건 아니지만 안 만나는 것보다는 좋겠지요. 귀찮으시면 나중에 다 수도로 불러들여서 만나셔도 됩니다."

"뭐, 좋아. 지나가는 김에 들르는 거니까 그렇게 하자."

"그럼 그렇게 준비를 하겠습니다."

여행 경로가 두 배로 길어지니 거의 한 달이 넘는 기간 동안 이동해야 한다. 준비할 것이 적지 않은 듯 라이번은 수첩을 꺼내 몇 가지를 적고는 밖으로 나갔다.

혼자 남은 디온은 침대에 누워 생각에 잠겼다.

바다와 사막 둘 다 라이번의 말처럼 디온은 한 번도 가 본 적이 없다.

그의 조국인 레이어스는 내륙 지방에 위치한 나라라 바다와 접해 있지 않다. 또한 왕국 내에 자리한 졸튼 사막의 경우 면적은 크지 않지만 안쪽에는 바람이 거세고 유사가 많아 사람이 살기는커녕 지나가기도 힘든 험지라 들었다. 하지만 외곽 부분에는 오아시스도 있고, 일종의 초원과도 같은 환경이라 유목민이 상당수 살고 있다.

"쩝, 그러고 보니 역시 우리나라는 그다지 좋은 환경이 아니군. 바다는 없고, 사막은 있고."

그나마 북부의 평야 지대에서 어느 정도 곡식 생산량이 나오고, 동쪽에 있는 산악 지대에는 광산이 몇 개 있어서 나라의 재정에 도움을 주기에 레이어스는 겨우 자립할 수 있었다.

하지만 제국이라고 불리기에는 정말 턱도 없는 국력을 지녔다. 오로지 여황 사비너와 디온의 존재가 레이어스를 아무도 넘볼 수 없는 암흑제국으로 만든 요인이다.

"우리나라를, 부유하게 만들어야 하나? 내가 황제가 되면?"

지금까지 그런 생각을 진지하게 해본 적은 많지 않다. 그저 막연하게 언젠가 황제가 되면 훌륭한 정치를 펴겠다는 마음은 있었다. 물론 그것도 다 마왕이 되지 않았을 때의 일이다.

그래서인지 사비너는 디온에게 제왕학이니 뭐니 하는 후계자 수업을 그다지 시키지 않았다. 디온도 그걸 배우려는 마음보다는 검 수련에 집중하고픈 심정이었기에 아직은 부족한 점이 많다고 할 수 있다.

"인간으로 남아서, 정식으로 제왕학을 공부하고, 귀족들과 함께 정치를 하고, 으, 정말 내 성격은 그거하고는 안 어울리는데."

여러 가지 생각을 하던 디온은 머리가 복잡해짐을 느끼고 눈을 감고 잠을 청했다.

다음날, 디온은 리네에게 자신이 결정한 방학 중의 일정에 대해 말했다.

"그래서 난 여행을 하기로 했어. 고생은 하겠지만 틀에 박힌 요리가 아닌, 구할 수 있는 재료의 조합을 최대한 살릴 수 있는 임기응변을 기르는 수련으로 말이야."

"아, 정말 그렇게 하면 도움이 될 거 같다."

"응, 우리 집이 좀 엄격한 구석이 있어서 여태까지 난 그런

식의 음식을 거의 못 먹어봤으니까, 저번 여행에는 리네 네가 거의 다 해줬고. 하지만 이번에는 내가 직접 할 거야. 재료를 구하는 것도, 요리를 하는 것도."

"그럼… 난 같이 가면 안 되겠네?"

리네는 약간 섭섭한 표정을 지었다. 디온이 갑자기 방학 중 여행을 가자고 하기에 그녀도 같이 가자고 하는 건 줄 알았는데 듣다 보니 그게 아닌 듯했다.

디온은 미안한 표정으로 다시 말했다.

"아무래도 이번에는 나 혼자 가야 할 거 같아. 집으로 돌아가는 길에 하는 여행이라서."

"응, 그럼 잘 다녀와."

리네는 미소를 지었다. 집에 돌아간다는 데에 굳이 따라가기도 그렇다.

그런데 옆에서 듣고 있던 리네의 세쌍둥이 동생이 갑자기 끼어들었다. 그들은 요즘 리네와 디온이 거의 사귀는 분위기로 흐르자 디온을 형이라고 부르며 은근히 둘 사이를 응원하는 중이었다.

"디온 형, 형네 집 부자라며?"

"우리 제국으로 유학까지 보낼 정도니까 부자 맞지 않을까?"

"일단 작위도 있잖아. 백작이라고. 백작은 일단 부자라고 봐야 돼."

디온은 부인하지 않았다.

"응? 그건, 좀 그렇긴 해."

세쌍둥이는 활짝 웃었다.

"헤에, 그럼 그러지 말고 우리도 같이 데리고 가라."

"응응, 우리도 같이 가."

"물론 리네 누나도 같이 가고."

"뭐어?"

"리네 누나랑 우리는 이번 방학에 특별히 할 일이 없거든."

"형네 집을 한번 구경해 보고 싶거든."

"형네 집에는 먹을 것도 많을 거 같아."

"마크, 제이콥, 존!"

리네가 화난 표정으로 동생의 이름을 불렀지만 이번에는 그들을 멈추게 할 수 없었다.

"혼자 요리해서 혼자 먹으면 맛없어. 같이 먹어야지."

"누나는 이번에는 요리 안 하고 먹기만 해."

"맞아. 누나는 심판 해."

"으음, 그렇구나."

디온은 세쌍둥이의 말에 천천히 고개를 끄덕였다. 생각해 보니 지난 여행 때 리네에게는 신세만 진 셈이라 이번에는 자신이 요리를 해주고 싶은 마음이 생겼다.

문제는 디온의 집에 이들을 데리고 갈 수는 없다는 데에 있다. 디온의 집은 바로 레이어스의 황궁이니 그럴 경우 디온의 정체가 바로 알려지는 셈이다.

어떻게 할까?

디온은 살짝 눈을 돌려 리네의 표정을 살폈다. 세쌍둥이처럼 노골적으로 원하는 눈빛은 아니지만 은근히 기대하는 것 같기도 하다.

"일단 집사하고 상의를 해볼게. 이게 은근히 장거리 여행이라 나 혼자 정할 수 없거든."

"부담되면 무리할 필요는 없어."

가고 싶긴 가고 싶구나. 리네의 말에 디온은 속으로 그렇게 생각하며 피식 웃었다.

"염려 마. 부담이 되는 건 아니니까. 그럼 내일 말해줄게."

집으로 돌아온 디온은 집사 라이번에게 이 일에 대해 말했다. 그러자 라이번은 아주 잘되었다는 듯이 미소를 지었다.

"여행은 여럿이서 할수록 재미있는 법이지요. 그럼 그렇게 준비를 하겠습니다."

"그런데 괜찮을까? 걔네들을 황궁으로 데려갈 수는 없잖아."

"그건 염려 마십시오. 혹시 디온님 친구 분들이 집에 들르실 일이 생길까 봐 이미 따로 영지와 저택을 마련해 두었습니다.”

“내 영지와 저택?”

“그러니까 디온님은 수도에서 약간 떨어진 지역에 영지를 가진 백작가의 자제 분인 것입니다. 디온님의 양친은 모두 수도에서 살고 있어서 영지에는 잘 오시지 않습니다. 그래서 디온님은 방학 중에 부친을 대신해서 영지를 둘러보고 관리도 해야 하는 것이지요.”

“헤에, 언제 그런 준비도 다 한 거야?”

“유학 오실 때 이미 준비되어 있었습니다. 일국의 황태자가 신분을 숨기고 유학을 왔으니 이것저것 신경 쓸 게 좀 있습니다. 보통 귀족 유학생들은 방학 중에 서로의 집에 놀러가며 친분을 다지기도 하니까 말입니다. 그럴 때 빠지시면 아무래도 교우 관계에 문제가 생길 수 있다는 게 그 당시의 의견이었습니다. 아무튼 디온님께서 여행을 끝마치면 친구 분들과 함께 영지에서 머무르다가 아카데미로 돌아오시면 될 것입니다.”

“그럼 어머니와는 못 만나나?”

“설마 그럴 리가 있겠습니까? 영지의 저택 지하에는 황궁과 직통으로 통하는 이동 게이트가 있습니다. 아마 여황 폐하께서는 매일 디온님을 보러 오실 것입니다.”

"헉, 이동 게이트까지 설치되어 있다고?"

금전 감각이 그다지 뛰어나지 못한 디온도 이동 게이트가 얼마나 대단한 자금이 드는 건축물인지는 안다.

막대한 마법력은 둘째 치고, 공간의 뒤틀림을 견뎌낼 구조물을 만드는 데에 드는 재료는 정말 돈이 있어도 구할 수 없는 것들이 대부분이다.

사람 몇 명 오가는 게이트를 만들려 해도 국가 예산에 몇 퍼센트는 차지할 정도의 비용이 들어가고, 그걸 유지하는 데에도 무시할 수 없는 큰돈이 든다고 알고 있다.

그것도 근거리도 아니고, 수도에서 지방까지라면 적어도 몇백 킬로미터는 될 터이다. 게이트 설치에 드는 비용과 마법력은 거리의 제곱에 비례한다는 것이 통설이니만큼 어쩌면 국가 예산의 몇십 퍼센트인지도 모른다.

그런데 여황 사비너는 아들하고 잠깐 만나기 위해 그 저택에 게이트를 설치한 것이다.

디온이 알고 있는 레이어스는 그다지 부유하지 않다. 그런 레이어스에서 게이트를 설치한다는 것은 그야말로 국책사업이라고 봐야 한다.

하지만 디온이 놀라는 것과는 달리 라이번은 태연하게 대답했다.

"그 게이트는 여황 폐하께서 직접 설치하신 것입니다. 재료도 대부분 어디선가 구해오셔서 그다지 큰 자금이 들어가지는 않았다고 하더군요."

"어머니가 재료까지 다 구해오셨다고?"

"아무래도 여황 폐하께서는 재무부가 모르는 다른 자금원을 확보하고 계신 모양이라는 말이 그때부터 조심스럽게 퍼지고 있는 상황입니다."

"으음, 그건 그럴지도 모르겠네."

아무래도 세계 최강의 마법사이자 암흑제국의 여황이니 레이어스 자체의 수익만이 아닌 뒤로 생기는 것이 꽤 많을지도 모른다.

"그럼 일단 같이 가는 걸로 하고, 내일 말할게."

"예, 그렇게 하십시오. 혹시 또 같이 가실 분이 계시면 부담없이 정하셔도 됩니다. 꼭 저와 미리 상담할 필요는 없으니까요."

"알았어."

두 사람은 여행 계획을 다시 짜기 시작했다. 지방의 귀족들을 만나는 것은 포기하기로 하고, 아카데미 학생들의 배낭여행을 콘셉트로 잡았다.

＊　　　＊　　　＊

　디온과 여행을 같이 가기로 한 리네는 들뜬 마음으로 여행 준비를 하러 집으로 돌아가려 했다. 그러나 곧 지금 배우고 있는 마법에 대해 생각이 미쳤다.

　엘미르 선생은 요즘도 리네에게 꾸준히 마법을 가르치고 있다. 다음 학기에 리네가 정식으로 마법학부의 마법사 과정에 들어갈 수 있도록 배려해주는 것이다.

　이미 리네는 초급 마법사 수준이 되어 하급 마법은 거의 자유롭게 쓸 수 있기에 마법사 과정은 문제가 아니지만, 리네의 꿈이 요리 마법의 개발이니만큼 다른 마법사들과는 또 다른 노력을 해야 한다.

　"방학 동안 마법 공부를 안 하고 여행을 가도 될까?"

　리네는 고민했다.

　어쩌면 엘미르 선생은 방학 중에도 리네에게 마법을 가르치겠다고 할지 모른다. 전에 살짝 그런 뜻을 비친 적이 있다.

　"학교가 방학을 한다고 해서 내가 케이크를 안 먹는 건 아니야."

　그 말은 리네가 방학 동안 엘미르 선생을 위해 매일 케이크를 만들어야 한다는 것이고, 다시 말해 마법 공부도 계속해야 한다는 뜻임이 틀림없다.

여행을 한다면, 엘미르 선생이 따라오지 않는 한 케이크를 만들어줄 수 없으니 아마 엘미르 선생은 좋아하지 않으리라.

리네는 한숨을 내쉬며 중얼거렸다.

"일단 엘미르 선생님께 허락을 받아야겠네."

리네는 그 길로 엘미르 선생의 연구실로 향했다.

"흠, 그러니까 디온 군이 같이 여행을 가자고 했다고? 자기 집으로 초대를 했단 말이지."

"네, 그런데 다시 생각해 보니 전 선생님께 마법을 배우고 있는 상황이라서요."

"아, 그건 염려하지 마."

"네?"

"내가 이번에 개발한 보존 마법은 정말 효과가 좋아서 어떤 음식도 딱 만든 직후의 맛을 두 달은 유지할 수 있거든."

"정말요?"

리네의 눈이 빛났다. 보존 마법은 요리 마법을 위해 꼭 있었으면 좋겠다고 생각한 것 중 하나다. 그런데 엘미르 선생이 구현에 성공한 모양이다.

"그래, 나중에 가르쳐 줄게. 의외로 마법력이 많이 소모되지 않으니 너도 노력하면 쓸 수 있을 거야. 어쨌든 이 마법이 개발됐으니 네가 매일 빠지지 않고 케이크를 만들 필요는 없어진 거지. 그냥 종류별로 많이만 만들면, 내가 알아서 입맛대로 매일 한 조각씩 잘라 먹을게."

"그래도 될까요?"

"응, 대신 마법 공부는 숙제를 내줄 테니까 매일 해야 한다."

"예!"

리네는 엘미르 선생의 호쾌한 허락에 정말 기뻐했다.

"참, 그리고 여행 갈 때 그거는 꼭 가지고 가."

"아, 정신봉이요?"

리네는 책가방 아래쪽에 붙어 있는 작은 막대기를 꺼냈다. 그건 바로 엘미르 선생이 전에 리네에게 주었던 정신봉으로, 현혹 마법이나 저주를 깨는 데 탁월한 효과가 있는 마법 아이템이다.

여행이 끝난 이후 리네가 엘미르 선생에게 이걸 돌려주려고 하자 엘미르 선생은 그냥 리네보고 가지고 있으라고 했다.

"정신봉은 쓰는 사람과의 상성에 따라 효과가 달라지거든. 근데 너하고는 아주 잘 맞나보네. 나하고는 좀 아닌데. 그러니까 일단 네가 가지고 있어. 괜찮아. 빌려주는 거니까 나중에 내가 돌려달라고 할 때 돌려주면 돼."

리네는 이런 고급 물품을 가지고 있다가 잃어버리기라도 하면 큰일이기에 굉장히 부담스러워했지만, 엘미르 선생은 계속 고개를 저으며 돌려받으려 하지 않았기에 어쩔 수 없이 지금까지 지니고 있었다.

엘미르 선생은 입가에 미소를 지우고 진지하게 말했다.

"너도 눈치챘겠지만 디온 군은 겉으로는 항상 밝지만 사실 고민이 많은 편이야. 가문의 피에 마법적인 힘이 적지 않게 섞였는데 그게 잘못되면 의식이 힘에 잠식당해 그가 아닌 다른 존재가 되어버릴 수도 있어. 그러니 네가 곁에 있다가 디온 군이 이상해지려 하면 그걸로 도와주는 게 좋을 거야."

"아, 네."

"사실 그런 디온 군이 좀 위험해서 평범한 너는 가능하면 가까이 가지 말라고 말하고 싶지만 말이야."

"그럴 수는 없어요."

리네는 강하게 말하며 고개를 저었다. 그리고는 살짝 고개를 숙이고 작은 목소리로 말을 이었다.

"친구인 걸요."

"그래, 그럼 마음 굳게 먹고 계속 도와줘. 정신봉을 쓸 때는 사정없이 후려쳐야 하는 거 알지?"

"예……."

남을 때리는 행위를 별로 좋아하지 않는 리네에게는 상당

한 부담이 되지만 그래야 효과가 강하게 나타난다니 어쩔 수
없다.

"좋아, 그럼 내일부터 열심히 케이크를 구워. 그리고 여행
도중에 이 마법서 다 외우는 걸 숙제로 줄게."

"아, 감사합니다, 선생님."

"그래, 그럼 잘해봐."

리네는 다시 한 번 감사하다고 인사를 하고 돌아갔다. 그러
자 엘미르는 안쪽 방으로 들어가 작은 상자를 열어 하나의 수
정 구슬을 꺼냈다.

수정 구슬에 마기를 주입하자 안쪽으로부터 약한 빛이 생
기더니 곧 한 사람의 모습으로 변했다.

"여기는 브로니카입니다. 엘미르님 말씀하십시오."

"브로니카, 잘되고 있나요?"

"아카데미와 디온님의 저택을 중심으로 하는 수호의 마법
진은 언제든지 가동할 수 있습니다. 지금은 수도 내의 정보
조직 구축에 주력하고 있습니다."

"역시 빠르군요. 별다른 사항은 없고요?"

"약간의 문제가 있습니다. 미약하지만 어쌔신 길드 쪽에서
흑마법의 반응이 있었고, 그 뒤로 어쌔신 길드의 활동이 조금
이상해졌습니다."

"그건 좋지 않군요. 직접 그곳에서 확인할 수는 없겠죠?"

"어째신 길드와 전쟁을 벌이기 전에는 힘들 것 같습니다."

"그렇다면 그 부분은 시간을 가지고 지속적으로 탐색하고, 일단은 호위대를 구성해 주세요."

"호위대 말씀이십니까?"

"예, 디온 군이 방학을 하면 여행을 떠난다고 하는군요. 그러니 호위대를 편성해서 암중 호위할 필요가 있습니다."

디온을 위기에서 지키기 위한 호위대가 아니다. 온갖 사악한 존재들이 디온과 접촉하기 위해 틈을 노리고 있으니 여행 중에 그것을 막아야 한다.

"디온님이 여행을? 알겠습니다. 제가 직접 가기로 하지요."

"조심하세요. 수도를 벗어나면 제가 도울 수가 없습니다."

"맡겨주십시오. 상급 마족이라도 나오지 않는 한 감당할 수 있습니다."

브로니카가 호언장담을 하자 엘미르는 살짝 한숨을 내쉬었다. 브로니카는 아직 상황을 제대로 인지하지 못하는 모양이다.

'그 상급 마족이 튀어나올지 모르니까 하는 말이에요.'

마계에서 디온을 각성시키기 위해 오는 마족이 하급일 리가 없지 않은가.

이미 디온의 옆에는 상급 마족 하나가 붙어 있다. 이상할 정도로 무식한 마족. 그놈은 그나마 쓸데없는 사고를 안 치니까 다행이지만 다음에 올 놈이 꼭 그러리란 보장은 없다.

그래도 엘미르가 브로니카에게 준 각종 장비들은 신성제국에서도 최고로 강력한 힘을 가진 무구들로 브로니카 팀이 이걸로 완전무장을 한 이상 물질계에 현신한 상급 마족과 대등하게 싸울 수 있을 터이다.

그리고 다행인 것은 리네에게 들려 보낸 천신기 세르기안의 존재다.

리네는 그냥 마법 아이템이라 알고 있는 정신봉은 알고 보면 천족들의 보물이자 힘의 근원인 천신기이다. 마족에 비해본신의 무력이 좀 약한 편인 천족들은 천신기라는 병기로 그 차이를 극복한다.

당연히 천족만이 천신기를 사용할 수 있는데, 드물게 인간도 사용할 수 있는 것도 있다. 세르기안이 바로 그중 하나로, 사악한 것을 파괴하는 데에는 발군의 능력이 있다.

무엇보다 세르기안이 발하는 신성력장의 범위 내에서는 마족의 힘이 약해지니 브로니카가 그걸 이용하면 어떤 마족이든 충분히 상대할 수 있으리라.

계산을 끝낸 엘미르는 이번 디온의 여행을 브로니카에 일임하기로 했다. 엘미르 자신은 이곳의 영구신성력장 구축에 밤잠 잘 틈도 없이 바쁘다.

"항상 조심하시고 급하면 리네 양에게 도움을 청하세요. 적이 나타났을 때 큰 도움이 될 것입니다."

엘미르의 충고에 브로니카는 이해할 수 없다는 표정을 지었다. 하급 마법 몇 개 익힌 아카데미의 평범한 소녀가 어떻게 마족과의 싸움에 도움이 된다는 것인지 알 수가 없었다.

엘미르는 그저 미소만 지었다. 천신기의 존재를 인간에게 말하는 것은 금기이니 브로니카가 알아서 리네의 존재 가치를 깨닫도록 기원하는 것이 최선이다.

그런 엘미르의 마음이 전해졌는지 브로니카는 정중하게 고개를 숙이며 대답했다.

"명심하겠습니다."

곧 마법 크리스털로 인한 화상 통신은 끊겼다. 엘미르는 크리스털을 상자 속에 넣고는 방을 나서면서 중얼거렸다.

"이쪽이 할 일은 했는데, 결과가 어떨지는 두고 봐야겠지? 아무쪼록 물질계와 인간들에게 천신의 축복이 있기를."

천신조차 디온의 마왕 각성을 원하는 마당에 축복이 내릴지 안 내릴지는 확신이 없다. 그래도 일종의 버릇처럼 기원을 하는 엘미르였다.

Chapter 02
성기사의 암약

흑사자
마왕

　방학이 시작되고, 드디어 디온 일행이 여행을 떠나는 날이 되었다. 저번 여행과는 다르게 이번에는 디온이 마음 내키는 대로 가는 여행이었기에 상당히 즐거운 마음이었다.

　리네와 세쌍둥이도 오늘만을 기다려 온 듯 기대로 가득 찬 눈빛을 하고 있었다.

　일부러 노숙하며 식재료를 구해야 하는 수련이기에 필연적으로 고생하게 되어 있지만 젊음은 고생을 고생이라 여기지 않게 하는 무한한 활력을 그들에게 주었다.

　디온 일행이 쓰기로 수배한 마차는 한 대로 말 두 마리가

끄는 중형 마차였다. 뒤쪽에는 투투가 타고 있고, 앞에는 리네가 타기로 했다. 마부석에는 라이번이 앉아 마차를 몬다.

디온과 세쌍둥이는 제각기 말을 타고 가기로 했는데, 그 말에는 각자의 갑옷과 무기가 매여져 있어서 말의 부담을 줄이기 위해 평소에는 걷기로 했다.

출발하기 전, 디온은 마차 뒤에 웅크리고 앉아 있는 투투에게 미안한 표정으로 말했다.

"투투, 일단 사람들이 없는 곳까지 가면 나와도 되니까 그때까진 얌전히 앉아 있어."

"투투, 앉아 있는다."

리네도 그 거대한 덩치로 옴짝달싹할 수 없는 좁은 공간에 웅크리고 있는 투투가 안되어 보였는지 살짝 한숨을 내쉬며 말했다.

"죄송해요. 뒤쪽을 조금 더 넓게 하고 제가 있는 공간을 줄였어야 하는데……."

키가 3m 가까이 되는 투투의 덩치로는 공간을 약간 더 넓혔다고 해서 팔다리를 펴고 앉거나 누울 수는 없을 터, 마차 전체를 쓰게 하기 전에는 그저 이렇게 웅크리고 있을 수밖에 없다.

그래도 리네는 미안한 마음에 연신 죄송하다고 말했다.

디온은 혀를 차며 다시 말했다.

"너무 커서 문제야. 덩치가 조금만 더 작았더라면 그냥 내려서 걸어다녀도 상관없을 텐데. 그 덩치로는 오우거나 트롤로 오해받기 딱 좋아서 사람들이 보면 놀란단 말이지."

"투투, 더 작아질 수 있다."

"응? 더 작아질 수 있다고?"

"투투, 그런데 그러면 그만큼 힘도 약해진다. 제대로 힘쓰려면 최소한 이 정도 체격은 나와야 한다."

"오옷, 힘도 약해진다고?"

디온의 눈이 반짝 빛났다. 그는 지금까지 투투가 힘이 너무 세고 제어를 못하는 걸로 고민하면 했지 투투의 힘이 약해질까 봐 걱정을 한 적은 없다. 오히려 힘이 약해지면 그만큼 고민이 줄어드는 셈이 아닌가.

디온은 즉시 명을 내렸다.

"나랑 비슷한 크기로 덩치를 줄일 수 있니?"

"투투, 있다."

"그럼 줄여봐."

"투투, 줄인다."

투투가 대답을 함과 동시에 정말로 그의 몸이 주르륵 하고 줄어들기 시작했다.

"오오오옷, 진짜네?"

디온은 기쁨의 함성을 질렀다. 투투가 일반인 크기가 되면 정말 여행에 문제가 터질 소지가 절반쯤은 사라질 것 같은 생각이 들었다.

그러나 곧 디온은 실망한 표정으로 말했다.

"어이, 키는 줄어드는데 어깨 넓이는 전혀 안 줄잖아. 그런 체격이면 완전히 트롤이거든."

"투투, 어깨 넓이도 줄인다."

주르르륵.

정말로 투투의 말대로 어깨 넓이도 줄었다. 그러나 그 영향을 받아서인지 다시 키가 30cm쯤 커졌다.

"스톱!"

디온은 급히 외쳤다. 변형을 멈춘 투투의 체격을 보니 키가 2m를 조금 넘고, 어깨가 떡 벌어진 바바리언의 그것이었다.

디온은 리네를 보며 물었다.

"이 정도면 사람들이 경악할 수준은 아니지?"

"응, 딱 좋은 거 같아."

"좋아, 투투. 그럼 앞으로 이 체격을 유지하도록 해."

"투투, 이 체격 유지한다. 참고로 힘은 아까의 3분의 1정도다."

"그 정도면 충분해. 유사시에 원래대로 돌아가면 되니까."

"투투, 유사시에 돌아간다."

그때, 뒤에서 투투의 급격한 체격 변화를 놀란 눈으로 바라보던 세쌍둥이가 겨우 제정신을 차린 듯 저마다 한마디씩 했다.

"우와, 마탑의 마법 개조 실험체라더니 그런 능력도 있었던 거야?"

"순식간에 절반으로 작아졌어."

"그래도 우리보다 두 배는 더 무거워 보이지만."

디온은 아무 말 않고 이런 건 별거 아니라는 듯 투투를 마차에서 내리게 했다.

"자, 이제 우리 남자들은 걷다가 피곤하면 번갈아가면서 마차 뒷자리에서 쉬자고."

"알았어요, 형."

"한 번에 둘씩은 쉴 수 있겠네."

"그럼 말이 힘들잖아. 한 명씩 타자고."

라이번이 웃으며 말했다.

"이 마차는 쌍두마차니 사람 한두 명 더 탄다고 해서 말이 그렇게 힘들어하지는 않을 겁니다. 하루 종일 걷는 것은 의외로 힘드니 한 시간마다 2인 1조로 번갈아가며 쉬십시오. 투투 님도 쉬셔야 할 겁니다."

"응, 그렇게 할게."

"투투, 안 쉬어도 된다. 걷는 거 힘 안 든다."

"그래도 원래 네 자린데 우리만 쉬면 좀 그러니까 번갈아가면서 쉬자."

"투투, 쉰다."

"좋아, 결정됐으니 이제 출발하자."

디온이 선언하자 리네는 얼른 마차에 올라타고, 라이번이 천천히 마차를 몰기 시작했다. 얼마 후, 그들은 수도 입구에 있는 관문을 벗어나 관도를 따라 여행길에 오를 수 있었다.

그런데 디온 일행이 관문을 통과할 때, 그들을 성벽 위에서 지켜보는 눈이 몇 개 있었다. 날카로운 눈매를 지닌 깡마른 남자와 줄어든 투투와 필적할 정도의 체구를 가진 덩치였다.

디온의 마차가 관문을 완전히 통과하자 깡마른 남자는 고개를 돌려 덩치에게 말했다.

"표적이 출발하는군. 어서 보스께 알리자."

덩치는 혀를 차며 깡마른 남자의 말에 딴지를 걸었다.

"이봐, 표적이라고 하면 안 되지. 우리가 저놈들을 죽일 건 아니잖아."

"젠장, 그럼 뭐라고 불러야 하는데?"

"손님이라고 불러."

"저놈들이 우리에게 돈 주고 의뢰를 한 것도 아닌데 왜 손님이 되지?"

"어, 그건 아닌가?"

"저놈들이 표적인지 손님인지 아니면 다른 뭐든지, 중요한

건 빨리 보스에게 안 알리면 네 뼈와 근육이 고생하게 될 거
라는 거다."

"어어, 그럼 안 되지."

덩치는 동료의 충고를 받아들여 얼른 성벽 아래로 뛰어내
려 갔다.

잠시 후, 십여 명의 사람이 덩치와 함께 관문을 통과해 디
온 일행의 뒤를 쫓기 시작했다.

여행이라는 것이 계획할 때에는 기대감에 심장이 뛰지만
막상 길을 나서면 그 순간부터 고생의 시작이라고 할 수 있
다. 그래도 아직 여행의 처음 부분이라 디온 일행은 즐겁게
이런저런 대화를 나누며 걸었다.

그런데 갑자기 디온의 뒷머리를 누군가 콕콕 찌르는 듯한
느낌이 왔다.

디온은 손으로 뒷머리를 살짝 만지며 뒤를 돌아보았다. 다
른 몇몇 사람들이 보였지만 디온에게 크게 관심을 가지거나
하지는 않았다.

"어, 뭐지?"

"디온 형, 왜요?"

"누가 우릴 봐요?"

"아무도 없는데?"

세쌍둥이의 말에 디온은 고개를 갸웃거리며 대답했다.

"갑자기 누가 내 머리를 콕콕 건드리는 거 같았어."

"그래요? 혹시 편두통 같은 거 아녀요?"

"어이, 제이콥, 디온 형한테 편두통이 생길 리가 없잖아."

"여기서 편두통이 왜 나오는 거냐?"

"한쪽 머리가 콕콕 쑤시면 편두통이잖아. 옛날에 아버지가 그렇게 말했어."

"그건 그렇지. 디온 형, 혹시 요즘 무리하셨어요?"

세쌍둥이의 이야기가 이상한 데로 흐르자 디온은 살짝 고개를 저었다. 그러자 라이번이 말했다.

"조금 쉬었다 가시겠습니까?"

"아니, 그 정도는 아니고."

순간, 다시 디온의 뒷머리를 누군가가 콕콕 찔렀다. 이건 뭔가 이상하다. 단순한 두통이나 그런 게 아니다.

혹시 또 다른 능력의 발현인가?

생각을 정리한 디온은 일단 일행에게 쉬어 가자고 말하고는 길 한쪽에 있는 나무 아래에 가서 정좌하고 앉았다.

명상을 통해 자신에게 가해지는 자극이 무엇을 의미하는지 알아내 보기로 했다.

콕콕.

다시 무엇인가가 머리를 찔렀다. 디온의 의식이 그쪽으로

향하니 갑자기 머릿속이 넓어지는 듯한 느낌이 들며 주변이
환하게 보였다. 눈을 감고 있는 상황인데 눈으로 보는 것처럼
보이는 것도 신기하지만 앞뿐만 아니라 사방팔방이 모두 선
명하게 보이는데, 마치 여덟 개의 눈을 가진 괴물이 된 기분
이었다.

"젠장, 역시."

능력의 발현이다. 이미 마스터의 경지에 든 디온은 사방의
기운을 아주 세밀하게 느낄 수 있지단 이렇게 눈으로 보는 것
처럼 보는 건 인간의 한계를 벗어난 거다.

코코콕.

"윽, 또."

디온은 약간 주저했지만 곧 결심하고 의식을 집중시켰다.
그러자 사방에 보이던 풍경이 확 더욱 확장되었다. 여덟 개의
눈의 시력이 세 배씩은 좋아진 모양이다.

"혹시 정말 뒤통수와 관자놀이에 눈이 생긴 건 아니겠지."

문득 디온은 불안감에 휩싸였다. 그러나 다행히도 그건 아
닌 듯했다. 정말 그랬다면 리네나 세쌍둥이가 비명을 질렀을
테니까.

그러는 동안에도 의식은 계속 확장되었다. 순식간에 디온
의 머릿속에는 지평선 끝까지 이르는 모든 광경이 모두 들어
오게 되었다. 그러고도 의식은 계속 확장되어 이제는 그들이

떠나온 수도의 관문까지 보였다.

디온은 눈을 떴다. 두 개의 눈으로 정면을 바라보자 뒷면과 옆면의 시야는 흐려졌다. 그러나 완전히 사라진 건 아니다. 여전히 흐릿하게 보였다.

정상적인 인간의 감각이라면 앞쪽만 봐야 하는데, 이렇게 사방을 다 보니 뇌에 한계가 오는 듯 두통이 좀 생겼다.

"뭐 이런 경우가 다 있지. 죽어라고 수련한 결과도 아니고, 길을 걷다가 갑자기 이렇게 되다니."

디온은 한숨을 내쉬며 자리에서 일어났다. 아직 감각의 변화에 몸이 따라가지 못해서 비틀거리며 똑바로 서 있기가 힘들었다.

리네가 걱정스러운 표정으로 물었다.

"디온, 괜찮아?"

"응, 괜찮아. 이제 떠나자."

"그냥 좀 더 쉬는 게 어때?"

"아냐. 걷는 게 나을 것 같아. 걸으면서 호흡을 안정시키면 어지러운 건 금방 사라지거든."

"으응."

리네는 여전히 걱정했지만 디온이 그렇다고 하니 반대는 하지 않았다. 일행은 곧 다시 길을 떠났다.

걸음을 옮기면서 호흡을 안정시킨다는 말은 정말이다. 디온의 육체는 새로운 감각의 변화에 빠르게 적응했다.

사방이 모두 보이는 시야에 익숙해지자 오히려 묘한 쾌감이 일어났다. 해방감이라고 할까? 지금까지는 뒤를 보려면 고개를 돌려야 했는데, 이제는 그럴 필요가 없다. 사물에 가려진 부분도 다 보였다. 투시력과는 또 다른 형식으로 그냥 보였다.

요리에 마기가 담기는 거나 누군가가 자신을 해하려 하면 재채기를 하는 것과는 달리 이 시야의 확장은 디온의 마음에 쏙 들었다. 걷기만 하던 사람에게 하늘을 나는 능력이 주어진 느낌이었다.

'이래서 마왕이 되는 건 거부하기 힘든 유혹이라고 한 거군.'

상위 영격체가 되는 것을 스스로 거부하는 건 정말 불가능에 가까울 정도로 힘든 일이라고 했다. 지금 생각해 보니 그 말이 약간은 이해가 되었다.

만약 디온이 인간으로 남으려면 지금 이 능력을 봉인해야 한다. 여덟 개의 눈 중 여섯 개를 가리고 두 개만으로 살아야 한다는 뜻이다. 남은 두 눈에도 사물이 흐리게 보이는 막을 대어야 한다. 얼마나 답답할까? 생각만 해도 한숨이 저절로 나왔다.

'나중에 생각하자.'

디온은 일단 현재를 즐기기로 했다. 그는 걸으면서 천천히 전후좌우를 살폈다. 한 번에 두세 방향을 뚜렷하게 보는 연습도 했다.

다른 사람이 보기에 디온은 두 눈을 부릅뜨고 입을 꼭 다문 채 앞만 보고 걸었다. 뭔가 심각한 분위기였기에 말을 걸기도 뭐했다.

그러던 중 디온의 뒤쪽 시야에 일단의 사람들이 대치하고 있는 모습이 들어왔다. 그들 중 한쪽은 디온이 알고 있는 사람들이었다.

"어, 저 누님은 그때 그 사람이네."

신성제국에서 왔다던 성기사다. 이름이 브로니카라고 했던가?

"디온, 아는 사람이 보여?"

리네가 디온이 보는 정면을 살피며 물었다.

"아, 아니. 그건 아닌데, 나 잠시 어디 좀 다녀올게. 먼저 가고 있어."

"디온, 어디 가는데?"

리네가 물었지만 디온은 대답하지 않고 그냥 뒤쪽으로 달렸다. 인간 이상의 감각을 가진 이 상황을 설명할 수는 없었다.

일행과 떨어진 디온은 길을 벗어나 마음먹고 전력을 다해 움직였다. 전투마들의 돌진보다 더욱 빠른 속도였다.

그러는 사이에 브로니카와 정체를 알 수 없는 자들 간의 대치 상황은 더욱 심각해졌다. 양측 모두 무기를 뽑아 들고 싸우기 직전이었다.

디온은 겨우 싸움이 시작되기 전에 도착할 수 있었다.

"저쪽은 신성제국 쪽 사람이고, 반대쪽은 누구지? 몸에서 은은히 살기가 흐르는 걸로 보아 좋은 놈들은 아닌데……."

분명히 브로니카라는 여기사는 신성제극의 성기사라 했다. 그것도 목숨을 아끼지 않는 극렬, 광신 성기사다.

성기사들이 싸우려 하는 것으로 보아 상대는 좋은 사람이 아닐 가능성이 크다. 일단 디온의 눈에도 살인을 두려워하지 않는 흉악한 놈들로 보였다. 장사꾼 차림을 하고 살기를 숨긴다고 해서 디온이 몰라볼 수는 없다.

디온은 잠시 고민했다. 아는 사람이 무기를 들고 싸우려 하기에 급히 왔는데, 와서 생각해 보니 아는 사람이라고 볼 수도 없다. 그리고 성기사들의 일에 끼어드는 건 별로 좋은 일이 아니었다.

"쩝, 그러고 보니 내가 왜 왔지?"

남의 일이다. 도와줄 이유도 필요도 없고, 반대로 만나면 껄끄러울 가능성이 더 높은 사람이 바로 성기사다. 도움을 받아도 고마워하기는커녕 아주 기분 나빠할 가능성이 크다. 그리고 도움이 필요할 정도도 아닌 것 같았다.

돌아갈까? 남의 일에 신경 쓰지 않고 그냥 여행을 계속하는 게 좋을 듯하다.

"쩝, 시야가 확장되니 눈에 띄는 게 많아서 좀 그러네. 앞으로는 보고도 못 본 척해야 하는 일이 많아지겠군."

디온은 한숨을 내쉬며 조용히 몸을 빼려 했다.

그때 장사꾼 일행 중 가장 나이 많아 보이는 사람이 조심스럽게 말했다.

"도대체 왜 우리를 공격하는 거냐? 강도 같지는 않고, 청부를 받았나? 사람을 잘못 본 건 아닌지 의심이 가는군."

브로니카는 기가 차다는 듯 코웃음을 쳤다.

"암살자 길드 놈들이 오히려 우리를 청부업자라 하다니, 재밌군."

그 말에 장사꾼들의 안색이 모두 굳었다. 브로니카의 말대로 그들은 모두 암살자 길드의 일급 요원들이다. 하지만 그걸 상대가 안다고 해서 순순히 정체를 시인할 정도의 바보는 없다. 목에 칼이 들어와도 무조건 부인해야 하는 게 그들의 직업이다.

암살자 길드의 지휘자는 눈을 크게 뜨고 황당하다는 듯이 말했다.

"그게 무슨 소리냐? 우리는 그런 흉악한 사람이 아니다."

"잡아떼도 소용없다. 너희가 디온의 뒤를 쫓는 건 알고 있다. 누가 그런 일을 시켰지? 그것보다 너희의 몸속에서 느껴지는 사악한 기운은 누구로부터 받은 거지?"

"흐, 증거도 없이 누명을 씌우려 하다니."

"증거는 지금부터 너희를 잡아 고문하면 다 나오겠지. 내가 방금 한 질문의 대답도 말이야."

"독한 년, 기사의 복장을 했기에 아닌 줄 알았는데 이제 보니 진짜 강도였구나. 모두 목숨 걸고 짐을 지켜라!"

전투 신호다. 암살자들은 모두 허리를 낮추어 특유의 공격 자세를 취했다.

브로니카 쪽도 상대의 움직임에 맞추어 무기를 겨누었다.

"저놈들의 몸속에는 이미 사악이 심어져 있다! 모두 조심하고 적극적으로 대응하라!"

브로니카가 외치자 드디어 양측은 서로 달려들어 싸우기 시작했다. 암살자들은 땅을 기는 듯한 움직임으로 회피를 주로 하다가 기회가 되면 단숨에 여럿이서 한 명을 노렸다.

이에 반해 성기사들은 포위 진형을 구축한 채 방패로 벽을 만들어 가능하면 일대일의 상황을 만들려 했다.

상식적으로 볼 때 암살자들이 무장한 성기사들과 집단전을 하면 상대가 될 수 없다. 그런데 암살자들의 움직임이 상상외로 빨랐다. 뿐만 아니라 단검으로 성기사들의 장검 공격을 가볍게 받아서 튕길 정도로 힘이 셌다.

브로니카의 눈에서 날카로운 빛이 흘렀다.

"역시 마족의 힘을 받았군. 성기사들은 상대가 완전히 무력화될 때까지 방심하지 마라. 마족의 힘을 받은 자들은 고통을 느끼지 못할 가능성이 크다."

브로니카의 말대로 상처를 입은 자들도 쓰러지지 않고 악착같이 공격을 계속했다. 마치 광전사와 같았다. 순식간에 숲의 공터는 지옥의 수라장이 되었다.

디온은 암살자들이 자신을 뒤쫓고 있었다는 말에 몸을 멈추었다. 남의 일인 줄 알았는데 알고 보니 제 일이었다.

"그런데 성기사들이 왜 나를 노리는 암살자들을 막아주지? 아, 엘미르 선생님이 도와주신 건가."

엘미르 선생은 신분을 숨긴 신성제국의 에이전트라 했다. 그녀의 임무는 디온의 보호인데, 말하자면 신성제국 측에 있는 사람들 중에 혹시라도 디온을 귀찮게 하는 자가 나오면 그걸 막아주는 역할이다.

브로니카 역시 그런 사람 중 하나였다가 엘미르 선생의 충고로 디온을 노리는 것을 포기했다고 했는데, 지금 보니 아예 디온을 암중 보호하는 임무를 맡은 모양이다.

"그럼 도와줘야 하나? 음, 근데 저 암살자들, 정말 잘 싸우네. 저게 마족의 힘을 받아서 그런 거란 말이지?"

마족의 기운을 느끼는 것은 성기사의 특수한 권능 중 하나이다. 디온은 잘 모른다. 당연히 암살자들이 마족의 힘을 받았는지도 알 수 없다. 하지만 그들의 움직임과 근력은 확실히 인간의 한계를 초월했다. 시간이 흐를수록 더욱 빠르고 강해지는 것 같았다. 뿐만 아니라 칼에 찔린 상처도 금세 아물어 버린다.

이제는 성기사들이 지쳐 뒤로 밀리고 있었다. 사방으로 포위를 했는데 뒤로 밀리니 포위망이 뚫리려 했다.

그때 드디어 브로니카가 참전했다.

"사악을 물리친다!"

촤아아아아!

브로니카의 검에서 눈부신 백광이 일어났다. 대낮인데도 빛이 하얀 비단처럼 너울거림이 느껴졌다.

"끄으으으."

암살자들이 신음성을 흘리며 비틀비틀 물러섰다. 눈에서 피를 흘리는 것이 신성광에 모두 눈이 망가져 보이지 않게 된 모양이다.

"차앗!"

브로니카는 기합을 지르며 위로 뛰어올랐다. 그러자 그녀의 등 뒤에서 날개와도 같은 것이 생겨나 한번 크게 펄럭이고는 사라졌다.

스카이 윙이라는 하급 신성 마법은 점프할 때 쓰면 도약력을 몇 배로 늘리고, 추락할 때에는 속도를 줄여주는 역할을 하는 것인데, 이게 브로니카의 능력과 겹치니 정말 새처럼 위로 주욱 솟아올랐다.

브로니카의 몸이 태양과 겹쳐지자 검에서 뿜어져 나오는 성검의 광휘가 더욱 강해졌다. 태양이 둘로 나뉘어 그중 하나가 암살자들의 정중앙으로 떨어지는 듯한 광경이었다.

콰아아앙!

땅이 흔들리며 빛이 파장으로 변해 사방으로 퍼졌다. 브로니카는 검으로 사람을 찌른 게 아니라 땅에 박아 넣었다. 그러자 신성력이 모두 충격파로 바뀌어 수천 개의 날카로운 칼날처럼 변해 버렸다.

파파파파파파파팍!

"크아아아!"

"아아아악!"

암살자들은 하나같이 비명을 지르며 전신이 갈기갈기 찢겨진 모습으로 쓰러졌다.

신기한 것은 외곽을 둘러싼 성기사들에게는 전혀 영향을 주지 않는다는 점이다.

빛의 속성을 띤 충격파는 악한 자에게는 어떤 보검보다 날카롭게 몸을 찢어내지만 신성력을 몸에 두른 자에게는 오히려 기운을 회복시켜 주는 축복의 역할을 한다. 브로니카의 필살기 중 하나인 디바인 썬 크러쉬는 난전 중에 최대의 효과를 발휘하는 기술이다.

큰 기술 한 방에 승패가 갈렸다. 마족의 힘을 얻은 암살자들 중 서 있는 자는 하나도 없었다.

"모두 체포하라! 저항하는 자는 팔다리를 잘라도 좋다!"

브로니카의 명령과 이를 실행하는 성기사들의 행동은 아주 비정해서 구경하던 디온이 혀를 내두를 정도였다.

"역시 저 인간들도 정상은 아니야. 쩝, 역시 그냥 돌아가야겠다."

잔인한 놈들과는 엮이고 싶지 않은 디온이었기에 암살자들이 왜 자신들을 노리는지를 물어보는 것은 포기하기로 했다. 나중에 라이번에게 살짝 말하면 알아서 조사해 줄 터이다.

디온은 처음 왔을 때처럼 소리없이 발걸음을 옮겼다. 그런데 그때 디온의 시야에 또 다른 광경이 잡혔다.

그것은 하늘로부터 시작되었다. 갑자기 먹구름이 불어나더니 태양을 가려 버렸다. 쿠르르릉 하고 대기가 울리는 것이 지금이라도 천둥번개를 동반한 소나기가 올 모양이다.

구름은 점점 진해져서 이제는 초저녁처럼 어둑어둑해 보

일 정도가 되었다. 동시에 암살자들이 타고 있던 짐마차 아래쪽에서 덜컹 하는 소리가 들렸다. 무엇인가가 짐마차 바닥에 매어져 있다가 바닥으로 떨어진 것이다.

그것은 하나의 관이었다. 관은 스스륵 움직여 브로니카가 서 있는 바로 앞까지 왔다.

끼이이익!

불길한 소리를 내며 관 뚜껑이 열리고 한 사람이 일어났다. 음침한 인상에 비쩍 마른 중년 남자였다. 근육이 전혀 없고 등도 살짝 굽어 싸움은 전혀 못할 것 같은 분위기이지만 날카로운 눈매에는 살기가 담겨 있었다.

사내가 몸을 똑바로 편 채 누운 자세에서 그대로 일어나는 것을 보니 기괴한 느낌이 들었다.

브로니카가 다시 검을 겨누며 외쳤다. 그녀의 의지를 대변하듯 검에서 신성광이 줄기줄기 뿜어져 나왔다.

"진짜가 나왔군. 네놈이 이놈들에게 기운을 불어넣은 장본인이지?"

사내는 손으로 눈을 살짝 가리며 대답했다.

"재수없게 성기사 년이 냄새나는 빛을 뿜는군. 확실히 눈도 부시고 기분이 최악이야."

"네놈은 인간이 아니다. 전신에서 느껴지는 사악한 기운, 마족이구나!"

사내는 가렸던 손을 내리며 두 눈으로 브로니카를 노려보
았다.

"이제 좀 익숙해지는군. 확실히 강력한 신성광이야. 태양
까지 떠 있었으면 아주 귀찮을 뻔했어."

사내는 허리에 차고 있는 짧은 검을 뽑으며 다시 말했다.

"하지만 이미 태양은 가려 버렸고, 꼴 보기 싫은 성기사 년
은 필살기를 쓰느라 기운이 떨어져 가린 구름을 치울 만한 힘
이 남아 있지 않고, 난 두 눈을 멀쩡히 뜬 채 싸울 수 있고, 오
늘 잡것들은 싹 다 죽이고 제일 센 것만 사로잡아서 고문하다
가 박제로 만들어서 내 방에 전시를 하게 될 것이고. 흐훗, 역
시 불쾌한 기분을 털어내는 데에는 유쾌한 상상을 하는 게 최
고란 말이야."

브로니카는 코웃음을 쳤다.

"흥, 내가 필살기 한번 썼다고 신성력이 다할 거라고 생각
하다니 네놈은 마족 중에서도 멍청한 놈일 것이다."

말이 끝남과 동시에 브로니카는 성검을 머리 위로 치켜들
었다. 그러자 성검의 신성광이 검끝으로부터 주욱 뻗어 구름
을 뚫고 하늘로 올라갔다.

"나의 의지로 성스러운 빛은 다시 대지를 비추라!"

사아아아아아!

신성광을 중심으로 먹구름이 사라지기 시작했다. 구멍 난

구름층 사이로 태양빛이 쏟아져 브로니카의 전신을 비추었다. 곧 구름은 흔적도 없이 사라져 원래대로 밝은 태양빛이 그들 모두의 머리 위로 쏟아졌다.

그러자 사내는 크게 웃었다.

"크크크크크, 이 마군참모 말렉스님이 멍청하다고? 너야말로 멍청한 계집이다. 내가 태양빛을 두려워할 것 같으냐? 마족이 태양빛을 두려워한다는 편견이 어디서 나왔는지 모르지만, 내 취미가 일광욕이란 걸 말해주지."

"뭐라고?"

"성기사 수장쯤 되는 자가 필살기 한 번에 신성력을 다 쓸 거라고 믿는 놈이 어디 있겠나? 하지만 방금처럼 쓸데없이 먹구름을 걷어내는 짓거리는 웬만한 필살기보다 더욱 많은 신성력을 소모하지. 어때? 아직 신성력이 많이 남아 있나? 숨겨둔 한 수라도 있으면 어서 써봐라."

"으음, 날 속였구나."

"말했지? 네년이 멍청한 거라고. 도발에도 잘 넘어가고, 허영심도 많아서 잘 확인하지도 않고 기상 변화 마법 같은 걸 함부로 쓰다니. 쯔쯔쯔, 머리가 나쁘고 성격 급하면 부하들만 고생하는 이치를 오늘 확실하게 배우거라."

슈슈슉!

말렉스는 말이 끝남과 동시에 눈에 보이지 않을 속도로 브로니카를 공격하기 시작했다.

단숨에 목이 따이지 않은 것만 해도 브로니카가 최고의 검사라는 것이 증명될 정도로 맹렬한 공격이었다. 면도날처럼 날카로우면서도 오우거의 몽둥이에 비견될 정도로 강한 힘을 내포하니 정면으로 막으면 몸이 버티기 어려울 정도다.

브로니카는 급히 방패로 몸을 막으며 반격하려 했지만 한 번 선수를 빼앗기니 그럴 여유가 없었다. 더군다나 말렉스의 흉계에 넘어가 몸 안에 신성력이 얼마 남지 않았다는 점이 그녀의 마음을 흔들었다. 마음이 흔들리니 곧 육체도 흔들렸다.

카캉!

날카로운 금속성과 함께 방패가 깨어졌다. 말렉스의 공격을 미처 흘려내지 못하고 타격력을 그대로 받으니 방패가 견뎌내지 못했다. 방패를 차고 있던 팔도 부러졌다.

하지만 고통이 오히려 브로니카의 흔들린 마음을 바로잡는 역할을 했다.

"차앗!"

브로니카의 몸이 여섯 개로 늘어나 말렉스를 둘러싸며 일제히 검으로 찔러 들어갔다. 신성력을 이용한 잔상 분신 공격. 사악한 자는 결코 브로니카의 실체를 구분할 수 없다.

"흥, 잔재주를."

말렉스는 코웃음을 쳤지만 만만치 않은 공격이라는 것을

알기에 급히 몸을 아래로 낮추었다. 허리를 굽힌 게 아니라 몸 전체가 땅을 파고들어 허리 위쪽만 남았다.

브로니카는 마족의 기운이 땅에 스며들어 자신의 발밑으로 온다는 것을 느끼고 본능적으로 위로 뛰어올랐다.

파파파파팍!

수많은 가시가 땅을 뚫고 위로 튀어 올랐다가 다시 땅속으로 들어갔다. 그러자 말렉스의 하반신이 다시 땅 위로 솟아올랐다.

"잘 뛰는군. 꼬치가 안 된 건 칭찬해 주지."

"플레임 버스터!"

콰콰쾅!

뒤쪽에 있던 마법사 세레스가 준비해 두었던 마법을 사용했다. 오랜 기간 동안 브로니카와 손발을 맞춰온 세레스의 특기는 바로 브로니카가 회피 행동을 할 때에 그 공간에 공격 마법을 때려 박는 것으로, 자칫 잘못하면 브로니카도 휘말릴 수 있는 위험한 행동이다. 그러나 세레스는 아직까지 한 번도 타이밍을 틀린 적이 없다.

"크윽."

점프한 브로니카의 뒤를 쫓으려던 말렉스는 신음성을 내며 뒤로 한 걸음 물러났다. 얼굴에 정통으로 화염 마법을 맞아 머리는 타고 피부는 검게 그을려 있었다. 보통 사람이었다면 뼈도 남지 않고 재가 되어버렸겠지만 그어겐 좀 많이 따끔한 정도였다.

한순간의 비틀거림이 다음 연계 공격의 틈을 만들어주었다. 힘으로는 신성제국의 성기사 중 제일이라는 롤랜드가 그레이트 소드에 전신의 힘을 실어 말렉스의 왼쪽 다리를 내리찍었다.

팍!

머리나 몸통이었다면 피했을지도 모른다. 보통 연계 공격 중 뒤에 오는 것은 치명타를 노리니까 말렉스도 정신없는 와중에서도 급소에는 어느 정도 대비했다.

그런데 다리라니! 마족 정도 되면 팔다리를 잘라내도 금방 재생하리라는 것을 모르는 건가? 트롤도 그 정도는 한다.

말렉스는 잘려서 떨어져 나가는 자신의 다리를 보며 그런 생각을 했다. 그사이 롤랜드는 연속해서 왼쪽 팔을 노렸다.

"이놈, 죽어라."

말렉스는 오히려 팔로 검을 쳐내며 외쳤다. 롤랜드의 몸이 붕 떠서 한참을 날아가 바닥에 떨어졌다.

"크으, 저놈 흥분했나 봐. 힘이 엄청 세졌네."

"호호호호, 롤랜드. 잘했어."

세레스는 웃으면서 연속으로 공격 마법을 시전했다. 그녀가 노리는 곳도 말렉스의 왼쪽 다리와 왼쪽 팔이다. 말렉스의 다리가 재생을 하려다가 다시 파괴되었다.

"언제까지 재생하나 보자고요. 호호호호!"

"으으, 네놈들, 내 다리 하나에 아주 목숨을 거는구나."

"응, 네놈의 왼쪽 다리 하나가 우리 할당량이거든. 기왕이면 왼쪽 팔까지 처리하면 아주 일을 많이 한 거가 되고. 네놈의 목은 브로니카가 칠 거야."

"크크크, 아주 웃기는군."

말렉스의 몸이 다시 땅속으로 스며들어 갔다. 땅속으로 들어간 하반신은 액체처럼 풀려 땅과 동화되었다. 사실 태양빛 아래에서 어느 정도 마족의 힘이 제한되는 건 맞다. 그러나 말렉스 정도가 되면 땅속에 들어가서 능력을 쓸 수 있으니 큰 문제가 되지 않는다.

직사광선만 아니라면 거추장스러운 껍데기에 연연하지 않아도 되는 것이다.

파파파팟!

세레스와 롤랜드가 있던 자리에서 가시가 튀어나왔다. 그러나 둘 다 눈치와 잔머리로 험한 세상을 헤치고 살아왔는지 말렉스가 땅 아래로 들어가자마자 즉시 몸을 날려 가시를 피했다.

그사이 말렉스는 멀쩡해진 두 다리로 다시 땅 위로 올라왔다.

세레스가 혀를 차며 브로니카 쪽으로 가서 말했다.

"칫, 저거 정말 상급 마족인가 봐. 전혀 지친 기색이 없어. 브로니카, 어떻게 할 거야?"

브로니카는 시선을 돌리지도 않고 대답했다.

"상급 마족이든 뭐든 소멸시키면 돼."

"하기야, 우린 마왕한테도 들이대려 한 멋진 그룹이지."

브로니카의 막무가내인 성격은 이미 알고 있다. 세레스는 마음을 비우고 전투에 집중했다.

그사이 롤랜드가 거의 방어를 포기한 채 연속적으로 공격을 가해 말렉스를 상대하고 있었다.

그레이트 소드를 멈추지 않고 휘두르는 것은 거의 불가능에 가까운 기술인데, 롤랜드는 그게 가능했다. 단, 숨을 쉬지 않아야 했다.

곧 산소가 부족해진 롤랜드는 얼굴이 붉어졌다. 그러나 멈추는 순간 반격을 당할 게 뻔한 상황이라 질식해서 죽더라도 숨을 쉴 수는 없었다.

이윽고 롤랜드에게 한계가 왔다. 뇌가 하얗게 변하는 느낌과 함께 고통인지 쾌감인지 구분할 수 없는 자극이 전신에 퍼졌다. 자신도 모르게 검의 궤적이 살짝 흐트러지자 그 틈을 말렉스가 노렸다.

슈욱, 팍!

"크크크, 한 놈 잡았군."

롤랜드의 가슴 한복판에 말렉스의 단검이 파고들었다. 심장이 있는 자리다. 그런데 그때 롤랜드가 입에서 피를 토하며 씨익 웃었다.

"잡힌 건 너야, 마족 새꺄."

롤랜드는 그레이트 소드를 버리고 말렉스의 팔을 잡았다. 순간 그의 전신으로부터 하얀 전격이 일어나 말렉스한테 흘러들어 가기 시작했다.

파지지지지지지지지!

"신성전격! 끄아아아아아!"

"이때다. 전원 공격!"

브로니카의 명에 따라 성기사들은 망토 안쪽에 숨겨두었던 짧은 투창을 꺼내 일제히 엉겨 있는 롤랜드와 말렉스에게로 던졌다. 강제력이 있는 신성 마법의 명령이었기에 무조건적으로 수행해야 했다.

파파파파팍!

수십 개의 투창이 말렉스와 롤랜드의 몸을 관통해서 절대로 떨어지지 못하게 만들었다.

그사이 세레스는 얼음 마법으로 땅을 얼리고, 자신의 피로 결계 마법진을 그렸다.

"언제까지나 땅속으로 숨어들게 할 수는 없지. 호호호호!"

브로니카는 하늘로 떠올라 그녀의 필살기인 썬 크러쉬를
구사했다.

하지만 이번에는 땅에 검을 박아 넣는 것이 아니라 말렉스
의 머리 위쪽에 찔러 넣었다.

"받아랏! 태양빛을 머금은 나의 전 신성력을!"

푸욱!

"끄아아아아아아아!"

말렉스의 몸이 하얀 불꽃을 일으키며 타오르기 시작했다.
이렇게 당하면 마족이라고 해도 견딜 수 없다.

롤랜드 역시 불길에 휩싸였다. 그러나 그것은 롤랜드에게
는 치유의 기적과도 같은 불길이었다.

잠시 후, 말렉스는 완전히 재가 되어버렸다. 세레스가 얼른
신성룬어가 가득 새겨진 마법의 병을 꺼내 그 재를 담았다.
마족의 재는 가장 구하기 어려운 시약 중 하나이다.

"으으, 죽을 거 같아. 어서 이 투창 좀 빼줘."

바닥에 쓰러진 롤랜드가 신음성을 흘리며 애원했다. 성기
사들이 모두 달려들어 얼른 롤랜드의 몸에 박힌 자신들의 투
창을 뽑았다.

투창을 뽑아낸 곳은 곧 재생되어 새살이 돋았다. 얼마 지나
지 않아 롤랜드의 몸은 긁힌 상처 하나 없이 멀쩡해졌다. 단
지 완전히 너덜너덜해진 그의 갑옷이 방금 전 미친 자폭 공격

의 유일한 증거가 되었다.

세레스가 엄지손가락을 치켜세우며 롤랜드를 칭찬했다.

"언제 봐도 놀라워, 그 생명력과 재생력은. 어떻게 강화를 하면 그런 신체가 되지?"

"이건 별거 아니야. 트롤만 해도 이 정도는 된다고."

"하지만 트롤은 몸에서 전기를 뿜어대지는 않잖아."

"젠장, 내가 알게 뭐야. 마탑 놈들이 내 몸에 뭘 어떻게 했는지는 아무도 모르니까."

원래 롤랜드는 마탑의 실험체였다. 어렸을 때 탈출한 것을 신성제국에서 발견해서 치료를 해주었는데, 그 과정에서 실험체의 능력이 사라지지 않고 오히려 성기사의 능력까지 얻어버렸다.

그래서 롤랜드는 마법사를 싫어하고, 자신을 구해준 사제들을 좋아한다. 세레스 이외의 마법사와는 아예 대화도 안 하는 것이다.

롤랜드는 평소에 이런 자신의 특징을 숨긴다. 하지만 이번처럼 정말 감당하기 어려운 강한 적을 만났을 때에는 망설이지 않고 사용한다.

구경하고 있던 디온은 롤랜드의 입에서 마탑이란 단어가 나오는 걸 보고는 오호 하며 감탄성을 발했다.

"진짜 마탑에서 육성한 강화인간인가 보네. 심장이 뚫려도 재생되고 몸에서 신성전격을 뿜어대다니, 대단한데?"

이 정도면 투투가 강화인간이라고 주장해도 충분히 먹힌다. 지금은 체구도 작아져서 그냥 힘만 센 좀도로밖에 안 보이니까.

롤랜드의 존재는 디온에게 큰 위안이 되었다.

감탄하고 있던 디온의 시야에 무엇인가가 보였다. 동시에 브로니카의 사악 탐지 능력에도 같은 것이 잡혔다.

그것은 디온 일행이 있던 곳 근처에 나타났다. 엄밀하게 말하면 그곳을 지나가던 다른 일반 상인의 짐수레 마차 아래에서 나타났다.

관, 지금까지 힘겹게 싸운 말렉스가 들어가 있던 관과 똑같은 모양이다.

뚜껑이 열리며 한 사내가 일어났다. 그자의 모습은 바로 말렉스였다.

그때 브로니카가 외쳤다.

"믿을 수 없이 강력한 마족의 기운! 이놈은 가짜고 저놈이 진짜였어!"

Chapter 03
마족의 유혹

흑사자
마왕

디온은 전력으로 달렸다. 말렉스라는 마족이 무슨 짓을 할
지는 모르지만 자신이 없는데 일행과 접촉하게 놔두기는 싫
었다.

디온의 뒤를 브로니카 일행이 쫓았다. 갑자기 튀어나와 달
려가는 디온을 보고 놀랐지만 대화를 나눌 여유는 없었다.

일행이 있는 곳에 가장 처음 도착한 사람은 역시 디온이었
다. 말렉스는 다른 사람과 조금 거리를 두고 가만히 서 있었
다. 라이번이 누구냐고 물어도 아무 말 없이 고개만 저었다.
그러다가 디온이 오자 정중하게 인사했다.

“디온님, 처음 뵙겠습니다. 저는 말렉스라고 합니다.”

공격 의사는 없어 보였다. 일행에게 해를 가하지도 않았다. 디온은 말렉스가 그저 자신을 만나기 위해 이런 짓을 했다는 것을 깨달았다.

“디온입니다.”

그때 브로니카와 세레스, 롤랜드가 도착했다. 다른 성기사들은 오지 않은 것이 도중에 따로 움직인 모양이다.

“디온님, 저자와 만나서는 안 됩니다.”

말렉스는 웃었다.

“오호, 누구신지? 제가 왜 디온님과 만나면 안 되는지 설명할 수 있습니까?”

“…….”

브로니카는 대답하지 못했다.

작전 실패다.

그녀의 임무는 마족이 디온과 접촉하지 못하게 하는 것. 그런데 이 마족은 가짜를 써서 자신들의 시선을 돌리고 혼자 디온 일행에게로 향했다.

암살자 길드의 움직임에 시선을 빼앗겨 마족이 혼자 움직일 거라고는 생각지 못한 게 가장 큰 실수였다.

말렉스가 디온과 만난 시점에서 브로니카가 할 수 있는 일은 거의 없는 것이나 마찬가지다. 그녀의 상관인 엘미르도 말했다. 최선을 다해 막되 일단 마족이 디온 일행과 접촉하면 포기하라고.

브로니카는 한숨을 쉬며 물러나려 했다. 그런데 그 순간 이 번에 지령을 받았을 때 엘미르가 한 말이 떠올랐다.

"이번 적은 강하니 감당하기 어려우면 리네 양의 협조를 구하세요."

이 말은 모순이다. 리네의 협조를 구한다는 것은 말렉스가 디온 일행과 접촉한다는 것을 의미하지 않는가?

순간 브로니카의 머릿속에 핑하고 떠오르는 게 있었다.

그녀는 단호한 목소리로 외쳤다.

"리네 양, 이자는 몸속에 사악한 기운을 담고 있어요. 아마 디온 군에게 해를 끼치려는 게 틀림없어요. 그러니 그대의 정신봉으로 사악한 기운을 정화하세요."

"예? 아, 예."

리네는 놀라 대답을 하면서도 어떻게 할지 몰라 정신봉을 꺼내 들며 디온을 보았다.

"저기, 디온, 저 사람 말대로 해도 돼?"

정신봉으로 머리를 때리면 모든 사악이 정화되고 혼미한 정신이 맑아진다. 멀쩡한 사람은 맞아도 그냥 조금 아프고 말지만 문제가 있는 사람은 거의 죽을 정도로 고통을 느낀다.

갑자기 나타난 여기사의 말대로라면 말렉스라는 남자는 몸 안에 사악한 기운이 있고, 그렇다면 제정신이 아닐 가능성이 크다.

그렇지 않아도 말렉스의 인상은 음침하고 불길해 보였다.

디온은 잠깐 생각하다가 고개를 끄덕였다.

"그것도 나쁘지 않겠네. 일단 한 대만 때려보자."

이렇게 되자 당황한 것은 말렉스다. 척 보기만 해도 뭔가 있어 보이는 무기에 머리를 맞고 싶지는 않았다.

"허헛, 저기 잠깐만. 디온님, 제가 꼭 저거에 맞아야겠습니까? 저는 디온님과 일행 분께 해를 끼칠 마음이 전혀 없습니다."

"음, 그 말을 의심하는 건 아닌데, 방금 전 저쪽에서 일어난 일이 좀 그랬어. 그래서 기분이 나쁘거든."

"기분이 나쁘셨다면 사과드리겠습니다. 하지만 보았으니 아시겠지만 그 일은 저희 쪽이 아닌 저쪽에서 일으킨 일입니다. 저희는 저들과 문제를 일으킬 마음이 전혀 없습, 아니, 없다고 할 수는 없지만, 디온님께서 기분 상하실까 봐 조심하고 있는 형편입지요."

"으음, 그건 그런가?"

생각해 보니 말렉스의 말에도 일리가 있다.

말렉스의 목표는 자기를 만나려는 것이고, 아마도 성기사들의 목적은 말렉스 같은 마족이 자신을 만나지 못하게 하려는 것 같다. 그렇다면 공격을 해야 하는 쪽은 성기사 측이다.

디온의 눈으로 본 바에 의하면 성기사들의 공격은 아주 지독했다. 물론 마족을 상대하는 데에 사정을 봐주는 것도 말이 안 된다. 그리고 문제는 성기사들도 나름대로 디온을 생각해주는 셈이다.

디온은 잠시 고민하다 말했다.

"일단 한 대 맞아. 그리고 나서 대화를 해보자고. 저기 브로니카라는 분도 함께 말이야."

"으윽, 알겠습니다. 명령이시라면 제가 한 대 맞지요."

말렉스는 무릎을 살짝 굽히고 머리를 앞으로 내밀었다. 그는 자신의 능력에 자신이 있었다. 물질계에 맞춰 만들어낸 육체지만 어떤 마법 무기라고 해도 견뎌낼 정도의 강도는 있다.

성기사가 성검으로 머리를 찍어도 괜찮다. 하물며 성기사도 아닌 초보 마법사 수준의 소녀가 휘두르는 정도는 얼마든지 참을 수 있다. 단지 인간 따위에게 순순히 맞아야 한다는 게 자존심을 건드렸지만 디온의 명령이니 어쩔 수 없다.

"치십시오."

리네는 조금 부담이 되는지 여러 사람의 눈치를 보며 다가와 조심스럽게 정신봉을 들어 올렸다.

"죄송해요. 그럼 때릴게요."

휘익, 빡!

"끄아아아아아아아아!"

말렉스의 눈에서 검은 빛이 확하고 뿜어져 나왔다. 입도 마찬가지. 마치 영혼이 육체로부터 빠져나오는 듯한 모습이었다.

긴 비명 소리와 함께 말렉스는 의식을 잃고 바닥에 쓰러졌다. 팔과 다리가 부르르 떨리는 것이 정신을 잃은 후에도 전신의 말단 세포까지 고통이 퍼지는 모양이다.

투투가 혀를 차며 중얼거렸다.

"투투, 저걸 그냥 맞다니, 나보다 더 멍청한 놈."

투투는 이미 리네가 정신봉을 사용하는 것을 보았기에 대충 그것의 정체를 짐작한다. 하지만 말렉스는 이게 설마 천신기라고는 짐작도 하지 못했다. 최고의 마법에 정통으로 맞아도 버틸 수 있는 말렉스지만 정신봉의 힘에는 견디지 못했다.

"어, 죽었나?"

디온은 고개를 갸웃했다. 설마 정신봉이 저렇게 강력할 줄은 몰랐다. 디온 역시 정신봉이 천신기라는 것을 모른다.

말렉스는 숨을 쉬지 않았다. 인간으로 보면 죽은 게 거의 확실한 상태였다.

"서, 설마… 죽었어?"

리네가 뒤로 주춤주춤 물러나며 말했다. 사람을 죽일 마음은 추호도 없는 리네였기에 충격을 받았다.

투투가 고개를 저으며 말했다.

"투투, 안 죽었다. 그냥 숨 쉬는 걸 잊었을 뿐이다. 깨어나면 또 숨 쉰다."

"정말? 그런데 어떻게 숨 쉬는 걸 잊어?"

"투투, 가끔 그런 놈이 있다."

투투의 설명을 이해하지 못한 리네는 두 눈만 껌벅였다. 어쨌든 투투가 안 죽었다고 하니 조금은 안심이 되었다.

이때 브로니카가 다가와 디온에게 말했다.

"그럼 이자는 저희가 데려가겠습니다."

다행히도 리네의 도움으로 마족을 제압하는 데 성공한 브로니카는 기분이 좋았다. 마족이 자신이 마족이라고 밝힌 게 아닌 이상 디온 일행은 마족과 접촉한 것이 아닌 게 된다.

이제 이놈을 잡아가 봉인해 놓고, 껍질을 벗기든 생체실험에 쓰든 마음대로 하면 된다.

그러나 디온은 그걸 허락하지 않았다.

"아니요. 저는 이 사람과 대화를 하겠어요."

"별로 좋은 선택이 아닐 겁니다."

"어쨌든 이자는 제 제안에 따라 리네에게 공격을 허용했어요. 그러니 이번엔 제가 약속을 지켜야죠. 깨어나면 이야기를 해보겠어요. 괜찮으시면 브로니카 경도 같이 대화에 참여해 주세요.”

“으음, 알겠습니다. 하지만 이자가 손을 쓰지 못하게 어느 정도 제압을 하는 건 허락해 주십시오.”

“알겠어요. 어떻게 하실 거예요?”

브로니카가 뒤를 돌아보자 세레스가 품속에서 하나의 수갑을 꺼냈다. 투명한 수정으로 만든 수갑인데, 안쪽에 파랗고 빨간 물줄기와 같은 것이 흐르고 있었다.

“이것은 능력 제어와 공간 제어 능력이 있는 구속구입니다. 이것을 저자의 팔과 다리에 채우면 될 것입니다.”

“좋습니다. 하지만 제 허락 없이 이자를 잡아갈 수는 없습니다.”

“알겠습니다.”

브로니카는 어쩔 수 없다는 표정으로 디온의 제안을 승낙했다.

얼마 후, 디온과 투투, 브로니카와 세레스, 그리고 팔과 다리에 수갑을 채워 말 위에 태운 말렉스는 숲 안쪽으로 들어갔다.

“이곳이라면 대화를 나누기에 적당한 것 같네요. 투투, 이제 말렉스를 깨워.”

“투투, 깨운다.”

쾅.

투투는 대답하고는 주먹으로 말렉스의 머리를 때렸다. 폭음과 함께 말렉스의 머리가 반쯤 찌그러졌다가 서서히 원 상태로 돌아왔다.

"으으, 네놈이 날 공격하다니."

"투투, 난 명령받은 대로 깨웠다."

"그러고 보니 내가 그거 맞고 기절을 했었나? 어떻게 그런 일이 있을 수 있지?"

말렉스는 얼른 자신의 몸 상태를 살폈다. 능력의 90% 이상이 사라지고 머릿속에 쇠못을 박은 듯 두통이 심했다. 상급 마족이 두통을 느끼다니! 이런 경우는 거의 없다.

"설마?"

"투투, 그 설마다."

"제기랄, 미친 천족 놈들."

천신기를 물질계로 가지고 온 것만 해도 문제가 큰데, 그걸 인간의 여자아이가 들고 있다니!

말렉스가 천족에 대해 욕설을 퍼부으려 하자 브로니카와 세레스의 안색이 굳었다. 그들의 손이 무기로 향했다.

디온은 한숨을 내쉬며 말렉스를 말렸다.

"이봐요, 말렉스라고 했지요? 이제 대화를 해봐요. 나를 왜 만나려 했지요?"

말렉스는 얼른 일어나서 디온에게 절을 하려고 했다. 그러나 손과 발이 묶인 상태인지라 버둥대면서 말에서 떨어졌을 뿐이다. 그래도 말렉스는 당황하지 않고 얼른 바닥에 엎드렸다.

"위대하신 게이트의 마왕님을 뵙습니다. 저는 헥사도스 마왕님의 마군참모 말렉스라고 합니다."

"저기, 나 아직 마왕 안 됐으니까 그냥 디온이라고 부르고, 그런데 왜 왔는지 아직 대답 안 했어요."

"그거야 당연히 디온님께서 얼른 마음을 굳히시고 마왕의 길을 걸으시라고 설득하러 왔습니다."

"윽, 그렇게 대놓고 말하면 좀 곤란한데. 솔직히 말해서 나 아직 마왕이 될 마음이 없거든요."

"그 점은 저도 잘 압니다. 디온님께서 인간의 길을 선택하셔도 제가 감히 어떻게 할 수는 없지요. 하지만 제 말이라도 좀 들어주시면 안 되겠습니까?"

"으음."

디온은 눈앞의 말렉스라는 마족이 머리가 아주 좋아 계략을 잘 쓴다는 생각을 했다. 아까 싸울 때도 그렇고, 직위도 마군참모라고 했다.

그런데 이자는 아무런 계약도 쓰려 하지 않고 그냥 말로 설득하겠다고 한다. 그렇다면 그 말이 곧 계약이기 쉽다.

'쩝, 원래 마족과는 말 한마디 주고받는 것도 극도로 조심해야 한다고 마법서에 쓰여 있었는데 괜찮을라나.'

소환술 마족편에 그런 말이 쓰여 있다.

마족은 약속을 잘 지키나 언어유희로 묘하게 약속을 비트는 경우가 많으니 소환을 하는 데 성공해도 방심하지 말고 꼭 원하는 대로 소원 성취를 하라는 충고다.

그런 만큼 대화쯤이야 하고 방심하면 안 된다. 사실 디온이 말렉스와 대화하겠다고 승낙한 것도 굉장히 위험한 행위다.

그래도 디온은 어쩔 수 없다고 생각했다. 그의 능력이 개화하기 시작해서 이미 여덟 개의 눈의 시야가 생기니 마족이나 마왕에 대해서도 알아야겠다는 생각이 들어버렸다.

"좋아요. 하고 싶은 말이 있으면 해보세요."

대화의 기회를 얻은 말렉스는 목적이 성공했다는 듯 입가에 자신만만한 미소를 지었다.

능력은 중요한 게 아니다. 비록 정신봉에 얼어맞고 신성구속구에 신체와 마력의 자유를 구속당했지만 말렉스의 가장 강력한 무기는 바로 세 치 혓바닥이다. 적어도 그는 그렇게 믿었다.

그걸 본 브로니카와 세레스는 불안감에 휩싸였지만 그들에게 말렉스의 말을 저지할 권리는 없었다.

말렉스는 말했다.

"저기 투투를 보십시오. 저놈은 원래 마계에서도 내놓은 놈입니다. 힘은 강한데 그게 제어가 안 되어 몸을 움직이면 곧 주변이 황폐화되어 버리는 황당한 놈이지요. 그래서 일찍이 마계를 사랑하시는 위대하신 마왕 헥사도스님께서 아공간 감옥에 봉인을 해놓았습니다."

"어, 정말로요?"

몰랐던 일이다. 디온이 투투를 보자 투투는 고개를 푹 숙였다. 아무래도 사실인 모양이다.

"그런데 이번에 헥사도스님께서 투투의 봉인을 해제해서 디온님께 선물로 보내셨습니다. 저는 그때 생각했지요. 헥사도스께서 투투를 보낸 이유는 투투가 물질계에서 사고를 쳐서 디온님을 궁지에 빠뜨리게 하기 위함이라고 말입니다. 그러니까 제어가 안 되는 투투가 사고를 쳐서 물질계를 심각하게 파괴하면 물질계의 인간들은 무슨 수를 써서든 투투를 제거하려 할 거고, 그 와중에서 디온님도 인간의 적이 되는, 뭐 그런 식이 아닐까 하고 생각한 거지요."

"으으, 그런 음모를 꾸몄단 말이야!"

반말이 절로 나왔다.

말렉스의 말대로라면 헥사도스는 정말 폭탄을 잘 포장해서 선물로 보낸 셈이다.

그 때문에 디온이 투투의 힘을 제어할 수 있게 하느라 얼마나 고생을 했던가? 투투에게 깨진 수천 개의 달걀 희생이 없었다면 헥사도스의 음모는 성공했을 것이다.

하지만 말렉스는 화를 내는 디온을 보며 여전히 웃었다.

"아닙니다. 이건 어디까지나 제 생각일 뿐입니다. 나중에 알게 된 헥사도스님의 의중은 달랐죠. 헥사도스님은 진심으로 디온님이라면 투투의 힘을 제어할 수 있으리라고 생각하셨던 겁니다."

"정말로?"

"실제로 제어하는 데 성공하셨지 않습니까? 투투는 이제 남부럽지 않은 상급 마족으로서 디온님께 절대 충성을 맹세한 몸입니다."

"음, 그건 그렇지."

"사실대로 말씀드리자면 헥사도스님은 디온님이 성공하리라고 예상하셨고, 혹시 성공 못하시면 제가 생각한 대로의 결과니까 그것도 나쁘지 않다고 판단하셨던 거지요."

"윽, 역시! 그런데 넌 불리한 일까지 잘도 말하네."

"그거야 당연합니다. 저는 디온님보다 하위의 존재, 감히 한마디라도 숨기거나 말을 비틀어 교묘하게 속일 수 없습니다. 불리하든 유리하든 있는 그대로 설명하는 것이 상위 마족과 대화하는 하위 마족의 의무입니다."

"계속 말해봐."

"어쨌든 헥사도스님의 예상대로 디온님은 첫 마족 부하를 거두는 데 성공하셨습니다. 이제 제가 왔습니다. 두 번째 부하로서 말입니다."

"그때 투투는 상황을 잘 몰라서 어쩔 수 없이 받아들인 거고, 난 너처럼 머리 잘 쓰는 수하는 별로 들이고 싶지 않아."

"그러실 거라고 생각은 합니다. 인간의 경우 잔머리 잘 쓰는 부하는 항상 경계해야 하는 대상이기도 하지요. 하지만 디온님, 제 말을 들어보십시오. 마족은 상위자에 대해 절대 복종을 기본으로 합니다. 그것이 소멸에 대한 명령이라도 기꺼이 따릅니다."

"……."

"가령, 지금 저보고 저 저주받을 성기사의 칼에 맞아 죽으라고 하시면 저는 그대로 행합니다. 제가 마음에 들지 않으시면 그렇게 명하십시오. 제가 말을 잘하는 게 불만이시면 이 시간 이후로 한마디도 하지 말라고 하시면 됩니다. 제가 인간을 죽이는 게 걱정되시면 죽이지 말라고 한마디만 하십시오. 그러면 인간이 저를 죽이는 상황이 되어도 저는 인간을 죽이지 않을 겁니다. 그리고 저를 받아들이고 싶지 않으시다면 그것도 좋습니다. 저는 그냥 소멸해 버리면 됩니다."

"소멸한다고?"

"부하가 된다는 것은 바로 권족이 된다는 것이고, 하위 권

족은 버림받으면 소멸하는 게 마족의 법칙입니다. 또한 디온
님께서 소멸하시면 자동적으로 저도 같이 소멸하지요."

"으윽, 이건 완전 강매잖아!"

"강매라니요? 그런 섭섭한 말씀을."

"날더러 어쩌라는 거야? 무조건 마왕이 되라는 거야?"

"아니죠. 인간이든 마왕이든 상관없다는 겁니다. 디온님께
서 인간으로 남으셔도 모든 것을 얻으실 수 있습니다. 저나
투투에게 명령만 하시면 무엇이든 이룰 수 있으십니다. 반대
로 마왕이 되셔도 그냥 평범한 인간처럼 사실 수도 있으십니
다."

"평범한 인간처럼 살 수 있다고?"

"아무것도 안 하셔도 된다는 뜻입니다. 설마 마왕이 되시
면 무조건 물질계를 멸망에 빠뜨려야 한다고 생각하고 계시
는 것은 아니겠지요?"

"아니, 저기, 조금은 그렇게 생각하고 있었거든."

"오해이십니다. 디온님께서 물질계의 평화를 원하시면 어
떤 마족도 물질계에서 말썽을 부릴 수 없습니다. 요리가 취미
이시면 그냥 요리사가 되시면 됩니다. 투투하고 저하고 주방
보조를 하겠습니다. 만약 위대한 옷이 되고 싶으시다면 그것
도 가능합니다. 즉, 마왕이 되든 안 되든 이미 투투와 저는 디
온님의 권족이니 디온님이 원하시는 대로 무엇이든 한다는

뜻이기도 합니다."

"으음."

"단지 이것만은 말씀드리고 싶습니다. 인간의 경우 배신을 합니다. 자신의 손익과 욕심에 따라 행동하고, 또 그게 자꾸 변하기도 합니다. 하지만 마족은 다릅니다. 디온님께서 마왕이 되면 원하시는 대로 필요한 만큼 다른 마족도 불러서 부리시면 됩니다. 디온님 자신의 능력도 완전히 달라집니다. 하지만 인간으로 남으신다면 우선 본인의 능력을 완전히 봉인해야 하고, 아직 잘 모르시겠지만 이건 굉장히 힘들고 괴로운 일입니다. 그리고 디온님께서 부리시는 절대 충성을 하는 마족은 투투와 저 이렇게 단둘뿐이라는 겁니다. 말하자면 인간으로 남아도 얻는 건 없고 잃는 게 많을 뿐입니다. 마왕이 되시면 잃는 건 없고 얻는 게 많습니다. 그뿐입니다."

"으으음."

디온은 뭐라고 말할 수가 없어 신음성만 흘렸다. 말렉스의 말대로라면 진짜 마왕이 되어도 그리 문제는 없다.

"혹시 마왕이 되면 의식이 바뀌어 포악해지거나 내 스스로 물질계의 파괴를 원하게 된다거나 하는 건 없어?"

"그럴 리가요? 오히려 인간으로 남을 경우 현혹 마법에 넘어가실 가능성이 있습니다. 지금 디온님은 반마왕이시라 현혹 마법 계열이 일절 안 통하시지만 완전히 마음을 굳히시고 마왕의 힘을 포기하시면 순수한 인간이 되니까요. 만약 디온 님께서 사악한 마법에 조종당해 저희에게 물질계의 파괴를 명하신다면 저희는 그 명을 그대로 행할 겁니다."

"뭐라고!"

"가능하면 마법에 당하시지 않도록 지키겠지만, 현혹되셨 든 아니든 일단 명을 받으면 저희는 따르게 되어 있습니다. 규율에는 마왕쯤 되는 존재가 자신의 의지가 아닌 상태로 명 령을 내리는 상황은 설정되어 있지 않습니다."

"우씨, 그럼 결국 나보고 마왕이 되라는 거잖아."

"그런 마음이 없지는 않지만 꼭 그런 건 아닙니다. 그게 걱 정되시면 저하고 투투에게 그냥 소멸하라고 명하시면 되지 않겠습니까?"

"……."

확실히 이놈은 말을 잘한다. 디온은 왠지 모르게 말렉스가 미워졌다.

그때 브로니카가 끼어들었다.

"디온 경, 마족이 진실만을 말한다는 보장은 없습니다. 이 자의 말은 모두 자신이 거짓을 말하지 못한다는 것을 전제로 하고 있는데, 만약 그걸 부정하면 이보다 더 무서운 함정은 없습니다. 무엇보다 모두 다 진실이라고 해도 마왕이 되면 더 이상 천신의 가호를 받지 못할 것입니다."

말렉스는 바로 받아쳤다.

"그럼 그냥 전향해서 천족이 되어도 됩니다."

"잉, 천족이 되라고?"

"예, 그러니까 전향이라는 망명 시스템이 있습니다. 보통 천족이 타락해서, 아니, 마족에게 매력을 느껴서 마족 쪽으로 망명하는 경우가 대부분입니다만. 아무튼 디온님께서 마음만 먹으면 마왕을 포기하고 천족이 되실 수도 있습니다. 뭐, 하위 권족인 저희는 소멸하거나 같이 전향해야 하지요. 전 기꺼이 천족이 되겠습니다. 투투, 넌 어떻게 할 거냐?"

"투투, 마족이든 천족이든 상관없다. 난 디온님과 함께 간다."

"거 보십시오. 천신의 가호 어쩌고저쩌고 하는 건 마음에 안 들지만 디온님께서 저를 믿지 못하시겠다면 그런 방법도 있다는 것을 말씀드리고 싶습니다."

말렉스의 말에 디온은 물론이고 브로니카 일행까지 놀라 입만 벙긋할 뿐 뭐라고 말을 하지 못했다.

브로니카는 만약 정말로 말렉스가 천족이 된다면 그거야말로 천족의 재앙이 아닐까 하는 생각을 했지만 그걸 입 밖으로 꺼내지는 않았다.

어느 정도 시간이 흐르자 겨우 제정신을 차린 디온이 혀를 차며 말했다.

“쩝, 내가 아직 긴 생을 산 건 아니지만 마족이 와서 나보고 천족이 되라고 꾀는 건 생각해 본 적도 없는데.”

“제가 언제 천족이 되라고 했습니까. 그냥 그런 길도 있다고 말씀드렸을 뿐이지요. 디온님은 무조건 원하시는 걸 하면 되는 겁니다. 단지 인간으로 남으시면 좀 문제가 되는 게 있긴 합니다만.”

“그게 뭐지?”

“수명입니다. 인간은 100년 정도밖에 못 사는 존재니까요.”

“그게 문제가 돼?”

“디온님이 아니라 디온님의 제국이 문제인 거죠.”

“레이어스가?”

“생각해 보십시오. 원래 레이어스는 망했어야 정상인 나라입니다. 강대국 사이에 끼어 있으니 말입니다. 그런데 여황님께서 위대하신 마신님을 소환하셔서 지금은 아무도 건드리지 못하지요. 호칭도 왕국이 아닌 제국이 되었고 말입니다. 하지만 100년쯤 뒤에, 그러니까 여황님과 인간이 되신 디온님께서 세상을 떠나시면 어떻게 될까요?”

“…그런가. 확실히 그때에는 레이어스가 위험하겠군.”

“그러니까 디온님께서 인간으로 남으시려면 레이어스를 명실공히 제국으로 만드셔야 합니다. 다른 양대 제국이 넘보지 못할 정도로 영토와 군사력을 모두 키우시는 겁니다. 아니면 아예 다른 제국을 모두 멸망시키고 대륙통일을 하는 것도 좋겠죠."

"나보고 정복전쟁을 하라고?"

"아니면 그냥 디온님 사후의 레이어스는 신경 쓰지 마시던가요."

"으으."

"뭐, 마왕이 되시면 그럴 필요는 없지요. 앞으로 몇천 년이 지나도 레이어스를 건드릴 간 큰 놈은 나타나지 않을 겁니다. 꼭 전쟁을 할 필요는 없지요."

"……."

"그러니까 결론적으로 말씀드리자면, 다른 사람들이 생각하듯 디온님께서 마왕이 되시면 물질계에 위기가 오는 게 아니라, 오히려 인간으로 남으시면 대륙 전체가 전쟁에 휩싸일 가능성이 아주 높다는 거지요. 세상 이치는 이렇듯 단순하게 생각할 게 아니라 하나하나 조목조목 따져 봐야 제대로 알 수 있는 겁니다."

말렉스의 말에 디온은 계속해서 신음성만 흘릴 뿐 반박할 수 없었다. 들으면 들을수록 말렉스의 말이 맞는 듯했다.

브로니카 일행조차도 더 이상 말렉스의 말을 막으려 하지 않았다.

말렉스의 말대로 디온이 인간으로 남으면 레이어스 제국의 영토 확장은 불가피하다. 디온이 죽기 전가지 레이어스가 스스로를 지킬 힘을 얻지 못한다면 얼마 못 가 망할 테니까.

그러니까 디온이 마왕이 되지 않으면 신성제국은 적어도 영토의 삼분의 일 정도를 레이어스에게 내줘야 한다는 결론이 나온다. 전쟁 없이 순순히 그 정도 국토를 내줄 리는 없으니 결국 엄청난 피가 흐를 것이다.

아무리 브로니카가 신성제국을 뛰쳐나왔다고 해도 애국심이 사라진 건 아니다. 신성제국의 안녕을 위해서라면 디온이 마왕이 되는 것을 응원해야 한다. 아주 기가 막힌 상황이다.

세레스가 한숨을 내쉬며 말했다.

"기왕이면 전향해서 천족이 되는 쪽으로 한번 잘 생각해 봐요, 디온님."

"으으, 무조건 인간은 안 되는 분위긴가요?"

디온은 기가 막혔다.

지금까지 그는 나름대로 마왕이 되지 않기 위해 노력해 왔다고 할 수 있다. 절대로 마왕은 되지 않겠다고 결심한 것은 아니지만 지금 현재 인간이고, 인간인 것에 불만이 없었다.

특히 마왕이 되면 모친 사비너가 슬퍼할 거라는 생각을 했기에 가능하면 마왕은 되지 않을 생각이었다.

그런데 마왕이 되어도 세상을 파괴하지 않을 수 있다고 한다. 반대로 인간이 되면 대륙을 전화의 소용돌이 속에 몰아넣어야 한다.

'진짜 천족이나 될까?'

천족이 되면 다른 사람들이 조금은 안심할지도 모른다. 어쨌든 인간은 마족을 기피하고 천족을 섬기는 게 현재 주류니까.

그런데 그때 말렉스가 다시 말했다.

"참고로 말씀드리지만 디온님께서 전향하시면 그 뒤로는 천신의 명을 들어야 합니다. 천족에는 마왕 같은 직위는 없고, 고위 천족만 있는데다가 천신이 직접 모든 천족을 관리하거든요. 마족의 경우 마신께서는 거의 모든 권한을 마왕께 넘기셨기 때문에 마음대로 할 수 있는 거고요."

"어, 그런가?"

"예, 거기다가 가장 중요한 건 모친께서는 현재 대륙 최고의 흑마법사라는 점입니다."

"윽, 그럼 어마마마는 같이 전향할 수 없는 건가?"

"그건 잘 모르겠습니다. 전향하시기 전에 미리 그 점에 대해 천신하고 잘 상의해 보십시오. 전향을 하신 후에는 늦습니다. 천신이 디온님께 세상의 모든 흑마법을 없애라고 명해도 그냥 들으셔야 할 겁니다. 천족도 마족처럼 상위자에게는 절대 복종이고, 상위자의 말에는 강제력이 있어서 행동과 의식 자체가 제한되기도 하니까요."

"으음, 그건 곤란한데."

굳이 천족이 돼서 남의 명령을 들을 필요는 없다. 디온은 천족이 될 생각을 접었다.

"그런데 생각해 보니 넌 지금까지 내가 무조건 마왕이 되어야 한다고 아주 강력하게 주장한 거네?"

"그럼 제가 그렇게 말하지 어떻게 말하겠습니까? 다른 길이 있으면 이렇게 설득하러 오지도 않았을 겁니다."

"하아, 그런가?"

디온은 깊은 한숨을 내쉬며 고개를 절레절레 저었다. 역시 마족의 말을 듣기 시작하면 어떻게든 유혹에 넘어가게 되는가 보다.

"알았다, 알았어."

"엇, 그럼 드디어 마음을 굳히신 겁니까?"

"아니, 조금 더 생각해 보고 정할래."

"예? 생각해 볼 것도 없다니까요."

"시끄러. 꼭 마왕이 되어야 한다는 건 알겠지만 지금 꼭 마왕이 될 필요는 없잖아. 아직은 인간으로 있어도 되잖아. 그렇지?"

"그거야… 그렇지만……."

“한 50년쯤 더 생각해 보고 정하든지 하지, 뭐.”

“윽, 그래도 상관은 없으시지만 능력을 제어하는 게 쉽지 않으실 겁니다.”

“일단 막을 수 있을 때까지 막아볼 거야.”

“그러십시오. 사실 저희 마족에게 있어서 50년 정도는 긴 시간이 아니니까요.”

그렇게 대화는 끝났다.

브로니카 일행은 ‘역시 마족과 대화를 하는 게 아니었어’ 하고 괴로운 표정으로 떠나갔다.

남은 건 말렉스의 거취다.

“가능하면 디온님을 따라다니며 견마지로를 다하고 싶습니다만, 곤란하시다면 수도에서 기다리겠습니다. 참고로 암살자 길드의 수장으로 행세하고 있고, 수하들은 모두 현혹시켜 놓았습니다. 혹시 손보실 놈 있으면 말씀만 하십시오.”

“으, 난 암살자 수하 필요없거든.”

“그럼 다 죽여 버릴까요?”

“야, 투투, 얘 어떻게 좀 할 수 없어?”

“투투, 뽀갤 수 있다.”

“아니, 꼭 뽀갤 것까지는 없고. 아우, 미치겠네.”

역시 그냥 수도에 남아 있으라고 하는 게 제일이다. 암살자

길드의 활동 같은 것은 하지 말고 아두 짓도 안 하면서 기다
리라고 하면 될 듯했다.

디온이 생각을 정리하고 말렉스에게 명을 내리려는데, 갑
자기 투투가 말했다.

"투투, 말렉스 어떻게 할지 의견 있다."

"응? 네가? 웬일이야, 먼저 의견을 내다니?"

"투투, 옛날부터 말 잘하고 잘난 척 잘하는 말렉스와 감정
이 좀 있었다."

"어, 그럴 수도 있겠구나."

디온도 십분 동감하는 바였다.

"투투, 그때 결심한 게 내가 말렉스보다 고위의 마족이 되
면 말렉스를 말 못하는 탈것으로 변하게 해서 타고 다니려고
했다."

"어엉? 탈것?"

"투투, 주인 튼튼한 탈것 필요하다. 급할 때 아주 빠르게
움직일 수 있고, 싸울 때 보호해 주지 않아도 되는 탈것이다.
그냥 전투마는 너무 약하다. 또 느리다. 투투도 느려서 빠른
탈것이 있으면 좋다고 생각했다."

"오호, 그건 그래. 말렉스, 혹시 그런 거로 변할 수 있어?"

디온은 투투의 의견에 크게 끌림을 느꼈다.

지금까지 말렉스의 설득에 반박도 제대로 못하고 넘어가

면서 쌓인 스트레스가 말렉스에 대한 감정으로 변해 있는 상황이다. 그냥 보이지 않는 곳에서 대기하라고 할 수도 있지만 좀 고생을 시키고 싶었다.

하지만 그렇다고 해서 데리고 다니면서 부려먹기에는 말렉스의 말이 무서웠는데, 투투의 의견대로 탈것으로 변신시켜서 타고 다니면 그럴 염려도 없다.

황당한 것은 말렉스다. 그는 마계에서도 참모의 역할을 하던 자. 하인이나 부하가 아닌 탈것이라니! 그런 말도 안 되는 대접이 어디 있단 말인가.

"저, 저보고 전투마로 변하라고요?"

"응."

디온의 눈이 반짝반짝 빛나고 있었다. 단호한 결심이 느껴지는 초롱초롱한 눈빛이다.

말렉스는 절망감을 느끼며 다시 한 번 물어보았다.

"으흑, 그냥 제가 어디 가서 적당한 놈 한 마리 잡아오면 안 될까요."

"아니, 다른 탈것은 너처럼 말 잘 듣고 똑똑하지 못할 거 같아. 그러니까 네가 변하는 게 좋겠어."

말렉스는 거의 울 것 같은 표정으로 대답했다.

"크윽, 알겠습니다."

"아, 너무 이상한 거로 변하면 안 되니까, 그냥 평범한 전투마 모양이었다가 급하면 페가수스처럼 변한다거나 하는 거도 되나?"

"되, 됩니다. 크흐흑."

"그럼 일단 변해봐. 최대한 타기 편한 걸로."

디온의 명은 절대적이다.

말렉스는 결국 흑마로 변했다. 보통 말보다는 훨씬 크고 잡털 하나 섞이지 않은 훌륭한 말이었다. 또한 안장까지 일체형으로 세팅되어 바로 탈 수 있었다.

디온은 시험 삼아 올라타 보았다. 아주 편했다. 그도 그럴 것이, 말렉스는 디온의 체형에 딱 맞는 맞춤형 전투마로 변했다.

"말이 말하면 이상하니까 절대로 말은 하지 마라."

"히히힝(예)."

"그러면 투투, 네가 말을 끌어라."

"투투, 말 끈다."

"아, 이름을 지어줘야지. 그러니까… 에잇, 생각하기 귀찮으니 그냥 렉스로 하자. 흑마 렉스. 좋네."

말렉스에서 말을 빼니 렉스다. 발상은 단순한데 의외로 이름이 괜찮아서 디온은 바로 정해 버렸다.

"투투, 렉스 끈다."

다각다각!

투투가 렉스를 끌고 앞으로 걸어갔다.
절대적으로 복종하는 마족을 부리는 것도 나쁘지 않다.
'마왕도 나름 할 만할지도 모르겠는데?'
렉스에 탄 채 숲을 빠져나가며 디온은 생각했다.

Chapter 04
꿈속의 만남

불안한 마음으로 기다리던 리네는 디온이 엄청나게 큰 흑마를 타고 나타나자 놀라 물었다.

"디온, 어떻게 된 거야? 그 흑마는?"

"응, 일단 대화는 잘 끝났어. 아까 여기사 일행은 돌아갔고, 이건 선물로 받았어. 렉스라고 해."

디온이 말하자 세쌍둥이가 일제히 몰려들어 열혈 모드로 구경했다.

"우와, 진짜 좋은 말이다."

"이건 말 중에서도 대장 급이네."

"디온 형, 나 한번 타봐도 돼요?"

"히히히힝(건드리지 마라, 비천한 인간들)."

"오, 역시 성깔있네."

"사람 말도 알아듣나 봐."

"역시 이놈은 명마라 디온 형만 태우려나 봐."

디온은 웃었다. 역시 이들과 같이 다니면 폭풍 같은 대화에 휘말려 심심하지 않다.

"응, 이놈은 나만 타게 되어 있어. 미안해. 나중에 다른 좋은 말 있으면 하나 선물해 줄게."

"오옷, 정말?"

"나도!"

"그럼 나도!"

리네가 화난 목소리로 세쌍둥이를 나무랬다.

"마이크, 제이콥, 존! 남한테 함부로 뭘 달라고 하지 말랬지. 싼 물건도 아니고 전투마를 달라고 하다니."

"하하하, 괜찮아. 우리 영지에 가면 말이 좀 있으니까 하나씩 선물할게."

"그래도……."

"우리 레이어스가 작은 나라이기는 한데, 전투마 품종은 상당히 좋거든. 그러니까 신경 쓰지 마. 좋은 기사는 좋은 말과 만나야 한다는 말도 있잖아?"

“으응.”
“그럼 다시 떠나자.”
“으응. 그런데 디온.”
“왜?”
“이미 해가 지고 있어.”
“아, 저런.”
리네의 말대로 태양이 서쪽 언덕에 걸려 붉은 노을이 짙게 깔려 있다. 디온이 이것저것을 하는 사이에 반나절이 가버린 것이다.
디온은 쑥스러운 표정으로 웃음을 지었다.
“미안, 별로 오지도 못했는데 하루가 지나 버렸네. 그럼 이곳에서 야영을 하자.”
라이번이 기다렸다는 듯이 나서서 말했다.
“저쪽에 자리를 봐두었습니다. 식수로 쓸 수 있는 개울도 찾아놨으니 식사 준비만 하면 될 것입니다.”
“역시 라이번. 알았어. 내가 뭘 좀 잡아올게.”
“그럼 텐트를 치면서 기다리겠습니다.”
세쌍둥이가 신이 나서 말했다.
“우리도 도울까, 형?”
“같이 사냥하자.”
“우리 사냥 잘해. 어렸을 때에는 만날 했어.”

디온은 미소를 지으며 고개를 끄덕였다.

"그래, 그럼 같이 하자. 하지만 사냥만 하는 게 아니라 근처에 먹을 만한 풀이나 버섯 같은 것도 있으면 캐야 해."

"그건 우린 잘 모르니까 디온 형이 알아서 해."

"우린 사냥 전문 할래."

"새도 잘 잡아."

"크, 그래라."

디온과 세쌍둥이는 서로 역할을 분담했다.

디온은 사방팔방을 동시에 살펴 먹을 만한 것들을 채집했다. 그러면서도 리네가 있는 캠프와 사냥하는 세쌍둥이를 살피는 것도 잊지 않았다.

곧 디온은 한 가지 사실을 깨달을 수 있었다. 시야가 확장되니 두뇌 영역도 같이 커진 모양이다. 여러 가지 현상을 동시에 보고 두 가지 이상의 생각을 같이 하는 것도 가능했다.

"쩝. 아무래도 정말 마왕이 좋아 보인다."

그래도 버틸 수 있을 때까지 버텨보기로 했다. 디온은 마음을 굳게 먹고 품속에서 작은 약병을 꺼냈다.

모라네 집에서 사온 능력 억제제다. 어차피 요리를 하려면 이걸 먹어야 하니 미련을 버리고 지금 먹기로 했다.

디온은 약병에서 알약을 꺼내 단숨에 삼켰다.

잠시 후, 디온은 약간의 현기증에 비틀거렸다. 가슴이 조여

오는 느낌에 숨을 쉬기가 힘들었다.

"으, 왜 이러지?"

부작용인가? 문득 그런 생각이 들며 약간 걱정이 되었다. 그러다가 곧 디온은 장님이 된 것처럼 시야가 컴컴해짐을 느꼈다.

"으윽."

팟!

다시 밝아졌다. 눈이 보인다. 그런데 아까처럼 사방팔방이 다 보이는 것이 아니라 정면만 보인다. 인간의 시야로 되돌아간 모양이다. 머리는 아직도 약간 흔들리는 느낌이다. 의식이 약간 흐릿해지는 기분도 들었다.

"역시 답답하군."

각오는 했지만 확실히 불편했다. 그래도 능력 억제제가 제대로 들었다. 디온은 크게 심호흡을 몇 번 하고 캠프로 돌아갔다.

준비된 재료를 정성껏 다듬으며 무엇을 만들어야 할까 고민해 봤지만 아무것도 생각나지 않았다.

보다 못한 리네가 살짝 조언했다.

"요리를 하려고 하지 말고 그냥 끼니를 때우기 위해 뭘 만들어 먹는다고 생각하면 어때?"

"으응, 그런데 뭘 만드는데?"

디온은 다시 한참을 고민했다. 다른 사람들은 조용히 기다렸다.

"일단 고기는 굽자."

겨우 한 가지를 생각했다. 던컨 선생을 만나기 전에 잡은 멧돼지를 구워 먹으려 했던 기억이 되살아났다. 그러고 보니 스튜도 있었다.

스튜란 게 알고 보면 참 쉬운 요리다. 있는 걸 다 넣고 푹 끓이면 된다.

"다 굽지 말고 조금은 남겨서 대충 썰고 내가 캐온 풀과 버섯과 함께 끓여서 스튜를 만두는 게 좋겠어."

리네가 웃었다.

"맞아. 여행 중에는 그렇게 먹으면 충분해."

"이걸로 되는 걸까?"

"일단 구이와 스튜를 기본으로 하고 하나씩 더 생각하면 되잖아. 구이와 스튜는 어떤 재료로도 만들 수 있으니까."

"그렇지. 알았어."

디온은 자신감을 얻었다. 다듬은 고기를 통째로 나뭇가지에 꿰어 굽고, 솥에 물을 적당히 담아 남은 재료들을 늦게 익는 차례대로 넣었다.

그 뒤에 간을 보니 제법 냄새가 그럴듯한 스튜가 완성되었다.

일행은 모두 꽤 배가 고팠는지 준비된 요리를 거의 다 먹어 치웠다. 생각보다 훨씬 맛있었기에 세쌍둥이는 연신 디온에게 찬사의 말을 했다.

"최고야, 형."

"괜히 걱정했네."

"앞으로도 형 덕분에 잘 먹고 다니겠네."

디온은 겨우 안심이 되었다. 그런데 리네의 눈치가 조금 이상했다.

"왜? 무슨 문제가 있어?"

"으응, 맛은 있는데 왠지 모르게 속이 안 좋아."

"응? 설마? 청결에 문제는 없을 텐데, 독버섯도 안 들어갔고."

"그건 나도 지켜봐서 아는데, 그냥 속이 이상해."

"물이 문제인가?"

"제가 먼저 물을 마셔봤는데 아주 맑고 깨끗한 물이었습니다."

"라이번이 그렇다면 물도 아니란 소린데……."

"윽, 그러고 보니 우리도 조금 속이 이상하다."

세쌍둥이도 배가 아프다고 하더니 곧 라이번에게도 신호가 왔다. 라이번이 급히 배낭 속에서 약을 꺼내 모두에게 나눠 주었다. 물과 함께 약을 먹으니 겨우 괜찮아졌다.

"휴, 겨우 진정됐네. 그런데 이유가 뭘까?"

"나도 잘 모르겠어. 일단 오늘은 약으로 해결했으니 내일 아침에 다시 요리를 해봐."

"그럴게. 그럼 오늘은 이만 쉬자."

"디온 형, 우리랑 대련하자."

"맞아, 밥을 먹었으니 소화를 시켜야지?"

"기사는 하루도 수련을 쉬면 안 돼."

"크, 알았다. 그럼 몸 좀 풀어볼까?"

원래대로 하면 세쌍둥이는 디온의 상대가 될 수 없다. 리네도 저번 여행에서 디온의 본 실력을 어느 정도 보았기 때문에 그 사실을 알고 있지만 디온을 말리지는 않았다.

디온은 자기 전까지 적당히 세쌍둥이를 상대했다. 대충 수준을 맞추어 놀아주면서 세쌍둥이의 수련을 돕는 것이다.

'음, 이 정도면 다들 90점 이상인데?

옛날 근위기사들을 상대하던 버릇대로 디온은 상대의 재능과 실력에 점수를 매겼다.

그런데 생각보다 세쌍둥이의 실력이 좋았다. 당장 기사가 되어도 전혀 문제가 없을 정도다. 실전을 조금만 겪으면 기사 중에서도 꽤 강한 축에 들 것 같았다.

세쌍둥이도 디온의 실력에 크게 감탄했다. 셋이 번갈아 덤벼도 디온은 끄떡 않고 상대하고 있다. 그건 디온의 실력이 그들보다 위라는 증거였다.

대련은 세쌍둥이가 모두 지쳐서 나가떨어질 때까지 계속되었다. 그 뒤에는 취침 시간이다.

여자인 리네는 마차 안에서 자고 나머지는 두 개의 텐트에서 잤다.

예외로 투투는 그냥 밖에서 잤다.

투투는 디온으로부터 어느 정도 자유롭게 돌아다녀도 된다는 허락을 받은 이후로는 밀폐된 공간이나 좁은 공간에는 잘 들어가지 않으려 했다.

오랜 세월 동안 봉인당했다가 풀려났는데 물질계에 나온 후에도 한참 동안 디온에 의해 방 안에 갇혀 지내다시피 한 게 좀 싫었나 보다.

디온은 라이번과 같은 텐트를 썼다. 누워서 눈을 감고 하루 동안 있었던 일을 머릿속으로 정리해 보니 참 큰일은 큰일이었다.

'약을 계속 먹어야 해. 안 그러면 시야가 확장되었다가 줄어들었다가 그럴 테니 견디기 힘들어.'

능력 억제제의 양이 이번 여행 동안 계속 먹어도 괜찮을지 계산해 보니 겨우 수량이 맞았다. 이럴 줄 알았으면 모라네 가게에 가서 조금 더 구해올 걸 하는 생각이 들었다.

모라의 생각을 하니 그녀가 평범한 마법사는 아니란 것에 생각이 미쳤다.

'어쩌면 그녀에게 이 일을 상담하는 게 좋을지도 몰라.'

내가 마왕이라는 것을 밝히고 솔직하게 어떻게 하는 게 좋을지 조언을 구할까?

디온은 고민했다. 하지만 어쨌든 지금은 여행을 계속해야 하니 당분간 수도에 있는 모라네 가게에 들를 일은 없다.

능력 억제제도 모자란 건 아니니 여행 일정을 조금 줄이면 된다.

'여행이 끝나고 돌아갈 때까지 사실을 말할 건지 결정해야지.'

생각을 정리한 디온은 이만 잠을 자기로 했다.

잠을 자려고 하면 금세 잠드는 게 디온의 특성 중 하나다. 그리고 디온은 꿈도 잘 안 꾼다. 과거에는 마계에서 그를 부르는 소리를 꿈이라고 생각한 적도 있었지만 이제는 그게 현실이라는 것을 안다.

얼마 전에 알게 된 건데 마족은 꿈을 안 꾼다고 한다. 그런 점에서 디온은 원래부터 마족의 특성을 상당수 가지고 있는 셈이다.

그런데 오늘은 꿈을 꾸었다. 신기한 것은 이게 꿈이라는 것을 디온도 알 수 있다는 점이다.

하나의 공간에 디온은 서 있었다. 묘한 곳이다. 덥지도 춥

지도 않고, 천장도 벽도 바닥도 보이지 않는다. 하지만 무엇인가 밟고 서 있는 느낌은 있다.

"여긴 어디지? 무슨 꿈이 이래?"

디온은 재미없는 꿈이라고 투덜대었다. 그러자 한쪽에서 희미한 빛이 생겨나더니 점점 커졌다. 자세히 보니 무엇인가가 먼 곳에서 다가오는 중이었다.

빛이 가까워 오니 그 안에 있는 한 여인의 모습이 나타났다. 디온이 아는 사람이었다.

"모라님!"

은색에 가까운 백금의 머리카락을 길게 늘어뜨리고 몸에 달라붙는 녹색의 드레스를 입은 모라는 손어 하얀 깃털이 달린 부채를 들고 있었는데, 모라네 가게에서 본 모습과는 또 다른 분위기의 환상적인 아름다움이 느껴졌다.

모라는 살짝 미소를 지으며 말했다.

"반가워요, 디온님."

"어떻게 제 꿈에 모라님이 나왔을까요?"

"어머, 전 디온님이 불러서 왔는데요."

"예?"

"저한테 말하고 싶은 게 있는 모양이에요. 이렇게 꿈으로 부르는 것을 보니."

"아!"

"미리 말해두지만 이것은 디온님의 꿈이에요. 하지만 지금 저의 모습은 디온님이 만든 게 아니라 수도에 있는 저를 디온님이 부른 거예요."

"그럼 진짜 모라님이란 말씀이신가요?"

"그래요. 그건 그렇고, 특이한 능력이네요."

"제 능력이란 말인가요? 음, 이런 일은 없었는데……."

"새로 생겼나 보죠. 디온님은 아직 성장기라 갑자기 능력이 발현될 수도 있어요."

"하지만 능력 억제제를 먹은 지 얼마 되지 않았는데요."

"능력 억제제는 육체에는 거의 절대적인 효과가 있지만 아무래도 영혼 자체의 힘은 억제하기 어려워요. 꿈은 원래 잠재의식과 영혼의 영역에서 일어나는 일이니까요."

"그렇군요."

"그런데 왜 저를 부른 거지요?"

"그게, 음, 그래요. 모라님께 사실을 말하고 조언을 구하고 싶어요."

"사실이라……. 말씀해 보세요."

"저의 본명은 디온 에프 레이어스. 신분은 레이어스 제국의 황태자입니다. 그리고 저의 모친이신 사비너 레이어스 1세께서는 마신을 소환해서 저를 낳았습니다. 그러니까 저는 마왕이 될 운명이라고 하더군요."

“그래서요.”

보통 사람이 들으면 놀라서 기절을 하든지 비명을 지르며 패닉 상태에 빠질 만한 비밀을 이야기했는데 모라는 전혀 동요하는 빛이 없었다.

“역시 알고 계셨던 거군요.”

“글쎄요. 아무튼 이제는 디온님이 마왕임을 알았어요. 그러니 하고 싶은 말을 계속하세요.”

“좋아요. 그래서인지 요즘 자꾸 새로운 능력이 발현하고 있어요. 이번에 새로 생긴 능력은 눈이 여러 개 생긴 것처럼 사방이 동시에 보이는 건데, 거리나 장애물도 다 무시하고 시야의 영역이 계속 확장되더군요. 더군다나 머리는 그걸 모두 한꺼번에 받아들일 수 있어요. 한 번에 대여섯 군데를 보는데, 그걸 다 주시하고 있는 겁니다. 억제제를 먹었더니 원래대로 시야가 돌아오는데, 갑자기 머리가 나빠진 것처럼 답답하고요.”

“흠, 그건 그렇겠지요. 힘이 강한 사람이 근육이완제를 먹어 힘을 쓰지 못하게 되었을 때 손가락 하나 움직일 때에도 신경 써야 하니 답답한 것처럼요.”

“그리고 이번에 마족 하나가 억지로 수하로 들어오면서 제가 마왕이 되는 게 오히려 물질계가 평화롭게 유지되는 길이고, 인간으로 남으면 죽기 전에 레이어스 제국을 확장시키는 전쟁을 하게 될 거라고 합니다. 정말 저는 인간이 아닌 꼭 마왕이 되어야 하는 걸까요?"

"글쎄요. 그건 디온님의 마음에 달려 있어요. 단, 어느 것을 선택하든 책임은 따를 거예요."

"그건 각오하고 있어요. 하지만 진실을 알고 싶습니다. 마족의 말을 다 신용할 수도 없는데, 그의 말이 거짓이 아니라고 느껴지니 어떻게 해야 할지 모르겠어요."

"마족은 자신보다 상위의 존재에게 거짓을 말하지 않아요. 말을 돌려 속이지도 않고요. 하지만 단 한 가지, 그가 아는 게 모든 것이라고는 말할 수 없어요. 어쩌면 그 마족이라는 자는 다른 마왕에게 그 정보를 얻었을지도 모르지요."

"아! 그럼 다른 마왕이 거짓 정보를 준 걸 저한테 전해준 거란 말씀인가요?"

"꼭 그렇다는 건 아니고요. 아무튼 제가 판단하기에도 마족의 말에 큰 거짓은 없어요. 하지만 그게 완전한 진실은 아니에요."

"무슨 차이가 있나요?"

"그 부분에 대해서는 말할 수 없어요. 단지 제가 한마디 충고를 하자면요."

"예."

"다른 모든 요인을 무시하고, 그냥 디온님이 원하시는 길

을 찾으세요. 그러니까 인간이 되고 싶은 건지, 아니면 마왕
이 되고 싶은 건지. 이성이 아닌 본능이 원하는 걸 찾는 게 좋
을 거예요."

"으음, 본능이 원하는 것."

맞는 소리다. 진실이 뭔지 완벽하게 알 수 없는데 이성적인
분석과 판단은 의미가 없다.

디온의 모친인 사비너는 디온이 인간으로 남기를 원한다.
하지만 말렉스의 말대로라면 사비너도 고민해야 할 것이다.

결론은 없다. 그냥 하고 싶은 대로 해라. 단순하고도 명쾌
한 이야기지만 이렇게 듣고 보니 그게 옳은 길인 듯싶었다.

"그리고 능력 발현 문제는 좀 다르게 생각해 볼 수 있어
요."

"예?"

"억제를 하기보다는 제어를 하는 게 어떨까요?"

"제어요? 그게 가능합니까?"

"가능할 걸요. 말하자면 마왕의 능력을 가진 인간이 될 수
있다고 저는 생각해요."

"어떻게 그럴 수 있죠? 오늘 낮에 생긴, 사방을 동시에 다
볼 수 있는 시력만 해도 인간의 영역을 한참 벗어난 거잖아
요."

"글쎄요. 과연 그럴까요? 디온님은 이미 검의 높은 경지에

도달해서 심안을 뜬 것으로 아는데요.”

“예, 저는 주변에 일어나는 일을 기척으로 모두 직접 보는 것처럼 알아낼 수 있어요. 하지만 직접 보는 것은 아니에요. 이번에 진짜로 모두 보게 되니까 차이가 크더라고요.”

“심안이 한계라고 생각하세요? 그 이상의 경지는 없다고?”

“아!”

“어쩌면 더욱더 높은 경지에는 지금 디온님의 능력과 거의 비슷한 수준의 무엇이 있을지도 모르잖아요. 그러니까 마왕이 되면 저절로 얻게 되는 능력이 인간은 죽어라고 수련한 결과물로 얻어야 하는 초인적인 경지라고 할까요?”

“그렇군요! 검의 길에는 끝이 없다고 했는데, 제가 제 자신의 한계를 만들어 버렸어요!”

디온은 흥분한 목소리로 외쳤다.

모라의 말을 듣고 보니 길이 보이는 듯했다. 답답하면 수련으로 능력을 개발하면 된다. 이미 한 번 경험했으니 인간이 되어서도 이걸 목표로 수행하면 어쩌면 같은 힘을 얻을 수 있을지도 모른다.

“그래요. 이제 인간의 좋은 점을 하나 찾았어요. 스스로의 노력으로 능력을 개발할 수 있군요. 그 과정에서 얻는 성취감은 마왕이 되어서는 결코 얻을 수 없을 거예요.”

“그럴지도 모르지요. 아무튼 디온님은 어느 쪽이든 고민하

지 말고 마음 편하게 고르실 자유가 있어요. 도르겠으면 동전
이라도 던져서 앞이면 인간, 뒤면 마왕, 이런 식도 나쁘지 않
아요. 호호호!"

"그건 좀……."

동전이라니, 아무리 그래도 그렇게 되는대로 정할 수는 없
다. 하지만 디온은 모라의 말을 듣고 마음이 한결 가벼워졌
다.

까짓것 버틸 때까지 버텨보다가 어느 순간 마음이 기울면
주저 말고 정해 버리는 거야. 망해도 세상이 망하지 내가 망
하는 게 아니니까.

마음속으로 그렇게 중얼거린 디온은 다시 모라를 보았다.

"고마워요, 모라님."

"별말씀을. 또 말할 게 있나요?"

"아니요. 이제 됐어요. 아, 말 나온 김에 하나만 더 물어볼
게요. 모라님은 도대체 어떤 분이세요? 와 저에게 잘해주시
는 거죠?"

그냥 고위 마법사 수준은 아니다. 혹시 폴리모프한 드래곤
일까? 디온은 호기심이 가득 찬 눈으로 모라를 보았다.

모라는 그런 디온의 눈을 잠시 바라보다가 피식 웃으며 대
답했다.

"저는 그냥 마법사예요. 좀 많이 강한 마법사라고 생각하

시면 될 거예요. 그리고 제가 디온님께 도움을 드리는 이유는 바로 디온님이 전생에 제 남편이었기 때문이에요."

"예에?"

남편이라니? 디온은 아직 10대다.

"그, 그러니까… 제가 모라님의 전생과……."

"아니요. 디온님의 전생이고 전 그 이후로 한 번도 생을 마감하지 않았어요. 그러니까 전 보기보다 나이가 많답니다."

"제 전생에 모라님과 결혼을 했단 말이네요?"

"그래요. 그래서 전생의 인연으로 조금 도와드리는 거예요. 호호호!"

모라의 웃음소리가 디온의 당황했던 정신을 조금 냉정하게 되돌렸다. 디온은 약간 붉어진 얼굴로 다시 정리했다.

"그렇군요. 그런데 저는 전생이 전혀 기억나지 않아요."

"그게 당연한 거지요. 원래 거의 모든 존재는 전생의 기억을 가지지 못한답니다. 안 그러면 가치관과 성격이 전혀 다른 전생과 현생의 괴리감에 크게 혼란해할 테니까요."

"제 전생은 어떤 사람이었나요?"

"글쎄요. 무척이나 자기 마음대로인 사람이라서 제가 마음고생을 조금 했네요. 이번에는 너무 달라서 굉장히 재미있어하고 있다고 할까요?"

"아, 죄송해요."

“사과하실 일은 아니에요. 그리고 좋은 점도 많은 사람이었으니까요. 무엇보다 강했고요.”

“강했군요.”

“그래요. 한번은 드래곤과 싸웠는데, 드래곤을 이기더군요.”

“우와! 정말요?”

그 정도 영웅이라면 역사에 이름이 나오지 않을까? 그런데 디온의 기억 속에 드래곤을 이긴 인간은 없었다. 비밀리에 싸운 것일까?

“제 남편 이야기는 그만하도록 하죠. 아무튼 궁금한 것을 다 알았다면 전 이만 가볼게요. 남의 꿈속에 들어오는 게 그다지 기분 좋은 일은 아니에요.”

“예.”

“여행이 끝나면 다시 가게에 들러주세요. 라블도 당신을 보고 싶어하고 있어요.”

“어, 저기 혹시 라블하고 저하고 무슨 관계가 있나요?”

“라블은 당신으로부터 태어난 아이예요.”

“어헉! 그, 그럼 저하고…….”

“제가 낳은 아이는 아니고요. 그 아이의 존재에 대해서는 그다지 신경 쓰시지 않아도 될 거예요. 그 아이도 디온님이 전생의 제 남편과는 전혀 다른 존재라는 것을 알고 있으니까요."

"네, 네. 죄송합니다."

디온은 다시 한 번 사과했다. 사과하지 않을 수 없었다. 그의 전생이 낳았는데 모라의 아이가 아니라면 그건 사생아가 아니겠는가!

모라는 갑자기 사과하는 디온을 보더니 '응?' 하고 고개를 갸웃했다가 자신이 한 말이 어떻게 들렸는지 깨달은 듯 웃음을 터뜨렸다.

"호호호호호, 생각하시는 그런 경우가 아니니 염려하지 마세요. 남편은 다른 건 몰라도 여자 문제로 제 마음을 상하게 한 일은 한 번도 없으니까요."

"그런가요?"

그럼 도대체 라블은 뭐냐? 분명히 디온의 전생이 낳았다고 말했는데 어떻게 다른 여자를 안 건드리고 그럴 수가 있는지 이해할 수가 없었다.

모라는 디온이 그 점에 대해 고민하든 말든 라블에 대해 자세히 설명해 줄 마음이 없는 듯했다. 그녀는 다시 디온에게 작별 인사를 하고 서서히 멀어져 갔다.

얼마 후, 디온은 잠에서 깨어났다. 하늘이 조금 밝게 보이는 것이 곧 동이 틀 모양이다.

꿈의 일들은 모두 생생하게 기억이 났다. 자기 전에 고민했던 게 사라지고 머리가 맑아졌다.

"그래, 마왕이 되든 인간이 되든 그건 때가 되면 정하고, 지금은 요리 수행에 전념하자."

디온은 자리에서 일어나 아침 식사 재료를 구하러 갔다.

*　　　*　　　*

모라가 눈을 뜨자 기다리고 있던 라블이 호기심에 가득 찬 눈으로 물어보았다.

"모라님, 잘 다녀오셨어요? 디온님은 어대요?"

"큰일은 아닌 듯하구나. 마왕의 능력이 슬슬 본격적으로 발현되기 시작하는 모양인데, 내가 준 능력 억제제로 당분간은 버틸 거야."

"헤에, 모라님이 보기에 디온님은 결국 마왕이 되실 것 같아요?"

"글쎄, 지금 상황으로는 그쪽이 조금 더 가깝구나. 단호한 결심을 하지 않으면 아무래도 마왕이 되기 쉬우니까. 그리고 이번에 투입된 마족의 유혹이 제대로 먹힌 모양이야."

"와아, 그거 큰일이네요. 솔직히 마족의 말은 듣는 순간 함정에 빠지는 거잖아요."

"그런 면이 좀 있지."

"그 마족이 뭐라고 했대요?"

"인간이 되면 정복전쟁을 해야 하고, 마왕이 되면 그냥 아무것도 하지 않아도 된다고 했다네."

"우웅, 그건 틀린 소리는 아니네요."

"그렇지. 딱 한 가지만 빼고는."

"딱 한 가지요?"

"응, 인간보다 상위 영격체인 마왕이 되어서 천 년쯤 살면 디온님의 눈에 다른 인간이 어떻게 보일까?"

"헤에."

"원래 인간의 정신력으로 아무것도 하지 않은 채 오랜 세월을 보내는 건 쉽지 않은 일이야. 무슨 명분을 붙여서라도 움직이게 되어 있지. 가령 나쁜 놈들을 처단해서 살기 좋은 세상을 만든다거나 하는 식으로. 물론 인간 중에는 나쁜 놈들도 많아. 그놈들이 없어지면 세상이 살기 좋아질 것 같지. 하지만 반대로 말하면 나쁜 놈들도 인간이야. 그리고 나쁜 놈들에게도 친구와 가족이 있고. 무엇보다 디온님이 절대자의 위치에 서서 세상의 나쁜 놈들을 없애기로 결심한다고 하면 그 시점에서 이미 디온님은 스스로를 인간 이상의 존재라고 인정하는 셈이야. 시간이 흐르면 정말 훌륭한 마왕이 될걸."

"우웅, 그렇군요. 그러면 큰일이잖아요. 모라님은 마왕이 된 디온님도 좋으세요?"

"전에 말했잖아, 상관없다고. 그리고 난 어차피 이 일에 관
여할 수 없어. 적어도 디온님이 전생의 기억을 되찾기 전까지
는 말이야."

"헤헤헤, 사실은 저도 상관없어요. 정말로 물질계가 파괴
되고 인간이 다 죽는다고 해도 그게 무슨 상관인가요. 디온님
은 디온님인데."

"그런 거지. 호호호호."

Chapter 05
게이트

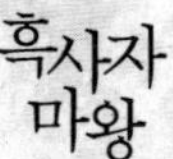

흑사자
마왕

　시작하는 첫날에 일이 터졌지만 결과적으로 볼 때 디온은
쓸 만한 전투마를 하나 얻었다. 그 뒤로 디온 일행은 별문제
없이 여행을 계속할 수 있었다.

　그러나 문제는 디온의 요리였다. 맛이 없는 것도 아니고,
리네가 살짝살짝 조언을 해줘서 만들 수 있는 요리 수도 점점
늘어나기는 하지만 결정적으로 그걸 먹으면 속이 별로 안 좋
았다.

　위생이나 재료 모두 큰 문제점을 찾을 수 없는데 결과물은
배탈이 나게 하니 만드는 사람이나 먹는 사람이 모두 미칠 지

경이다. 이미 라이번이 준비해 온 위장약도 모두 써버렸다.

어쩔 수 없이 시험 삼아 리네가 음식을 만들어보았다.

아주 맛있고 속에 부담도 없었다. 다시 세쌍둥이와 라이번이 번갈아가며 한 번씩 음식을 만들었는데 그것 역시 배탈이 나게 하지는 않았다. 그러나 같은 재료로 디온이 만든 음식은 꼭 모든 사람들에게 문제를 일으켰다.

"어째서지? 도대체 영문을 알 수가 없어."

"그러게 말야, 형. 솔직히 우리는 상한 음식을 먹어도 웬만하면 배탈이 안 나거든."

"맞아. 독도 소화시킬 수 있어."

"심지어는 마법사 친구가 복통 마법을 걸었을 때에도 안 걸리더라고."

"으윽, 그럼 단순한 문제는 아니라는 거네."

"디온님, 투투님도 배탈이 나는 걸로 봐서는 확실히 보통 문제는 아닌 듯싶습니다."

"어, 그러고 보니 투투도 배가 아팠지?"

라이번의 말을 듣고 보니 뭐가 뭔지 대충은 알 것 같았다. 상급 마족인 투투에게 영향을 미치는 것은 바로 마왕의 힘밖에는 없다.

'우씨, 분명히 능력 억제제를 먹었는데.'

디온은 한숨을 내쉬며 사람들에게 말했다.

"일단 원인이 밝혀질 때까지 수련은 안 할게. 그냥 도시마다 들르며 여행이나 하자."

"으응."

"와, 그럼 이제 노는 거야?"

"해양도시 순례를 하는 거군."

"나 해산물 좋아해."

"그래, 그동안 위장약 먹게 해서 미안하니까 내가 해산물은 실컷 사 줄게."

디온은 웃으면서 말했다. 수련을 다무리 짓지 못해 좀 씁쓸했지만 일이 해결될 동안 더 이상 음식을 만들면 안 된다는 것을 알았으니 어쩔 수 없다.

일행은 곧 인근에 있는 도시로 들어갔다. 모리온이라는 작은 항구도시였는데 근해 어업을 중심으로 하는 곳이기 때문에 큰 배는 정박할 수 있는 시설이 없었다.

모처럼 도시에 들러 여관에 방을 잡으니 침대가 무지 유혹적으로 보였다. 그래서 그날은 모두 일찍 잠을 잤다.

디온은 다시 꿈을 꾸었다. 모라가 나오는 꿈이었다.

"상당히 강력한 능력이네요. 저를 이렇게 자꾸 부를 수 있다니."

"아, 모라님. 죄송합니다."

부르려고 해서 부른 건 아니다. 그러나 무의식중에 그녀에게 질문하고 싶어서 이렇게 되는 것 같았다.

"아니요. 꿈에서 부르는 정도는 크게 상관없어요. 그런데 무슨 일인가요?"

"제가 만든 음식을 다른 사람이 먹으면 배탈이 나네요."

"계속 말씀해 보세요."

"능력 억제제는 먹었어요. 그런데 아무리 봐도 이건 새로운 능력의 발현이 아닌가 해서요. 능력 억제제가 듣지 않는 모양이에요."

"그건 아니고, 디온님의 힘이 너무 강해져서 약이 완전히 듣지 않는 거 같네요."

"그럼 이제 능력 억제제를 먹어도 소용없다는 건가요?"

"아니요. 그냥 두 알씩 드세요."

"어, 두 알씩 먹으면 효과가 더 좋아요?"

"예, 두 배로 효과가 좋으니 당분간은 괜찮을 거예요."

"그렇군요. 감사합니다."

두 알씩 먹으면 당분간은 요리를 하면서 여행을 계속할 수 있다. 하지만 그러면 역시 약의 수량이 모자라니 차후에는 그냥 평범한 여행을 해야 할 것이다.

디온이 생각을 정리할 때 모라가 말했다.

"단지 능력 억제제 한 알로 부족할 정도까지 디온님의 힘이 강해졌다면 최후의 각성이 머지 않았다는 뜻이니 마음의 준비를 좀 하셔야 할 거예요."

"최후의 각성이라면 역시 마왕이 되는 것을 말하는 건가
요?"

"그런 셈이죠. 원래는 이렇게 짧은 시간에 여러 개의 능력
이 생기지는 않는 법인데, 좀 이상하네요."

"그럼 각성하게 될 때에 능력을 포기할 수 있는 기회도 주
어지나요? 만약 내가 인간이 되기를 원한다면 말입니다."

"그렇지는 않아요. 인간으로 남으려면 그 방법을 찾아야
해요."

이대로라면 디온은 무조건 마왕이 되어버린다. 인간의 정
신력으로는 상위 영격체로의 진화를 거부할 힘은 없다. 모라
는 그렇게 설명했다.

"으음, 시간이 없군요."

"일단 스스로 능력을 조절할 수 있도록 하는 게 어때요?"

"엣! 그게 가능한가요?"

"우선 디온님이 몸 안에 존재하는 능력의 근원을 느끼시
고, 다시 그걸 움직이는 수련을 하면 될 거예요."

모라의 설명에 디온은 신선한 충격을 받았다. 그녀의 말대
로 마왕이 능력을 발현하는 것은 그의 몸속에 힘의 근원이 존
재하기 때문이다.

검을 수련하여 몸 안에 마나를 쌓는 것과 같은 이치가 아닐

까? 그걸 찾아내서 움직인다면 오러를 다루는 것과 비슷한 요령으로 할 수 있을지도 모른다.

디온이 이해한 듯하자 모라는 다시 말했다.

"일단 그게 가능해지면 그 뒤로는 능력 억제제가 필요없게 될 거예요. 또한 오러 소드와는 또 다른 무서운 힘을 쓸 수 있게 되는 셈이기도 하고요."

"노력해 보겠습니다."

"참, 그런데 디온님의 검은 왜 라이번님이 가지고 계신 거죠?"

"예? 아, 그 검의 에고가 너무 심해서 저랑은 맞지 않아요. 그냥 레이어스로 가져가서 봉인을 해두려고요."

디온은 모라가 어떻게 틸리아에 대해 아는지 궁금해졌지만 워낙 신비한 구석이 많은 그녀라 그냥 그러려니 했다.

틸리아는 마신인 팔라시온이 디온을 위해 선물한 검으로, 마족의 영혼이 봉인되어 있어 강력한 힘을 발휘하지만 이 여자 마족이 틈만 나면 노골적으로 디온을 마왕화시키려고 해서 들고 다니기가 힘들었다.

현재는 리네의 정신봉으로 인해 약해진 틈을 타서 봉인해 라이번이 맡아두고 있는데, 그 때문에 디온이 차고 다니는 검은 보통 일급 마법검에 불과했다.

모라는 고개를 갸웃하더니 말했다.

"에고가 강하다고요? 그럼 잠깐 저에게 줘브시겠어요."

"지금은 라이번이 가지고 있습니다만."

"검도 부를 수 있어요. 라이번 경도 부를 수 있지만 굳이 그분까지 번거롭게 할 필요는 없겠지요."

"그런가요?"

디온은 모라가 시키는 대로 마음속으로 틸리아를 불렀다. 그러자 정말로 허공에 틸리아가 나타났다.

검의 모습과 요염한 헬메이든의 모습이 겹쳐져 환상인지 실제인지 구분하기 힘들었지만 힘이 느껴지는 것으로 보아 확실히 존재하는 것 같았다.

헬메이든 틸리아는 처음에는 눈을 감고 있었다가 곧 눈을 뜨고 주변을 살폈다. 그러다가 디온을 보고는 감격한 표정으로 미소를 지으며 말했다.

"주인님, 주인님께서 저를 부르셨군요."

"어, 일단 내가 부른 건 맞는데……."

"적은 어디 있나요? 아니, 그보다도 주인님은 아직 마왕이 안 되셨네요?"

"저기."

깨어나자마자 다시 마왕타령부터 하는 틸리아를 보며 디온은 할 말이 없었다. 그때 모라가 납득한 표정으로 손을 내밀어 틸리아를 쥐었다.

“앗, 누가 감히 나를 잡는 거지? 주인님 이외에 나에게 손을 대는 자는 다 죽어야 햇!”

파지지직!

검에서 검은 전광이 흘렀다. 그러나 곧 전광은 정전기처럼 약해져 사라지고 틸리아의 얼굴에는 공포가 떠올랐다.

“이, 이게 어떻게……?”

“디온님의 말대로 넌 개념이 좀 없구나.”

모라는 고개를 저으며 살짝 한숨을 내쉬었다.

“마신님 성격이 이상하네요. 기왕 아들에게 선물을 주려면 좀 제대로 된 걸 주시지 어떻게 불량품을 줄 수 있는지.”

“불량품이라니? 내가 왜 불량품이얏!”

“공포를 잊을 정도로 화를 내다니 대단하군요.”

“아앗, 그게!”

순간적으로 발끈했던 틸리아는 더욱 겁에 질린 얼굴로 덜덜 떨었다.

모라는 검을 뽑아 손으로 검날을 부드럽게 쓰다듬으며 말했다.

“일단 정신수양을 좀 하세요. 말도 줄이고, 행동도 조신하게.”

팟!

틸리아는 대답도 하지 못하고 검날 속으로 빨려 들어갔다.

“이제 됐어요. 완전히는 아니지만 살짝 고쳤으니 더 이상 디온님을 귀찮게 하지는 않을 거예요. 그래도 이 아이는 꽤 똑똑한 편이니까 마족의 지식이 필요하면 애한테 물어보시는 게 좋을 거예요. 인간으로 남는 법을 포함해서 말이에요.”

“감사합니다.”

“그래요. 그럼 오늘은 이만.”

할 말을 다 한 모라는 다시 어둠 속으로 사라져 갔다.

곧 디온은 꿈에서 깨어나 눈을 떴다.

디온이 일어나자 옆에 있던 라이번도 같이 일어났다.

라이번은 평소 디온보다 먼저 일어나 아침 식사를 비롯한 하루의 일과 준비를 끝내놓고 기다리지만 지금처럼 텐트 속에서 같이 잘 때에는 디온과 동시에 일어난다.

“깨셨습니까.”

“응. 그런데 라이번, 그 검 좀 줘봐.”

“여기 있습니다.”

라이번은 두말없이 배낭에 매달아놓았던 틸리아를 떼어 디온에게 건넸다.

틸리아의 검집에는 마기를 제어하는 마법의 봉인서가 붙어 있었다. 평소의 틸리아라면 봉인서가 붙는 순간 화를 내며 불태워 버리겠지만 거의 빈사상태였기에 꼼짝없이 봉인된 모양이다.

디온은 조심스럽게 틸리아의 검집에 붙여져 있는 마법의 봉인서를 떼어냈다.

우우웅!

틸리아가 살짝 몸을 떨었다. 기뻐하는 것 같았다.

검을 뽑아 드니 디온의 머릿속에 틸리아의 목소리가 들려왔다. 그런데 평소처럼 들뜬 하이톤의 소리가 아닌 조신한 숙녀의 작은 목소리였다.

[주인님, 부르셨습니까.]

[응, 그냥 한번 뽑아봤어. 힘은 다 회복된 거니?]

[예. 무슨 일인지는 모르지만 갑자기 제 몸이 정상으로 돌아왔습니다.]

아무래도 틸리아는 모라의 일을 기억하지 못하는 듯했다. 하지만 힘이 돌아왔는데에도 마법 봉인서를 그대로 놔둔 것으로 보아 예전과는 성격 자체가 완전히 바뀌어 버린 게 확실했다.

[휴, 다행이다.]

[예?]

[아니야. 그럼 일 있을 때 부를게.]

[예, 기다리고 있겠습니다.]

검을 검집에 넣으려 해도 반항하지 않는다. 이 정도면 쓰는 데 아무 지장이 없다.

디온은 자신이 차고 있던 보통 마법검을 라이번에게 건네고 틸리아를 허리에 찼다.

며칠간의 휴식이 끝난 후, 디온은 다시 사람들과 함께 수련 여행을 계속했다. 이번에는 능력 억제제를 두 알씩 꼬박꼬박 먹어서 디온이 만든 음식을 먹어도 전혀 문제가 없었다.

또한 디온은 틈만 나면 명상을 했다. 몸 안을 관조하며 마왕의 힘이 어디로부터 흘러나오는지 느끼려고 노력했다.

해답은 금방 나왔다. 능력 억제제를 먹은 직후 명상을 해보니 약효의 흐름을 알 수 있었는데, 그것은 디온의 오른쪽 가슴 한복판이었다. 그곳에 의식을 집중하니 허파 뒤쪽으로 아주 작은 덩어리가 하나 느껴졌다.

두근두근.

놀랍게도 그 덩어리는 미약하긴 해도 심장처럼 뛰고 있었다. 어째서 지금까지 이걸 몰랐을까 할 정도로 확실한 존재였다.

'이게 뭐지?'

디온은 잠시 고민 끝에 틸리아를 뽑았다.

[부르셨습니까, 주인님.]

이제는 완전히 요조숙녀가 된 틸리아의 목소리는 조신하고 상냥했다. 어떻게 모라가 틸리아를 이렇게 순식간에 바꿀

수 있는지 이해는 되지 않았지만 좋은 게 좋은 거라고 디온은
진심으로 감사했다.

[응, 한 가지 물어볼 게 있는데, 내 오른쪽 가슴에 심장처럼
뛰는 무엇인가가 있거든. 그게 뭔지 알아?]

[그것은 두 번째 심장입니다. 마족이라면 당연히 심장이 두
개여야 하는데, 왼쪽 심장은 육체적인 힘에 영향을 강하게 주
고, 오른쪽 심장은 주로 마기에 영향을 줍니다.]

[윽, 그렇군. 나도 모르는 사이 두 번째 심장이 생긴 거였
네.]

[주인님께서 곧 마왕이 되실 거라는 증표입니다.]

[하아, 알았어.]

디온은 한숨을 쉬며 틸리아를 다시 검집에 넣었다. 그래도
이렇게 질문할 수 있는 대상이 있으니 궁금증을 풀 수 있어서
좋았다.

투투의 경우 알고 모르고를 떠나 설명이 이상해서 뭘 물어
도 제대로 된 대답을 듣기 어려운 것이다.

말이 되어 대화할 수 없는 렉스는 논외다.

"어쨌든, 이 오른쪽 심장의 기운을 잘 다스려야 인간이 되
어도 될 수 있다는 거지."

디온은 집중해서 심장의 박동과 그에 따르는 기운의 흐름
을 느끼려 했다.

심장이 두 개나 되니 박동 소리도 양쪽에서 들려와 조금 신
경이 분산되기는 했지만 일단 하나로 집중하니 점점 힘의 흐
름도 알 수 있게 되었다.

그것은 디온의 몸속에 있는 마나와는 또 다른 경로로 움직
이고 있었다. 주로 뼈 안쪽을 통해 움직이던서 뼈에 영향을
끼치는 것 같았다.

디온은 의식을 강하게 하고 힘의 흐름 중 한 가닥을 잡아
그것을 조종해 보려고 했다. 처음에는 잘되지 않았지만 계속
시도하자 의외로 쉽게 능력이 의지에 따랐다.

그러나 이걸 어떻게 움직여야 할지는 아직 모른다. 마나의
경우는 무공 수련서대로 움직이면서 강화시키면 되지만 지금
디온은 이 힘을 강화시키려는 의도도 아니고 무공 수련서의
내용대로 움직일 수도 없다.

디온은 다시 틸리아를 뽑아 대화를 했다.

[심장의 기운을 내가 마음대로 움직이면 뭘 할 수 있지?]

[힘을 집중시키면 더욱 강한 능력을 행사할 수 있습니다.
또한 기존에 있는 능력 중 하나를 강화하는 것도 가능하지만,
그럴 경우 다른 능력이 일시적으로 약해질 수 있으니 방어 능
력 계열은 소홀히 안 하는 게 중요합니다.]

[오호, 하나를 강화하면 다른 하나가 약해진다고.]

[예.]

좋은 정보를 얻었다. 지금 디온에게 있어 가장 문제가 되는 것은 요리에 마기가 실리는 것이니 차라리 시력 부분을 강화하면 요리에 대한 능력은 약해질지도 모른다.

[그거 말고도 또 다른 이용법은 없어?]

[마기를 능력으로 변화시키지 않고 순수한 파괴력으로 쓸 수도 있습니다. 가령 저에게 마기를 주입하면 오러 소드와 비슷한 효과를 낼 수도 있고, 명령만 하시면 제가 그것을 마법처럼 발출할 수도 있습니다.]

[어, 그거 발출하면 파괴력이 강하나?]

[마기의 크기에 따라 파괴력이 변합니다. 한계는 없고, 현재 디온님의 능력이라면 물질계의 구성 물질은 무엇이듯 소멸시킬 수 있습니다. 범위는 최대 출력으로 작은 도시 하나 정도는 충분합니다.]

[허걱, 도시를……. 아무튼 힘 조절해서 조금씩 쓰면 되겠네.]

장거리 공격이 되면 싸울 때 편리하다.

디온은 이미 검의 길을 포기했지만 저번 여행에서 역시 어느 정도 싸울 수 있는 힘은 필요하다는 결론을 얻었다.

디온은 틸리아의 조언을 토대로 수련을 계속했다.

낮에는 여행하면서 요리 수업을 하고, 캠프를 치면 텐트 속에 들어가 명상을 통한 마기 제어 수련을 했다.

세쌍둥이는 저녁 수련을 같이 안 해준다고 투덜댔지만 라이번이 디온을 대신해서 이들을 가르치자 크게 기뻐하며 라이번을 상대로 수련을 시작했다.

리네도 디온이 명상하는 것을 보고는 숙제로 가져온 마법 수련에 몰두했다. 투투와 렉스는 그냥 아무 일도 안 했지만 심심하다고 이들의 수련을 방해하거나 하지는 않았다.

그렇게 시간이 흐르니 사람들의 실력이 하루가 다르게 좋아졌다.

특히 세쌍둥이는 라이번의 진정한 실력을 어느 정도 눈치채면서 아예 제자로 받아달라고 간청했고, 라이번은 이를 승낙했다.

그사이 그들은 드라켄 제국의 해안지대를 벗어나 드디어 디온의 조국인 레이어스 제국 경계선에 도착했다.

오른쪽 가슴의 심장은 점점 커져 갔다. 동시에 심장으로부터 흘러나오는 마기 또한 강해져서 그냥 놔두면 전신이 저릿할 정도다.

디온은 이 마기가 뼛속으로 흘러 뼈를 강화한다는 사실을 깨달았다. 또한 놀랍게도 왼쪽 심장에도 영향을 미쳐서 왼쪽 심장의 박동을 점점 느리게 만들었다.

육체 전체가 변화하고 있는 셈이다.

"어떻게 하지?"

틸리아에게 물어도 이런 경우는 잘 모른다고 한다. 그녀의 지식 중에 인간이 마족으로 변화하는 경우는 없나 보다.

꿈속에서 모라를 만나서 물어보고 싶었는데, 그날 이후로 꿈을 꾸지 않게 되었다. 다른 능력은 제어가 되는데 꿈을 꾸는 능력만큼은 어떻게 하는지 알 수가 없었다.

고민하던 디온은 일단 마기가 왼쪽 심장을 자극하는 것만큼은 막기로 했다. 그러려면 다른 경로를 찾아야 하는데, 그건 곧 해결되었다.

틸리아에 마기를 넣으면 틸리아가 다시 디온에게 마기를 보냄으로써 오른쪽 심장에서 오른손 쪽으로만 마기를 돌게 만들 수가 있었다. 항상 검을 뽑은 상태로 있을 수는 없어서 어쩔 수 없이 오른쪽에 검을 차고 오른손으로 검 자루를 잡은 채로 생활했다. 요리할 때 이외에는 그 상태로 지냈다.

다른 사람에게는 특이한 검법을 수련하는 중이라고 설명하고 넘어갔다.

원래 이 정도까지 문제가 심각해지면 요리 수련은 중지해야 하지만 디온은 그러기 싫었다. 여기서 요리 수련을 중지하면 앞으로 요리에 대한 꿈을 접어야 할지도 모른다는 두려움이 생겼다.

어쨌든 틸리아를 이용하면서부터는 육체의 변화는 중지되

고 오직 오른쪽 팔만 색이 검게 변해갔다. 그 때문에 디온은 오른손에 장갑을 껴야 했다.

육체 변화가 중지되었다고 해서 마기가 사라진 건 아니다.

오른쪽 심장이 커지면서 마기가 계속 강해지자 디온은 몸의 좌우가 갈라질지도 모른다는 생각을 했다. 더군다나 이제는 오른쪽 심장이 가끔 한 번씩 발작하듯 강력한 마기를 뿜어대기까지 했다.

그럴 경우에는 틸리아도 신음 소리 비슷한 것을 내었다. 꽤 부담이 되는 듯했다.

그날 밤, 디온은 라이번에게 이 상황에 대해 털어놓고 진지하게 상담했다.

"어쩔 수 없이 여행은 그만둬야 할 거 같아."

"그게 좋겠군요. 하루 빨리 여황 폐하께 가서 상의해 보는 게 좋을 것 같습니다."

"응, 그래야겠지?"

"그럼 내일 아침 리네 양에게 일단 백작령으로 먼저 가기로 했다고 전하겠습니다."

"응. 그럼 부탁해. 난 계속 수련할 테니까."

집중해서 명상을 해야 몸의 부담을 조금이라도 줄일 수 있다. 디온은 정좌를 하고 앉아 눈을 감았다.

그런데 그때, 외곽 쪽에서 누군가가 접근하는 것이 느껴졌다.

상당한 고수다. 기척을 숨기거나 적의를 가지지는 않아 보였지만 걷는 소리만 들어도 무서울 정도로 수련을 쌓은 자라는 것이 느껴졌다.

디온과 라이번이 텐트 밖으로 나가서 보니 키가 거의 투투만 한 거한이 와 있었다.

거대한 전투도끼를 든 자로 얼굴에는 흉터가 가득했다. 하지만 그렇다고 해서 눈에 살기가 돌거나 흉악해 보이지는 않았다. 몸에는 검은색의 가죽갑옷을 입었고 등에는 석궁이, 허리에는 활 통이 매어져 있었다.

기사 같지는 않고, 용병이나 레인저 같은 느낌이었다.

고수다.

디온은 자신의 감각에 위험 신호와도 같은 것이 걸림을 느꼈다. 상대에게 적의가 없는 데도 이렇게 긴장이 되는 것은 지금까지 없었던 일이다.

거한은 텐트 안에서 사람이 나오자 약간 허리를 굽혀 인사하면서 말했다. 거친 목소리였지만 최대한 정중하게 말하려고 노력하는 듯했다.

"디온 경을 만나러 왔습니다."

"접니다만, 무슨 일이신지요?"

"저는 불칸이라고 합니다. 보시다시피 용병인데, 이번에 제가 모시는 분께서 디온님께 전하라는 말이 있어서 지금까지 국경 관문에서 기다리고 있었습니다."

"제가 아는 분인가요?"

"그렇지는 않을 겁니다. 주인님은 디온님을 아시지만 직접 만나본 일은 없다고 들었습니다."

"그렇다면 말씀해 보십시오."

"다른 사람이 들어서는 안 되는 내용이라고 했습니다. 실례지만 저와 단둘이 이야기를 나눌 수 있을까요?"

"음, 꼭 그래야 합니까?"

"주인님께서 이 내용은 디온님의 비밀과 관련된 것이고, 현재 고민하고 계시는 일에 대해 도움이 될 만한 정보라고 하셨습니다."

"나의 비밀과 지금 하고 있는 고민에 도움이 된다고요?"

상대가 누군지는 몰라도 디온의 비밀을 알고 있는 것만큼은 확실한 것 같다.

디온은 그 주인이라는 자가 누군지 생각해 봤지만 전혀 알 수 없었다. 마족 쪽은 아닌 듯했다. 마족이었다면 투투나 렉스가 반응을 보였을 테니까.

그렇다면 지금까지와는 전혀 다른 곳에서 온 사자라고 봐야 한다.

누굴까?

생각만 해서는 알 수 없다. 디온은 고개를 끄덕이며 말했다.

"그럼 잠시 숲 안쪽으로 산책이나 할까요?"

"좋습니다. 마침 달이 밝군요."

둘은 숲 안쪽으로 걸어갔다.

"이쯤이면 되지 않나요?"

디온이 멈춰 서자 불칸도 고개를 끄덕이며 멈춰 섰다.

"저의 주인은 디온님께서 인간으로 남으시기를 원한다고 말씀하셨습니다. 그래서 그 방법을 가르쳐 드리려고 왔습니다."

"인간으로 남는 방법을 아신단 말입니까?"

"물론입니다. 지금 디온님의 오른쪽 가슴에는 마족의 심장이 생겨났을 겁니다. 그렇지 않습니까?"

"거기까지 아시다니 놀랍군요."

"간단하게 말해서 그 심장을 도려내면 됩니다."

"으윽, 그 방법밖에는 없는 겁니까?"

멀쩡한 사람의 가슴을 파헤쳐서 심장을 도려내라니! 아직 디온은 그렇게까지 할 마음은 없었다.

불칸도 그럴 줄 알았다는 듯이 미소를 지으며 말했다.

"단숨에 인간이 되는 방법은 그것뿐이라고 합니다. 하지만 시간을 두고 천천히 마기를 제거해서 마족의 심장을 점점 약화시키는 방법도 있습니다."

"그 방법에 관심이 가는군요. 괜찮다면 그걸 가르쳐 주시겠습니까?"

"그러지요. 첫째, 우선 매일같이 마기를 최대한 발산할 것. 아직 디온님의 마족의 심장은 완전히 자란 거 아니기 때문에 무한한 마기를 생성해 낼 정도는 아닙니다. 그러니 디온님은 능력을 최대한 강화시키거나 사용해서 마기 생성 한도를 넘어설 정도로 쓰면 자연스럽게 마족의 심장이 고사해 버릴 겁니다."

"음, 능력을 사용해야 한다는 거군요."

"예, 반대로 능력을 사용하지 않으면 남은 마기는 디온님의 몸에 저장되어 마족화를 촉진하는 원동력이 될 것입니다."

그래서 갑자기 이렇게 능력이 생긴 것일까? 디온은 느끼는 게 있었다. 능력 억제제를 먹은 게 결국 마족화를 촉진시키는 원인 중 하나였던 모양이다.

"첫 번째는 알겠습니다. 그다음에는 무엇이 있나요?"

"둘째, 마족하고 접촉을 피할 것. 디온님은 마왕입니다. 주변에 수하 마족이 있다면 그들로부터 마기를 흡수하게 됩니다. 반대로 디온님의 힘이 강해지면 수하 마족이 디온님으로부터 힘을 얻게 되는 이치인데, 지금 디온님의 곁에 마족이 둘이나 있어 마기가 하루가 다르게 증가하고 있습니다.”

“아! 그런 일이 있군요.”

어쩐지 이상하더라니……. 다른 마왕이 마족을 수하로 선물해 준 것에는 이런 이유가 있었구나!

디온은 자신도 속았다는 것을 깨달았다.

겉으로는 호의라고 하지만 결국 숨겨진 의도가 있었던 것이다. 투투나 렉스가 자신에게 복종하고 안 하고의 문제가 아니다. 곁에 두는 것만으로 디온은 마왕이 되어가는 것이다.

“그렇다면 이 검처럼 마족이 만든 물건도 제 마기를 강화하나요?”

디온은 틸리아를 보여주며 물었다. 틸리아 역시 마족이 봉인된 무구이니 마기의 원동력이 되지는 않을까 하는 의심이 들었다.

불칸은 조심스럽게 틸리아를 살펴보고는 고개를 저었다.

“그 검은… 확실하지는 않지만 그건 아닌 듯합니다. 그 검에서는 마기의 발산이 느껴지지 않는군요.”

“다행이네요. 검까지 바꿔야 하나 고민했는데.”

“오히려 그 검은 마기를 발산하는 데 도움이 될 것 같군요. 검을 매개체로 마기를 뿜어내면 한 번에 대량의 마기를 소모하게 될 것입니다.”

“아, 검을 이용해 파괴적인 힘을 사용하란 말이군요.”

"그렇습니다."

"또 다른 방법이 있나요?"

"세 번째로 강한 신성 공격 마법이나 정화 마법을 시전받으시는 것도 마기 소모에 도움이 됩니다. 단, 이 경우 디온님의 육체가 고통을 느끼거나 손상될 수 있으니 조심하셔야 합니다."

"윽, 신성 공격 마법에 얻어맞으란 말이군요."

"매일같이 성수에 소금을 타서 대접으로 마시면 아주 약간은 도움이 될지도 모르겠습니다."

"성수에 소금……. 알겠습니다. 그러니까 신성력이 제 마기를 소모시킨다는 뜻이군요."

"그런 셈입니다. 이 세 가지를 이용해 마기를 소모해 나간다면 인간으로 남으실 수 있을 겁니다. 그러나 이미 심장의 성장이 꽤 진행되었기에 심장의 한계를 넘어서는 것은 쉽지 않을 겁니다."

"열심히 해보고 정 안 되면 마왕이 되든지 심장을 도려내든지 해야죠, 뭐."

"크큭, 아무쪼록 주인님의 뜻대로 꼭 인간으로 남으시길 기원하겠습니다."

불칸은 할 말이 끝났다는 듯 몸을 돌려 숲 안쪽으로 걸어들어가려 했다.

"잠깐, 불칸님을 보내신 분의 성함을 알 수 있을까요?"

"죄송합니다만 거기까지는 허락받지 못했습니다. 그럼."

불칸은 뒤도 돌아보지 않고 대답하고는 그대로 숲 속으로 자취를 감췄다.

혼자 남겨진 디온은 잠시 생각하다가 일단 틸리아를 뽑아 들었다. 그리고는 천천히 전신의 마기를 모두 틸리아에게 보냈다. 틸리아는 여느 때와 같이 다시 디온에게 마기를 되돌려 보내려 했지만 이번에는 디온이 그걸 막았다.

당황한 틸리아는 검신을 우우웅 떨더니 디온을 불렀다.

[주인님?]

[마기를 방출하려고 해. 그러니 계속 모아봐.]

[아, 파괴의 힘을 쓰시려는 거군요. 하지만 적이 될 만한 자는 보이지 않는데요.]

[그냥 시험 삼아 허공에 쏠 테니까.]

[네, 알겠습니다.]

디온의 뜻에 따라 틸리아는 마기를 모았다. 그러자 틸리아의 검신에 검은 기운이 서리기 시작했다. 곧 틸리아의 모습도 허공에 나타나 디온을 감싸 안는 듯한 자세를 취했다.

디온은 계속해서 마기를 주입했다. 그렇게 하자 지금까지 미처 몰랐던 점을 알게 됐는데, 상당한 마기가 그의 뼛속에 숨겨져 있었다.

"이런, 생각보다 마기가 많이 쌓여 있었네."

디온은 그것들까지 싹싹 쓸어서 모두 틸리아에게 주입했다. 그러자 마족의 심장이 거세게 뛰기 시작했다. 마치 목이 말라 칭얼대는 아이와 같았다.

디온은 그걸 무시하고는 정말 몸 안에 존재하는 모든 마기를 틸리아에게 주입하겠다는 의지를 불태웠다.

[아아, 주인님. 이제 한계예요. 더 이상은 틸리아의 몸이 견디지 못해요.]

[나도 거의 한계인 듯하네. 일단 이 정도면 되겠지.]

디온은 검끝을 하늘로 향하게 한 후 틸리아에게 명했다.

[발출해!]

[예.]

대답과 동시에 틸리아의 검극에서 검은 구체가 하나 생겨나더니 하늘로 향해 날아갔다.

슈우우웅, 콰콰콰콰콰콰콰콰쾅!

그것은 디온의 상상을 훨씬 초월한 힘이었다.

허공에 쏘면 아무것도 파괴하지 않고 끝날 거라 생각했는데, 검은 구체가 구름을 뚫고 그 위에서 폭발하자 일순간에 모든 구름이 사라지고 검은색의 불꽃이 천공을 온통 뒤덮었다.

별들도 보이지 않게 되고, 하늘에 큰 구멍이 뚫린 것처럼

중앙이 검게 변해 버렸다. 그러더니 잠시 후, 사방의 대기가
요동을 치기 시작했다.

고오오오오오오오!

"이게 어떻게 된 거지?"

디온은 당황해서 외쳤다. 그러자 틸리아가 대답했다.

[마기가 폭발하면서 주변의 모든 것이 소멸했어요. 공기까
지 전부 다요. 그래서 주변의 공기가 빈자리를 메우기 위해
몰려드는 거예요.]

[으으으, 그럼 어떻게 되는 거야?]

[이 일대에 폭설과 폭풍을 동반한 무수한 회오리바람이 생
길 거예요.]

[뭐?]

[제가 주인님을 보호할게요. 배리어를 칩니다.]

디온의 주변에 반투명한 막이 하나 생겨났다. 그 안에서는
공기의 흐름이 멈춘 듯 바람이 느껴지지 않았다.

하지만 디온은 틸리아가 친 배리어 안에서 가만히 있을 수
는 없었다.

[내 일행이 위험해. 그들을 보호해야 한다고.]

[틸리아는 주인님 이외에는 보호할 능력이 없어요.]

[이런 젠장.]

디온은 급히 달리기 시작했다. 경솔하게 일을 벌였다가 일

대에 기상 폭탄을 터뜨린 셈이 되었다. 어떻게든 빨리 일행과 함께 이곳을 벗어나야 했다.

디온이 캠프에 도착하니 다른 사람들도 모두 나와 있었다. 이미 비바람이 몰아치고 사방에서 하늘 끝까지 닿는 커다란 회오리바람이 여러 개 생겨났다.

리네가 걱정스러운 듯이 그것들을 보다가 디온이 보이자 반가운 얼굴로 얼른 다가왔다.

"디온, 날씨가 이상해."

"이상한 정도가 아니라 여기 있으면 큰일 나. 어서 이곳을 벗어나자."

라이번이 심각한 목소리로 말했다.

"늦은 거 같습니다."

그가 보고 있는 방향으로부터 회오리바람이 빠른 속도로 다가오고 있었다.

"투투, 저거 없앨 수 있어?"

"투투, 못 없앤다. 투투는 안 날아갈 수 있다."

"렉스 넌?"

"히히히힝."

렉스가 투레질을 하며 고개를 좌우로 저었다. 렉스의 본신인 말렉스의 경우 현혹 능력이 장기라 이런 방면으로는 대처할 능력이 떨어진다.

투투 역시 단순한 파괴력 위주의 공격이 장기라 회오리바
람을 없애기 위해서는 더 큰 충격파를 만들어야 한다.

"이그, 이럴 때 쓸 만한 능력이 없단 말이야."

"투투, 주인은 있다고 렉스가 말한다."

"응? 내가 저걸 없앨 수 있다고?"

"투투, 없애는 건 모르고, 우리가 이동할 수는 있다고 렉스
가 말한다."

"어떻게? 텔레포트를 한다는 건가?"

"투투, 게이트를 열면 된다고 렉스가 말한다."

"야, 그럼 지금 마계로 가자는 거야?"

"투투, 마계로 가는 거 말고 그냥 장거리 이동 게이트도 열
수 있다고 렉스가 말한다."

"어, 정말?"

디온은 틸리아에게 확인하듯 물었다.

[투투의 말이 정말이니?]

[예, 주인님. 차원 게이트가 아니라 그냥 공간 이동 게이트
는 비교적 작은 힘으로 열 수 있어요. 저에게 마기를 주입하
시면 제가 주인님의 힘을 빌려 게이트를 열어드릴게요.]

[윽, 나 지금 몸 안에 마기가 하나도 없거든.]

[아, 그런가요? 마기가 없으면 게이트는 못 여는데요.]

[아, 미치겠네.]

[급하시면 다른 수하 마족에게 마기를 빌리세요.]

[그런 것도 가능해?]

[모든 마기를 바치고 소멸하라고 해도 되거든요.]

틸리아의 말에 디온은 투투와 렉스를 보고 말했다.

"투투, 렉스, 게이트를 열 마기가 필요하다. 나한테 마기를
전해줄 수 있지?"

"투투, 된다."

"히히히힝."

대답과 동시에 투투와 렉스로부터 검은 기운이 흘러나와
디온의 몸속으로 흘러들어 갔다. 그러자 거의 움직임을 멈추
었던 디온의 오른쪽 심장이 다시 살았다는 듯 마기를 흡수하
며 거칠게 뛰기 시작했다.

디온은 급히 그 마기를 다시 심장으로부터 짜내어 모두 틸
리아에게 주입했다.

[틸리아, 게이트를 열어.]

[예, 주인님, 주인님의 이름으로 장거리 공간 이동 게이트
를 열게요.]

우우우우우우웅!

틸리아의 검이 거세게 떨리며 저절로 움직여 큰 원을 그렸
다. 그러자 그 원 안쪽이 소용돌이치며 허공에 구멍을 하나
만들었다. 반대편은 전혀 보이지 않지만 긴 통로와도 같은 느

낌이 들었다.

[열었어요.]

"좋아, 모두들 저 안으로 뛰어들어요."

디온이 외치자 투투와 렉스가 가장 먼저 뛰어들었다. 그 뒤를 이어 라이번과 세쌍둥이가, 그리고 마지막으로 리네가 약간 무서운 듯한 표정으로 양손에 정신봉을 꼭 잡고 몸을 날렸다.

이제 회오리바람이 거의 다 다가와서 디온의 몸은 날아갈 지경이었다. 틸리아가 배리어를 치니 다시 안정이 되었다.

[잠시 후에는 사라져요. 주인님도 이동하시려면 어서 들어가세요.]

[알았어.]

디온은 게이트 속으로 몸을 날렸다. 그러자 정말로 긴 함정에 빠진 것처럼 몸이 통로를 따라 저절로 떨어져 내렸다.

[그런데 이거 어디로 나가는 거지?]

[예? 그거야 저는 모르죠. 제가 물질계의 지리에 대해서 뭐 아나요.]

[헉, 그럼 혹시 물속이나 허공중에 나올 수도 있는 건가? 아니면 바위 속이라던가.]

텔레포트 마법을 개념없이 사용하면 그런 경우가 있다는 말을 들은 적이 있다. 그래서 공간 이동 마법은 도착 지점을 정확하게 알고 있어야 쓰지 안 그랬다가는 죽기 십상이라고 했다.

생각해 보니 지금 디온은 목표 장소도 설정하지 않고 무조건 게이트를 열었다. 어디로 떨어질지는 아무도 모르고, 심지어는 자살이 될 가능성도 아주 높았다.

다행히도 틸리아가 그럴 염려는 없다고 말해주었다.

[주인님의 무의식이 당연히 땅 위라고 생각한 이상 이상한 곳으로는 안 떨어질 거예요. 하지만 그게 어딘지는 알 수 없어요. 주입된 마기가 꽤 많았으니까 상당히 멀리 이동할 것은 확실하고요.]

[윽, 그게 많은 거였군.]

이야기를 하는 도중에 갑자기 통로 끝에 밝은 빛이 보이며 급속도로 확산되었다.

슈우우웅.

통로가 사라지며 어느새 디온은 땅에 뒹굴고 있었다. 멀미가 살짝 오는 것이 급격한 이동에 몸이 놀랐나 보다.

"으윽, 다른 사람들은?"

[주변에 사람의 기운은 느껴지지 않습니다.]

디온의 중얼거림에 틸리아가 대답했다.

"뭐?"

분명히 여기로 떨어졌을 텐데, 디온은 놀라서 벌떡 일어나

사방을 살폈다. 그곳은 깊은 협곡의 바닥으로 양쪽으로 하늘
까지 닿을 것 같은 절벽이 있었다. 구불구불한 협곡 바닥은
어디까지 이어지는지 알 수 없었다.

"다들 어디로 간 거지?"

누가 보면 검을 손에 쥐고 쉬지 않고 혼자 중얼거리는 디온
의 모습이 이상해 보일지도 모른다. 하지만 이곳에는 디온 혼
자이니 마음속으로 대화할 필요가 없다. 아직은 목소리를 내
서 대화하는 게 편한 디온이었다.

[이상하네요. 게이트의 출구가 여기라면 모두 이곳으로 와
야 정상인데…….]

"문제가 생긴 건가?"

[아무래도 그런 것 같습니다.]

"일단 이곳을 벗어나서 사람들을 찾아보기로 하자."

협곡을 벗어나는 방법은 크게 두 가지로 나올 수 있다. 협
곡을 따라 계속 나아가는 것, 아니면 절벽을 기어오르는 것.

디온은 편한 길을 택했다. 그의 능력으로 볼 때 절벽을 기
어오르는 것도 불가능하지는 않겠지만 그건 협곡이 막혔을
때에 하기로 했다.

그러나 한참을 가도 협곡은 끝날 기미를 보이지 않았다. 여
덟 개 눈의 능력으로 시야를 확장해 보았지만 적어도 반나절
동안 갈 거리 내에는 협곡이 계속 이어져 있었다.

“이거 이러다가 굶어 죽는 거 아니야?”

[주인님은 굶어 죽지 않습니다. 완전히 인간이 되기 전까지는 숨을 쉬지 않아도 죽는 일은 없게 되어 있거든요.]

“윽, 그런 거였어?”

일단 죽을 염려가 없다는 것을 안 디온은 약간 안심했다. 하지만 그렇다고 해도 배고픔이 사라지는 것은 아니다.

해도 이미 져서 어두워진 지 오래다. 디온은 일단 이곳에서 야영을 하기로 하고 먹을 것을 찾아다녔다.

다행히도 여기저기서 먹을 만한 작은 생물들이 보였다. 디온은 그것들을 적당히 손질해서 불에 구웠다.

음식을 먹고 따뜻한 모닥불에 몸을 데우니 꽤 기분이 좋아졌다.

디온은 고개를 들어 하늘을 보았다. 절벽 틈새로 길게 보이는 하늘 위로 별들이 보였다.

“그냥 저기를 기어 올라가는 게 나을까? 협곡 사이로 헤매다가는 완전히 길을 잃을 것 같은데 말이야.”

[그게 나을지도 모르겠어요. 아무래도 이 협곡은 밖으로 나가는 길이 없는 것 같아요.]

“그럴지도 모르지.”

빨리 이곳을 벗어나 다른 사람의 행방을 찾고 싶었다. 모두 무사한 것을 확인할 때까지 마음이 놓이지 않을 것 같았다.

“좋아, 내일은 절벽 위로 기어 올라가 보자.”

결심을 하니 마음이 조금 편해졌다. 디온은 그대로 땅에 등을 대고 누웠다.

마족의 심장은 거의 뛰지 않고 있었다. 디온이 마기를 모두 뽑아낸 것이 심장에 치명적인 타격을 입힌 것 같았다.

하지만 사라진 것도 아니다. 틸리아의 설명에 의하면 심장은 조금씩 마기를 보충하다가 어느 정도 양이 쌓이면 다시 뛰면서 마기를 디온의 뼛속으로 보낼 거라고 한다.

“그러니까 이제는 시시때때로 마기를 발산하기만 하면 되는 거네.”

[그래요. 그러면 더 이상 능력이 깨어나는 일은 없을 거예요.]

“그나마 다행이군.”

불칸이라고 했던가? 그가 누군지는 몰라도 정말 좋은 걸 가르쳐 주었다.

“그런데 정말 불칸이라는 사람의 주인은 누굴까? 혹시 틸리아는 짐작 가는 거 없어?”

[전혀 없어요. 마족에 대해 그렇게 잘 알고 있는 것으로 보아 마족이 아닐까 생각하지만, 마족이라면 디온님께서 인간으로 남는 걸 바랄 수 없어요.]

“그러게 말이야.”

　아무리 생각해도 짐작조차 가지 않았다. 디온은 눈을 감고 잠에 빠져들었다.

　"이곳은?"
　어두운 공간, 이곳은 꿈속이다.
　"오, 또 꿈속으로 들어왔네. 그럼 도라님이 오시는 건가?"
　"그녀는 오지 않네."
　갑자기 등 뒤에서 들려오는 목소리는 늙은 남자의 그것이었다. 디온은 뒤를 돌아보았다.
　갈색의 후드가 달린 로브를 입은 노인이 서 있었다. 마법사의 지팡이를 손에 들고 있는 것으로 보아 마법사인 것 같은데, 디온이 처음 보는 사람인 것만큼은 확실했다.
　"누구십니까?"
　"자네가 불러서 온 사람이지."
　"제가 불렀다고요?"
　"나를 강하게 생각하면서 잠든 모양이네. 솔직히 놀랍군. 꿈속이라고 해도 나를 부를 수 있다니. 그녀가 소환된 것도 이제는 이해가 되는군."
　"그럼 혹시 불칸님의 주인 되십니까?"
　"그렇다네. 불칸은 나에게 영원한 충성을 맹세한 자지."
　"아, 고맙습니다. 덕분에 제가 마왕이 되는 걸 막을 수 있었습니다."

"고마울 것은 없네. 난 내 사정으로 그대가 인간으로 남기를 원한 거니까."

"이유를 말씀해 주실 수 있으십니까?"

"숨길 건 없겠지. 난 이 물질계가 철저히 파괴되기를 원한다네. 더 나아가 세계의 종말이 오는 게 나의 궁극적인 목표라고 할까?"

"으, 제가 마왕이 안 되면 물질계가 파괴될 거라는 말인가요?"

"확률의 문제라고 할까? 정확하게 말하자면, 그대가 완전히 인간이 되면 난 불칸에게 그대를 죽이라고 할 걸세. 인간이 된 그대는 죽일 수 있는 존재니까. 그리고 그렇게 하는 게 내가 원하는 걸 이룰 확률이 높으니까."

"뭐라고요?"

"놀랄 건 없네. 그녀에게 들어서 이미 알 걸세. 인간은 죽어도 다시 태어나는 법이지. 영혼의 영역에서 보면 죽음은 하나의 변화이자 새로운 시작에 불과할 뿐, 큰 의미는 없네."

"난, 있습니다. 누가 뭐래도 난 죽을 마음은 없다고요!"

"자네보고 죽으라고는 안 했네. 불칸이 자넬 죽일 걸세."

"쉽게 죽을 거 같아요?"

"그대는 꽤 강한 인간이지. 어쩌면 불칸보다 더 강할지도 모르지. 하지만 불칸은 그대를 죽일 수 있을 걸세. 그는 적어도 지난 5백 년 동안 한 번도 실패하지 않았으니까.”

“5백 년……. 불칸이라는 자는 인간이 아니군요?”

“아니, 인간이라네. 내가 선택한 가장 강한 인간이지. 나는 그에게 충성의 대가로 윤회의 사슬을 끊을 수 있는 능력을 주었다네. 죽어서 다시 태어나도 과거의 기억을 모두 가지고 있게 되었지. 세상이 넓다고 해도 다시 태어나면서 전생의 모든 경험과 기억을 가질 수 있는 인간은 단 두 명뿐이라네. 그중 한 명이 불칸으로, 5백 년 전에 이미 그는 무적의 전사였고, 지금은 거의 한계를 초월했지.”

“……”

상대가 그런 자라면 디온도 이긴다고 자신할 수 없다. 그래도 투투나 렉스가 있으니 어떻게든 되지 않을까? 적어도 그들은 상급 마족. 인간이 어떻게 할 수 있는 대상은 아니다.

디온은 고개를 세차게 저었다. 누가 자기를 죽인다하고 하는데 수하들에게 보호받을 생각을 한 자신이 부끄러웠다. 그리고 눈앞의 이 수상한 노인이 장담할 정도라면 투투와 렉스의 도움도 별 소용이 없을 가능성이 컸다.

“아무리 불칸이라는 자가 강하다고 해도 난 당하지 않을 겁니다.”

“호, 그렇게까지 말해도 아직 인간이 되는 걸 포기할 생각은 없는 건가?”

“인간이든 마왕이든 내가 결정할 뿐, 목숨의 위협을 받아도 인간이 되기로 한다면 그걸 번복하지는 않을 겁니다.”

“과연, 그 정도 강단은 있군.”

“그런데 당신은 누구입니까? 날 죽이려는 이유는 무엇입니까?”

“질문이 많군. 내 진짜 이름은 발음할 수 없게 되어 있다네. 그 외에 여러 가지 다른 이름으로 불리지만 결국 뜻은 하나지. 바로 ‘종말’이라는 뜻이라네. 세상이 태어날 때부터 나는 존재했고, 세상을 끝내는 것이 나의 유일한 목표이지. 천계와 마계의 족속들이 두려워하는 가장 큰 파멸의 씨앗이 바로 날세.”

“세상의 종말을 원한다고요?”

아까도 그런 말을 했다. 디온은 이제 이자를 어떻게 대할지 고민하게 되었다. 정상적인 사람이라면 두려워하거나 절대 악을 대한 것처럼 맞서 싸워야 한다.

그러나 디온의 경우 자기 자신이 마왕의 운명을 타고난 몸. 세상일이라는 게 선악으로 딱 갈리는 게 아니라고 알게 되니 세상의 종말을 원하는 자도 꼭 나쁜 게 아닐지도 모른다는 황당한 생각이 들었다.

어쨌든 이자는 디온에게 거짓말을 하고 있는 것 같지는 않다. 다른 마왕처럼 디온을 속여 마왕을 만들려는 게 아니라 인간으로 남기를 원하면서 인간이 되면 죽여 버리겠다고 말하기까지 한다.

이걸 어떻게 해석해야 할까?

디온은 일단 대화를 계속해 보기로 했다.

"내가 죽으면 세상의 파멸이 온다는 겁니까?"

"세상이 그렇게 쉽게 파괴될 정도면 내가 이렇게 오랜 기간 고생하지 않았을 걸세. 단지 자네가 죽지 않는 것보다 죽는 게 아주 약간 파멸의 기회가 커진다고 판단했을 뿐이지. 그야말로 아주 약간이지만, 없는 것보다는 낫겠지. 반대로 그대가 마왕이 되면 파멸의 기회가 조금 사라진다네. 그러니 가장 급한 건 그대가 인간이 되게 돕는 거고, 그 뒤에는 그대를 죽일 걸세."

"쩝, 도대체 인간이 되라는 거야, 말라는 거야."

"그건 그대가 정한다고 하지 않았나? 나를 비롯한 여러 존재들은 그저 도울 뿐이지."

"하아, 그런 겁니까."

"그래도 다른 멍청한 존재들이 섣불리 그대에게 영향을 주려고 꾸민 일들은 나에게 바람직한 결과로 다가올 걸세. 천신이나 마신은 그나마 개념이 좀 있는데, 저급한 마왕이나 천족들이 멍청하게 끼어들어 일을 꾸미다니, 이건 나로서는 기쁘기 그지없는 일이지."

디온은 노인의 말로부터 상대가 적어도 신 급의 존재라는 것을 알 수 있었다.

　원래 마왕보다 더 상위의 존재라면 천신, 마신, 정령신밖에 없다고 알고 있었는데 아무래도 인간들이 모르는 최고위 상위 영격체가 또 존재하는 모양이다.

　"으음, 당신에게 바람직한 일이라는 게 세상에는 별로 좋은 일이 아닌 것 같은 느낌이 드는군요."

　"그런 셈이지. 천족과 마족이 물질계에 직접 강림하여 관여하는 게 얼마나 큰일인지 아직 그대는 모르겠지. 이미 세상은 그 영향을 받기 시작했고, 앞으로 몇 년 내에 대륙에는 큰 혼란이 일어날 걸세. 아마 백 년이나 이백 년으로는 치유되기 어려운 큰 혼란일 거야."

　"전쟁인가요?"

　"전쟁도 그중 하나지. 하지만 난 전쟁을 그다지 좋아하지 않는다네. 내가 원하는 것은 세상의 완벽한 파멸인데, 전쟁 좀 일어난다고 그렇게 될 가능성이 있겠나? 혼돈과 종말을 헷갈리면 안 되는 법이지."

　"그럼 무엇인가요?"

　"자네와 같은 존재가 또 하나 탄생하기를 기대하고 있네."

　"예? 그럼 저 말고 또 다른 마왕 후보자가 태어난다는 뜻입니까?"

　"아니, 반대겠지. 마왕이 인간이 된다든지 하는 거지. 세상의 일이라는 게 카르마의 법칙에 의해 저울처럼 유지되는 법. 인간이 마왕이 되는 일이 있으면 마왕이 인간이 되는 일도 일어나야 하지 않겠는가?"

"마왕이 인간이 된다고요?"

"꼭 그런 건 아니고, 그와 상응하는 일이 벌어진다는 거지. 그러니까 새로운 파멸의 씨앗이 탄생할 가능성이 높다는 걸세. 자네와 같은."

"아까부터 파멸의 씨앗이라는 표현을 쓰시는데 저는 그게 무엇인지 모르겠군요."

"그것에 대해서는 설명할 수가 없네. 자네가 마왕이 되면 알게 되겠지만, 인간은 알아서는 안 되는 내용이니까. 한 가지 말하자면, 자네나 내가 바로 파멸의 씨앗이라네. 허허허."

노인은 디온을 거의 아들이나 제자를 보는 듯한 눈빛으로 보며 웃었다.

그걸 깨달은 디온은 순간 등골이 오싹해지는 것을 느꼈다. 설명을 듣지 않아도 파멸의 씨앗이 뭔지를 깨달아 버렸다.

노인의 목적을 이룰 수 있는 가능성이 있는 존재! 세상을 파멸시킬 수 있는 무엇! 파멸의 씨앗!

"젠장!"

"허허허, 아무튼 알아서 잘해보게. 이렇게 꿈속에서라도 자네와 만날 수 있어 즐거웠네. 하지만 이제는 불러도 오지 않을 걸세. 아무리 꿈속이라도 너무 많은 것을 전했어. 더 이상은 위험하지.”

말이 끝나자마자 노인은 사라졌다. 그리고 디온은 꿈에서 깨어났다.

“젠장! 젠장!”

퍽퍽!

화가 머리끝까지 나서 주먹으로 때리니 바위가 부서진다. 주먹도 좀 아프긴 했는데, 디온은 신경 쓰지 않았다.

인간이고 마왕이고를 떠나 그 자신이 노인이 말한 대로 세상을 파멸로 이끌 수 있는 존재라면 이건 정말 문제가 크다. 천족과 마족 어느 쪽에도 디온은 속하지 못한다는 의미다.

“차라리 마왕이 될까?”

노인과의 대화를 잘 생각해 보니 마왕이 되면 파멸의 확률이 낮아진다고 했다. 그렇다면 세상을 위해서는 디온 자신이 마왕이 되는 게 낫다는 뜻이 되지 않을까?

디온은 두 손으로 머리를 움켜잡았다. 생각하면 생각할수록 머리가 혼란스러웠다. 모든 인과관계를 확실히 모르니 어떻게 결정할 수가 없다.

그런데 머리가 혼란스러워지는 도중에 단 한 가지 선명하게 떠오르는 것이 있었다.

"머리로 생각하지 말고, 본능이 시키는 대로 정하세요. 인간이든 마왕이든."

모라의 말이다. 그 말이 진리인지도 모른다.

어차피 세상의 비밀을 다 알 수는 없다. 그것이 인간의 한계다. 마왕이 되면 조금 더 많은 것을 알 수 있다. 하지만 노인은 마왕도 결국 다 알지는 못하고 그냥 자기 생각에 사로잡혀 실수를 한다고 했다.

천신이나 마신은 모든 것을 알고 있을까?

노인은?

그건 알 수 없다.

알고 보니 세상은 의혹으로 가득 차 있었다.

"어마마마한테 상의를 해야 할까?"

여황 사비너, 모친인 그녀라면 가장 순수하게 디온에게 조언을 해줄 것이다. 그러나 그것이 정말 좋은 결과를 나타낼지도 모른다.

그러나 여황 사비너 또한 인간이고, 그녀가 지금 디온이 처한 상황을 모두 다 안다고 할 수는 없다.

"그 누구와도 상담할 수 없다. 이것은 결국 나 자신의 문제야."

디온은 결론을 내렸다.

본능이 원하는 나는 과연 무엇인가? 인간인가, 마왕인가?

"결정을 내리자. 나 자신의 답을 듣자."

디온은 빨리 결정을 내리는 것이 무엇보다 중요하다는 생각을 했다. 이대로 자꾸 주변의 영향을 받으면 받을수록 생각이 많아져 결국 이도저도 못하게 될 것이다.

디온은 자리에서 일어나 사방을 둘러보았다. 끝이 보이지 않는 협곡의 길, 하늘까지 닿아 있는 절벽, 다른 인간의 기척은 전혀 없는 곳.

과거 마경에 빠졌을 때 아무도 없는 곳에서 수련을 했다. 지금도 그런 수련이 필요할 때인지도 모른다.

단, 수련이 아닌 명상이다. 자신의 정체성을 스스로에게 물어 답을 얻을 때까지 끝나지 않는 명상.

디온은 절벽을 기어올랐다. 바닥이 거의 보이지 않을 정도까지 오른 후 틸리아에 마기를 주입하여 절벽 중간을 팠다.

반나절 정도 절벽을 뚫고 들어가니 훌륭한 토굴이 되었다.

"밥이나 물을 안 먹어도 죽지 않는다고 했지? 숨을 안 쉬어도 말이야."

디온은 혼잣말로 중얼거리며 입구 쪽을 향해 틸리아를 휘둘렀다.

쿠쿠쿵!

입구가 무너지고 곧 디온이 있는 곳까지 모두 붕괴되었다.

완전히 절벽 한가운데에 파묻혀 버린 셈이다.

몸이 뭉개질 정도로 엄청난 압력이 느껴졌다. 그러나 조금 있으니 마족의 심장으로부터 마기가 일어나 땅의 압력을 버텨내었다.

"진짜로 안 죽네."

디온은 웃었다.

"이것으로 내가 명상하는 사이 마족의 심장이 커지거나 하지는 않겠지. 이 압력을 막아 버티는 데에 마기를 모두 사용할 테니까 말이야."

그냥 멍하니 앉아서 명상을 하다 보면 마족의 심장이 쑥쑥 커져서 자신도 모르는 사이에 돌이킬 수 없는 단계까지 가버릴 것이다. 그래서 디온은 스스로를 땅속에 가두기로 했다.

준비가 끝난 디온은 몸의 움직임을 모두 정지한 채 내부를 관조하며 명상에 잠겨 들어갔다.

인간인지 마왕인지 확실하게 정할 때까지는 외부와의 접촉을 끊고 이곳에서 땅의 일부로 존재하리라.

다시 깨어나 땅을 깨고 밖으로 나갈 때에는 절대 변하지 않을 확고부동한 결심을 할 것이다.

Chapter 06
그를 찾으려는 자들

흑사자
마왕

사람들은 무사히 디온에 의해 장거리 공간 이동을 할 수 있
었다. 그런데 그들은 모두 제각기 다른 지역으로 떨어졌다.
또한 디온은 어디 갔는지 아무리 찾아도 안 보였다.

그리고 7년이 지났다.

그사이 드라켄 제국의 황태자였던 구스타프는 정식으로
황위를 이어 구스타프 3세가 되었다.

젊은 나이의 구스타프 3세는 나이 든 노신들에게 둘러싸여
매일같이 혹사에 가까운 정무 스케줄을 수행하고 있었다.

그동안 드라켄 제국에서는 디온의 행방을 찾기 위해 비밀

리에 동원할 수 있는 모든 인력을 사용했다. 하지만 디온의 흔적은 완전히 사라져 대륙 어디에도 나타나지 않았다.

오늘도 궁정마법사이자 구스타프 3세의 심복인 로젠 백작이 직접 디온에 대한 보고서를 가져와 설명했다.

"비잔티움 신성제국 쪽에서 광범위 탐색 마법을 사용한 자국 내의 수색을 끝냈다고 연락이 왔습니다. 이로써 비잔티움과 우리 드라켄의 전 국토를 뒤진 셈이니 적어도 대륙 북부에 디온 황태자가 없다는 것은 확실합니다."

"으음, 그럼 남부 쪽인가?"

"대륙 내에 있다면 그렇다고 봐야겠지요. 하지만 대해에는 알려지지 않은 섬도 많기 때문에 꼭 남부에 있다고는 확신할 수 없습니다."

"대해에 있는 섬들이라……. 설마 거기까지 갔다고는 볼 수 없지 않을까?"

"그날 돌아온 자들의 증언에 의하면 디온 황태자는 공간 이동 게이트를 열었다고 했습니다. 그런데 신기하게도 도착 지점이 고정되지 않았기 때문에 모두들 대륙 곳곳에 퍼져 있다가 겨우 귀환했습니다. 그야말로 대륙 곳곳입니다. 이는 거리상으로 볼 때, 디온 황태자가 대륙 내가 아닌 바다 속으로 이동했어도 이상하지 않을 정도입니다."

로젠 백작의 목소리에 자신도 모르게 힘이 들어갔다. 대륙

의 끝에서 끝으로 이동할 수 있는 공간 이동 게이트라니, 이
건 정말 인간의 힘이 아니다. 드라켄 제국의 수호드래곤도 단
숨에 그 정도까지 이동할 수는 없다고 했다.

그 능력으로 볼 때 디온 황태자는 거의 마왕이 다 되었을지
도 모른다고 로젠 백작은 생각했다.

구스타프 3세는 잠시 생각하다가 로젠 백작에게 물었다.

"남부 쪽으로 사람을 보낼 수 있나?"

"비밀수색대를 보낼 수는 있겠지만, 제국령 내에서처럼 광
범위 탐색 마법을 사용할 수는 없습니다."

"하긴, 그럴 경우 침략이 되겠지."

암흑제국 레이어스의 사건 이후 드라켄 제국과 비잔티움
제국에서는 표면적으로든 실질적으로든 다른 왕국을 침범한
적이 없다. 암흑여황 사비너 1세가 그것을 금했기 때문이다.

"그렇다면 그자들에게 도움을 요청해야겠군."

"그게 가장 좋은 방법일 듯싶습니다. 흑왕 무리는 이미 대
륙 남부 최강의 무장 집단이니 우리가 비밀리에 마법 병단을
지원한다면 훨씬 더 효율적으로 남부 탐색 작업을 수행할 것
입니다."

흑왕 무리라는 것은 요즘 대륙 남부에서 뜨거운 감자로 떠
오르고 있는 무력 집단이다.

어떤 왕국에 속한 자들이 아니라 갑자기 세상에 나타난 흑

왕이란 자가 산적에 해적, 그리고 용병이나 암살자들까지 모두 가리지 않고 긁어모아 만든 집단인데, 이상하게도 한번 흑왕의 수하가 되면 아무리 흉악하고 제멋대로인 자도 흑왕이 만든 규칙을 절대로 어기지 않았다.

그 조직력과 전투력이 너무나도 놀라워 여태까지 어떤 싸움에서도 한 번도 패하지 않고 점점 세력을 넓히는 중이다.

이미 왕국을 하나 세워도 크게 세웠을 만한 세력을 구축했지만 그들은 한 곳에 정착하지 않고 끊임없이 대륙 남부 곳곳을 이동하니 그들이 지나가는 왕국들은 몸살을 앓았다. 그러면서 일단 지나가면 안도의 한숨을 내쉬곤 다시 오지 않기를 바랐다.

왜 그들이 그렇게 계속 이동을 하는지는 알 수 없지만 이제 웬만한 왕국들은 흑왕이 가까이 오면 그의 비위를 거스르지 않으려고 선물을 동반한 친선 사절까지 보내고는 한다.

흑왕의 정체를 아는 사람은 거의 없지만 구스타프 3세를 비롯한 드라켄 제국의 수뇌부 중 몇 명은 그들의 과거와 목적을 잘 알고 있다.

"음, 그렇다면 사비너 1세에게 양해를 구하는 서신을 보내게. 그리고 흑왕한테도 사자를 보내 우리의 뜻을 전하도록 하지."

"명을 받들겠습니다."

　로젠 백작은 구스타프 3세의 명에 따라 레이어스 암흑제국과 흑왕 양쪽에 보낼 사절을 준비하러 나갔다.

　홀로 남은 구스타프 3세는 술잔에 와인을 한 잔 따라 들이켜고는 창문을 보았다.

　“디온, 정말 마왕이 되기 위해 잠적한 거냐? 웬만하면 좀 참으면 안 되겠니? 나 그냥 조용히 황제 좀 하자.”

　마왕에게 휩쓸려 망해가는 제국의 황제라니, 상상도 하기 싫었다. 구스타프 3세는 답답한 가슴을 달래기 위해 다시 와인 한 잔을 입안에 털어 넣었다.

＊　　　＊　　　＊

　신성제국 비잔티움에서는 며칠 전 교황 오덤 6세의 주도로 성녀 교체식이 벌어지고 전통에 따라 한 달간의 축제 기간에 들어섰다.

　성녀라는 것은 천신의 가호를 받아 인간 중에 가장 강력한 신성력을 가지게 된 여성을 의미하는데, 교황과 함께 신성제국 내 최고의 직위에 해당한다.

　정치적인 실무는 교황이 담당하지만 기적의 증인이자 천신의 대리인으로서 정신적인 리더의 역할은 성녀에게 있다. 일단 성녀가 무슨 의견을 내면 교황은 최대한 협조적으로 일을 처리해 주는 것이 관례다.

이번에 새로 성녀가 된 리네 프리윈드는 원래 드라켄 제국 태생인데, 1년 전 신탁에 의해 정식으로 성녀 후보가 되었고, 그 이후 여러 기적을 행하여 모든 사람들로부터 존경의 대상이 되었다. 그녀가 보유한 신성력은 역대 성녀 중에서도 최고라는 평가를 받고 있다.

가장 놀라운 것은 리네 프리윈드가 원래는 마법사라는 점인데, 신성력을 사용하면서도 마법도 같이 사용할 수 있다는 것이 확인되면서 마탑에서도 지대한 관심을 쏟고 있다.

원래 드래곤 이외의 존재는 신성 마법과 룬 마법을 동시에 사용할 수가 없다. 리네 프리윈드는 둘 다 사용할 수 있으니 그것이야말로 그녀가 행한 가장 큰 기적이라고 사람들은 말한다.

성녀가 머무르는 곳은 백은의 궁이다.

리네는 상아색 테이블에 놓인 홍차를 마시고 있었다. 맞은편에는 성녀의 상담역인 엘미르 대신관도 앉아 있었는데, 리네는 홍차를 한 모금 마시고 그녀에게 말했다.

"엘미르 선생님, 전 아직 뭐가 뭔지 잘 모르겠어요. 원래 저는 평범한 요리사가 되는 게 꿈이었는데, 선생님의 권유로 정식으로 마법을 배우면서 요리마법사가 되기로 결심했잖아요. 그것만 해도 저에게는 큰 변화인데, 이렇게 갑자기 성녀라니요."

"괜찮아. 원래 성녀란 게 혈통 따라 나오는 게 아니라서 평민 중에서 탄생할 확률이 굉장히 크거든. 아무래도 세상에는 귀족보다는 평민이 많으니까. 그리고 너 원래 꿈을 포기할 필요는 없어. 마법도 되잖아. 요리 마법을 연구하라고."

"하지만 식당을 내는 건 힘들겠죠?"

"풋, 그건 좀 힘들지. 그냥 요리를 해서 근처의 신관들에게 대접하는 정도로 참아줘."

"꼭 제가 성녀가 되어야 하나요?"

"성녀라는 게 되고 싶다고 되는 게 아니듯이, 네 몸속에는 이미 물질계 최대의 신성력이 들어가 있다고. 그러니 성녀가 될 수밖에."

"그건, 선생님께서 주신 정신봉 때문이잖아요."

"하아, 나도 그렇게 될 줄은 몰랐어. 설마 천신기가 인간을 완전한 주인으로 인정할 줄이야. 이제 그건 너 거야. 적어도 네가 죽을 때까지는."

"그냥 엘미르 선생님께 다시 돌려 드리면 안 되나요?"

"천신기는 스스로 주인을 정해. 원래는 내 소유였지만 너한테 빌려줬잖아. 그런데 천신기 스스로 너를 주인으로 삼기로 결정한 이상 이제 너의 소유물이야. 난 그 녀석의 의지를 존중할 필요가 있다고."

　천신기라는 것은 원래 고위 천족이 소멸하기 전 자신의 육체와 힘을 모아 만들어내는 유품과도 같은 것이다. 그렇기 때문에 대부분의 천족은 천신기를 자기 선배의 분신과도 같이 생각하고 소중히 다루게 된다.

　이번에 리네가 소유하게 된 정신봉은 리네를 완전한 주인으로 인정하면서 그녀의 몸에 막대한 신성력을 주입했다. 리네가 마음만 먹으면 천족이 될 수도 있을 정도의 신성력이다.

　그러나 리네는 천족도 성녀도 되고 싶은 마음이 없었다. 거의 반강제적으로 된 것인데, 그나마 엘미르 선생이 열심히 설득해서 겨우 납득을 한 상태다.

　"그런데 도대체 디온은 어떻게 된 걸까요? 아무리 찾아도 없으니."

　"그게 문제야. 행방을 알면 어떻게든 도울 수 있을 텐데, 탐색 마법에도 안 걸리고, 신탁으로는 원래 위치를 찾을 수 없게 되어 있고 말이야. 아무튼 최선을 다해 찾고 있을 테니까 너무 염려하지 마."

　"혹시……."

　리네는 말을 하려다가 너무나도 무서운 내용이라 입을 다물었다. 성녀가 되면서 엘미르 선생의 정체와 디온의 비밀에 대해 알게 된 리네였기에 요즘은 가끔 디온이 마왕이 되어 나타나는 꿈을 꾸기까지 했다.

엘미르 대신관은 고개를 저었다.

"아직은 아니야. 어쩌면 그 과정에 들어섰는지도 모르지만 적어도 완전히 마왕이 되면 바로 알 수 있거든."

"다행이네요."

"아무튼 빨리 찾아내야 돼. 빠르면 빠를수록 좋아."

"예, 저도 그건 동의해요."

"혹시 모르니까 정신봉의 힘을 완전히 끌어낼 수 있도록 준비해 둬. 만약 디온이 발견되었을 때, 멀쩡한 정신이 아니고 마왕으로 변화를 하는 도중이라든지 하는 경우에는 우린 그와 싸워야 해. 그때에는 너와 정신봉만이 희망이니까."

"알겠어요. 최선을 다할게요."

리네는 진지한 표정으로 오른쪽 주먹을 꼬옥 쥐었다.

꿈틀.

리네의 다짐에 반응하듯 팔 속에서 무엇인가가 살짝 움직였다. 정신봉은 지금 리네의 오른팔 속으로 들어간 상태인데, 리네가 명하면 손바닥을 통해 밖으로 나온다.

무슨 일이 있어도 디온만큼은 꼭 구해내고 말 거야. 리네는 왼손으로 오른팔을 쓰다듬으며 다시 한 번 다짐했다.

*　　　*　　　*

암흑제국 레이어스의 여황 사비너 1세는 몇 년 전부터 정치에서 손을 떼고 거의 방 안에 틀어박혀 나오지 않고 있었다. 식사도 방 안에서 하고 평소에는 시녀들도 모두 내친 채 혼자 있었다.

사비너 1세가 혼자 방 안에서 무엇을 하는지는 아무도 모르는데, 사비너 1세를 어렸을 때부터 모신 노시녀 중 하나는 그녀에게 새로운 애인이 생겨 밀회를 즐기는지도 모른다고 했지만 그게 사실인지 아니면 노시녀가 노망이 든 건지는 아무도 모른다.

그 외에도 시녀들은 저마다 추리했지만 여황이 하는 일이니만큼 자신의 추리가 옳은지 확인해 볼 생각은 꿈에서도 하지 못했다.

오늘도 사비너 1세는 거울을 보고 대화하고 있었다.

"못 찾는다고요? 어떻게 그럴 수가 있죠? 당신이 못 찾는다는 게 말이 되느냐고요."

[성질이 사나워졌군.]

굵은 남자의 목소리, 거울 속에는 사비너 1세의 모습이 비쳐 보이는 게 아니라 잘생겼지만 성격이 나쁘게 생긴 한 남자의 모습이 있었다. 그런데 남자의 머리에는 작은 뿔이 두 줄을 이루며 수십 개나 돋아 있어 그가 인간이 아님을 보여주고 있었다.

　마신 팔라시온. 그는 사비너 1세의 소환에 응해 그녀의 화풀이 대상이 되어주고 있었다. 본인은 그걸 아내의 응석을 받아준다고 생각하며 즐기고 있기까지 하다.

　사실 마신쯤 되면 단순한 인격을 지닌 게 아니라 일종의 다중인격체가 된다. 또한 현신하는 모습도 굉장히 다양해서 드래곤 형태부터 수인 형태까지 골고루 갖추고 있다.

　몇십 년 전 팔라시온은 사비너 1세의 남편이 되면서 그녀와 가장 잘 어울릴 수 있는 모습과 인격으로 그녀를 대했다.

　한 가지 문제점은 처음 사비너 1세와 만났을 때와 전혀 모습이 변하지 않아 아직도 청년의 외형 그대로라는 것인데, 그 점에 있어서는 사비너 1세도 강력한 마법으로 노화를 거의 정지시켰기 때문에 크게 이상해 보이지는 않았다.

　"성질이 사나워질 수밖에요. 마신쯤 되는 분께서 아들의 행방을 찾는 게 힘들다고 하시는데 그 말을 듣는 흑마법사 기분을 생각해 보셨나요?"

　[못 찾는 건 못 찾는 거지. 그 녀석이 마계에 있다면 어떻게 숨어도 찾을 수 있지만, 물질계 쪽이니까 말이야. 그리고 그 녀석은 지금 자신의 의지로 숨은 거라서 자신도 모르게 강력한 탐지 방어 능력을 발휘하고 있거든. 아마 나나 천신이 물질계에 강림하기 전에는 찾기 어려울걸.]

　"그럼 디온이 스스로 나타날 때까지는 절대로 못 찾는다는 건가요?"

[그렇지는 않아. 물질계에는 물질계의 법칙이 있으니까. 저번에 가르쳐 줬잖아. 디온을 찾을 수 있는 탐지 마법. 넌 그걸 드라켄 제국하고 비잔티움 제국에 전했고, 그럼 찾는 건 시간문제지.]

"범위가 너무 좁아요. 그냥 당신이 저에게 빙의해서 대륙 전체를 대상으로 사용하면 되잖아요."

[어이, 그러면 그대의 몸에 무리가 온다고. 마나 홀이 깨져 평생 마법을 못 쓰는 폐인이 되고 싶은 거야?]

마나 홀이 깨지는 것은 마법사로서는 죽음과 동격이다. 사비너는 경고만으로도 섬뜩한 기분이 드는지 잠시 말을 멈췄다.

하지만 그녀는 이미 그런 결과를 예상하고 있었다. 오늘 거울을 이용해 팔라시온의 그림자를 소환하기 전부터 마음의 준비는 한 셈이다.

꼭 디온을 찾아야 한다. 그것도 가능한 한 빨리.

인간에서 마왕으로 각성할 때에는 육체를 완전히 바꾸게 된다고 했다. 짧게는 몇 년에서 길게는 몇백 년까지 걸릴 수도 있다는 것이다.

디온이 완전히 자취를 감추자 사비너 1세는 디온이 각성을 한 것이 아닌가 하는 생각이 들어 도저히 가만히 있을 수 없었다.

완전히 각성을 하면 끝이다. 무슨 수를 써서든 디온을 찾아 각성을 막아야 한다.

사비너 1세는 자세를 바로 하고 차분한 목소리로 대답했다.

"디온을 지금 당장 찾을 수만 있다면 상관없어요. 그리고 내가 폐인이 되면 당신이 고쳐 줄 거잖아요."

[윽, 이 여자가 억지를 쓰는군.]

"억지가 아니라 열심히 생각해서 내린 결론이에요. 당신이 그 상태로는 물질계에 큰 영향력을 발휘하지 못하지만, 소환자인 제 몸에 빙의하면 저의 마기를 바탕으로 마신의 능력을 쓸 수 있잖아요."

[그리고 소환자인 너를 회복시켜 주는 것도 되지. 나 참 이렇게 눈 가리고 아웅 하는 식의 법칙을 누가 정한 거야?]

"흑마법의 마족 소환이 성공하면 좋은 이유가 다 이런 데에 있는 거죠. 대신 천족을 소환해서 기적을 일으키는 것과는 다르게 마족은 계약을 할 때 잘하지 않으면 아무것도 이루지 못하고 이용만 당하고 희생되는 경우도 있으니까요."

"속는 놈이 바보라는 게 이쪽의 기본 상식이니까. 뭐, 상관은 없겠지. 소환자의 요청이니 가능하면 들어주도록 하지. 하지만 고통을 각오해야 할 거야. 마나 홀이 깨지는 고통은 인

간의 육체로는 감당하기 힘들 정도니까.]

"각오하고 있어요."

[좋아.]

팔라시온의 대답이 끝나자마자 거울에서 검은색의 연기와 같은 것이 흘러나와 사비너 1세의 몸에 스며들었다.

곧 사비너 1세의 눈은 흰자위와 눈동자가 사라지고 전체가 검은 구슬처럼 변했다.

"꽤 많은 마기를 모았군. 한 번 정도는 대륙 범위의 탐색 마법을 사용할 만해. 그럼 시작할 테니 심호흡을 하라고. 고통 때문에 죽으면 다시 살리지 못하니까."

"준비됐어요."

사아아아아아!

사비너 1세의 몸으로부터 강력한 마법의 기운이 흘러나와 대기 중에 섞였다. 전신에서 끊임없이 새어 나오는 마나는 사비너가 평생을 수련해서 모은 것인데, 그걸 일회성으로 사용하면 엄청난 힘의 증폭이 있는 대신 몸에 무리가 간다.

곧 사비너 1세의 몸에 쌓여 있던 마나가 모두 해방되었다. 그러나 그걸로 끝나지 않고 그녀의 마법적 근원이자 마나를 담는 틀인 마나 홀을 이루는 구성 마나마저 소모하기 시작했다.

"아아아아아악!"

사비너 1세는 비명을 질렀다. 믿을 수 없는 고통이었다. 나름 고통에는 익숙하다고 생각했는데 이건 상상을 초월했다.

그러던 중 남쪽에서 무엇인가가 느껴졌다. 바로 그녀가 세상에서 가장 사랑하는 유일한 혈육인 디온이었다.

'그곳이구나.'

그녀는 곧 죽음을 느끼며 의식을 잃어버렸다.

드라켄 제국에서 사자가 온 것은 사비너 1세가 의식을 잃었을 때다. 여황이 의식불명인 것은 대외적인 비밀이었기에 정무를 대행하는 토드 재상은 여황을 대신해서 서신을 확인했다.

서신에는 양대 제국의 탐색이 끝났지만 목적한 바를 이루지 못했기에 이제 대륙 남부를 뒤지려 한다는 것, 그리고 대륙 남부에서의 탐색 작업을 효과적으로 수행하기 위해 흑왕의 도움이 필요하니 소개장을 써달라는 내용이 쓰여 있었다.

"흑왕 투투의 도움을 구하려는 것이구려. 모두를 위한 일이니 이쪽에서도 적극 협조하겠소이다."

드라켄 제국이 국가 예산을 써가며 자국의 황태자인 디온의 행방을 찾는 것은 토드도 알고 있다. 디온이 행방불명이 된 이후 토드도 디온의 비밀을 알게 되었다.

요즘 대륙 남부의 최강 군벌로 떠오른 흑왕 투투가 디온의 부하였던 것은 극비로 아는 사람만 아는 일이다.

그 투투가 다른 사람의 말은 일절 듣지 않지만 사비너 1세의 말만큼은 어느 정도 존중하기에 이쪽에서 소개장을 써주면 드라켄 제국의 수색자들은 투투의 도움을 받을 수 있다.

토드 재상은 즉시 여황의 이름으로 소개장과 협조 공문을 썼다. 이미 사비너 1세가 디온의 소재지를 파악했다는 것을 그는 아직 몰랐다.

*　　　*　　　*

드라켄 제국의 사자는 소개장을 받자마자 남부를 향해 떠났다. 마차 안에서 그는 사비너 1세의 직인이 찍힌 소개장을 다시 한 번 확인하고 마법이 걸린 상자에 넣어 소중히 간직했다.

그리고는 품속에서 둥근 거울을 하나 꺼내 주문을 시전했다.

우우우웅!

거울이 울리면서 사람의 모습이 나타나자 드라켄 제국의 사자는 거울 속의 사람에게 정중하게 말했다.

"불칸님께서 명하신 대로 소개장에 암흑여황의 직인을 받았습니다."

[크크크, 실수는 없었겠지?]

"실수할 거리도 없었습니다. 암흑여황이 없는 상황에서 누가 저를 의심할 수 있겠습니까?"

[꼭 그런 건 아니다. 여황이 쓰러진 건 정말 천재일우의 기회라 드라켄 제국에서 이곳까지 3일 만에 온 것 아니냐? 그걸 의심할 사람은 없겠지만 우연이라도 출발 날짜와 도착 날짜를 비교하는 사람이 있으면 이상하다고 생각할 것이다.]

"그건 그렇군요."

보통 사자라면 마차를 타고 최소한 보름 이상 걸려서 와야 한다. 그런데 3일 만에 도착했다고 하면 아무리 급한 상황이라고 해도 의심받을 게 뻔하다.

불칸은 다시 말했다.

[일단 그건 어떻게든 하겠지만 만약 문제가 터지면 네가 책임을 져라.]

"염려 마십시오. 죽음으로 비밀을 지키겠습니다."

[좋아. 그러면 여황이 깨어나기 전에 빨리 남부로 가서 흑왕에게 서신을 전해라. 아마 그 미족은 좋아라 하고 일을 벌일 것이다.]

"옛, 명을 수행하겠습니다."

사자가 대답하자 거울 속의 불칸은 바로 사라져 버렸다. 거울을 품속에 넣은 사자는 눈을 감고 잠시 생각을 정리하고는 밖에 있는 수행원들에게 서두를 것을 명했다.

*　　　*　　　*

흑왕의 군단에는 최고 지휘권자가 둘 있다.

하나는 폭력의 상징 흑왕 투투이다. 인간이라고 믿기 어려울 정도의 거구에 전신에 검은 가죽 갑옷을 입고, 거대한 흑마를 타고 다녀 흑왕이라는 이명을 얻었다.

투투는 처음 등장한 이후 대륙 남부의 굵직한 용병대나 산적들을 단신으로 찾아가 충성을 맹세할 때까지 폭력을 행사하여 오늘날의 흑왕 군단을 만들어냈다.

그 와중에 굴복하지 않고 끝까지 버틴 자들은 예외없이 맞아 죽었다는 소문은 틀림없는 진실이다.

거짓으로 충성을 맹세한 후 도망가려 한 자들은 모두 투투 직속의 암살자의 손에 의해 제거되었다.

신기한 것은 그렇게 공포와 폭력으로 일구어진 조직은 어느 정도 규모를 넘어서지 못하는 법이고 부하들의 자발적 충성도 기대하기 힘든데,

투투의 부하가 된 자들은 처음에는 그러다가도 시간이 흐르면 점점 진심으로 투투를 따르게 된다.

두 번째는 백왕이라는 자로, 얼굴에 하얀 가면을 쓰고 은색

의 갑옷을 입어 흑왕과 대비되는 느낌을 주는 무인이다.

흑왕의 말도 안 되는 무력에 가려 외부인들은 잘 모르지만 군단 내의 간부급들은 백왕 역시 초인의 경지에 이른 대륙 최강자 중 하나라고 서슴없이 말한다.

무엇보다 어중이떠중이를 모아놓은 흑왕 군단의 조직화와 집단 병진 훈련을 담당하여 최단 시일 내에 정예화시켰을 뿐만 아니라, 대부분의 전투에서 작전을 세우고 실질적인 지휘를 담당하기도 한다.

그 위에 평상시 군단을 유지하기 의한 물자 확보 등도 대부분 백왕이 담당하니 군략과 내정 모두 최고라 할 만하다.

흑왕 군단을 경계하는 대륙 남부의 왕국들이 연구한 바에 의하면 백왕이 없으면 흑왕 군단은 근벌로서의 힘이 절반 이하로 떨어지고 그것도 얼마 안 가 와해될 것이라고 예상하고 있다.

그래서 남부의 왕국들은 비밀리에 백왕에게 사신을 보내 최고의 귀족 작위와 재상, 대장군 등의 직위로 초청했지만 백왕은 모두 정중하게 거절을 했다.

매일 아침 흑왕의 거처에서는 회의가 벌어진다. 거창한 회의는 아니고 흑왕과 백왕이 아침 스사를 하며 대화를 나누는 시간인데, 이때에는 아무도 접근하지 못한다.

예외로 흑왕의 전투마인 렉스가 같이 식사를 하는데, 이 렉스라는 전투마는 마구간이 아니라 투투의 거처에서 같이 살고 있다. 또한 식사도 보통 말처럼 여물을 먹는 게 아니라 주로 크림 스파게티 류를 먹는다.

"투투, 오늘도 못 찾았나, 라이번?"

투투는 소 뒷다리 통구이를 양손으로 들고 한입 뜯은 다음 백왕에게 물었다.

"흑왕, 우리 둘만 있다고 해서 이름을 부르지 말게. 어떤 방식으로든 우리가 레이어스 제국 소속이라는 사실이 밝혀지면 여황 폐하께 폐가 된다네."

"투투, 알았다, 백왕."

"아무래도 그분은 외부인과의 접촉이 전혀 없는 상황인 것 같네. 동굴 같은 곳에서 면벽 수련을 한다든지 그런 식이겠지. 그렇다면 찾기 어렵네. 그분의 능력으로는 아예 사람이 접근조차 못하는 곳에 계실 수도 있으니까."

"투투, 그래도 찾아야 한다. 투투는 그분의 제일부하. 그분이 위대한 탄생을 하는 순간에 옆에 있지 못하는 건 말이 안 된다."

"히히히힝."

"투투, 그래, 렉스 너도 같이 있어야 한다."

투투가 필사적으로 디온을 찾으려는 데에는 그냥 단순히 주인을 찾으려는 것 말고도 몇 가지 다른 이유가 있다.

투투는 그날 디온이 게이트를 여는 것을 보고 마왕 각성이 머지 않았다고 생각했다. 렉스도 같은 의견이었으니 틀림없으리라.

그렇다면 지금 디온은 각성 중일 가능성이 크다. 각성이 끝나면 정식으로 마왕이 되어 물질계의 절대자가 될 것이다.

그것만이면 그냥 조용히 기다리고 있어도 된다. 마왕이 된 순간 위치를 알 수 있으니 그때 찾아가면 끝나는 문제다.

하지만 마족에게 있어서 마왕 탄생은 또 다른 의미가 있다.

원래 왕국에 왕자가 태어나면 온 국민이 놀고먹는 축제가 벌어지고, 양식있는 산적은 물건을 털어도 목격자들에게 팥고물을 떨어뜨리는 법.

마왕이 탄생하는 순간, 그 주변에 있는 마족에게는 적지 않은 이익이 있다. 우선 마왕 탄생의 파동이 그들의 마기를 강화시키고, 심지어는 육체를 변화시켜 더 상위의 체질로 바꾸기도 한다.

또한 마왕은 탄생을 지켜본 마족 중 쓸 만한 자들을 심복으로 삼아 직위를 내리기도 하는데, 직위를 받으면 그에 해당하는 마왕의 권위와 능력을 사용할 수 있다.

마신과 마왕을 제외하고 마계어서 가장 강한 일곱 명의 고위 마족은 모두 마왕 탄생을 지켜본 자들이다. 그만큼 마왕 탄생이라는 것은 수만 년에 한 번 있는 최고의 이벤트이고,

이 대박 기회를 잘 잡으면 남은 마족 생이 완전히 바뀌게 된
다.

지금 물질계에 나온 마족은 투투와 렉스 단둘이다. 그런데
도 디온의 마왕 탄생을 같이하지 못한다면 소멸할 때까지 병
신 마족 소리를 들어야 할 것이다.

그래서 투투와 렉스는 대륙을 다 뒤집어 엎어서라도 디온을
찾으려 했다. 그러나 문제는 암흑제국의 여황인 사비너 1세였
다. 사비너 1세가 있는 이상 투투와 렉스는 함부로 물질계에서
파괴 행동을 할 수 없다.

그래서 렉스는 꾀를 냈다. 어차피 양대 제국의 세력권인 대
륙 북부는 알아서 찾을 테니, 문제가 되는 대륙 남부에 국가
를 초월하는 새로운 무력 집단을 만들어 뒤지자는 계획이었
다.

렉스가 디온의 명에 의해 말이 된 이후 투투만이 렉스와 대
화할 수 있기에 투투가 이번 계획의 주축이 되었다.

렉스는 디온을 찾을 때까지 투투가 자신을 타고 다니는 것
을 허락했다.

아무래도 대장은 말을 타고 있어야 위풍당당하다는 것이
렉스의 말이었고, 투투를 태울 수 있는 전투마는 렉스 이외에
는 없기 때문이다.

또한 렉스를 빼면 이 계획이 성립될 수 없는 게 렉스의 특

기가 바로 현혹과 세뇌 마법인만큼 끌어들인 부하들의 충성을 얻기 위해서는 렉스가 꼭 필요했다. 비록 마법적 세뇌에 의한 거짓 충성이지만 이들에게는 그걸로 충분했다.

대신 투투는 렉스에게 매일 손수 솔질을 해주기로 했다. 말이 된 후 렉스가 가장 좋아하는 것은 바로 부드러운 솔로 등을 문질러 주는 것인데, 아마 본래의 모습으로 돌아가도 그 버릇은 사라지지 않을 거라 했다.

그렇게 이 둘이 의기투합하니 거기에 라이번이 끼어들었다.

단지 라이번은 마왕 탄생을 지켜보기 위해 디온을 찾는 게 아니라 그걸 저지한다는 정반대의 목적이 있었지만 어쨌든 찾기는 찾아야 했다.

또한 이 둘만 놔두면 대륙 남부가 어떻게 될지 아무도 예상할 수 없기에 제어할 사람이 필요하다는 여황 사비너 1세의 의견도 라이번이 합류하는 이유 중 하나다.

어쨌든 사비너 1세도 아들을 찾아야 했기에 그녀의 묵인하에 흑왕 군단이 탄생할 수 있었다.

"투투, 그런데 토베 놈들은 아직도 우리를 거부한다. 그놈들, 뽀개자."

투투의 말에 라이번은 겉으로는 태연하게 식사를 계속했지만 속으로는 올 것이 왔구나 하고 한탄했다. 하기야 이 정도 세력을 키울 수 있었던 것도 거의 기적적인 일이다.

주변 왕국들에게 흑왕 군단은 뜨거운 감자와 같아서 삼킬 수도 없고, 가만히 두고 보기도 그런 존재다. 어중간한 군대로는 감당할 수 없고, 싸우려면 왕국의 존망을 걸어야 하기 때문이다.

라이번은 이 점을 이용해서 큰 싸움 없이 흑왕 군단을 운영하며 세력을 키워왔다.

하지만 이번에 토베 왕국이 적극적으로 흑왕 군단을 견제하기 시작하니 협상을 하기가 쉽지 않았다.

더군다나 대장인 투투가 싸움을 원한다. 이 죽일 놈의 마족은 인간이 얼마나 죽든 그런 걸 신경 쓰는 족속이 아니다. 주인인 디온을 찾기 위해서라면 무슨 짓이든지 할 것이고, 그걸 방해하는 것은 모두 그의 표현대로 '뽀갤 것이다'.

'일을 이렇게 무리하게 처리할 필요는 없었는데.'

라이번은 속으로 생각했다.

지금까지처럼 음성적으로 디온을 찾는 거라면 어떻게든 전쟁을 피할 수 있었을 터이다. 그러나 여황 사비너 1세의 승인을 동반한 드라켄 제국의 사신이 온 후 상황은 변했다.

탐색 마법으로 한 지역 전체를 뒤지려면 마법진 설치가 불가피하다. 동원되는 마나도 장난이 아니기 때문에 도저히 음성적으로 행할 수 없다. 해당 지역 왕국들의 협조를 받아야 하는 것이다.

이건 정말 쉽지 않은 일이다. 어떤 왕국이 의문의 무장 세력이 밝힐 수 없는 무엇인가를 찾기 위해 왕국 전체에 광범위 탐색 마법을 사용하는 것을 허락하겠는가?

계획을 세운 드라켄 제국은 자기네가 제국이라고 다른 왕국을 깔아뭉개는 습성이 있는 것 같다. 과거 레이어스 왕국 침략 이후 좀 나아졌나 싶었는데, 역시 강대국은 영원히 약소국의 심정을 이해하지 못할 것이다.

그러나 해야 했다. 어째서 사비너 1세가 그걸 승인했는지 이해할 수 없지만 명을 받으면 무리를 해서라도 수행하는 것이 신하 된 도리이다.

라이번은 와인을 한 모금 마셔서 입안을 비운 후 차분하게 말했다.

"토베 왕국은 쉽게 생각할 수 있는 곳이 아니네. 대륙 남부에서 가장 강한 왕국을 꼽으라면 토베나 시레지아 중 하나를 말할 정도니까. 거기에 그들은 자존심도 강해서 일단 무력 충돌이 일어나면 끝까지 타협하지 않을 가능성이 크다고 보네. 그러니 조금은 신중하게 하는 게 좋겠네."

"투투, 조금 세도 뽀갤 수 있다. 나와 렉스가 선두에 선다."

"히히히힝."

렉스도 당연하다는 듯이 호응했다. 투투는 얼른 수건으로 렉스의 코끝에 묻은 스파게티의 하얀 크림을 닦아주었다. 그러나 렉스는 동의 표시를 한 다음에 다시 스파게티 접시에 코를 박았다.

"흑왕이 강하다는 것은 그들도 알고 있지. 아마 그들은 후방을 노릴 걸세. 그럴 경우 우리가 이겨도 수색할 부하가 부족하게 되겠지."

"투투, 그럼 우선 부하 더 모으자. 그 뒤에 뽀갠다."

"허, 요즘 남대륙에서 용병이나 도둑떼 찾기가 얼마나 어려운지 아나? 지난 몇 년 동안 우리가 보이는 대로 잡아다가 부하로 만들었기 때문이라네. 이제 부하를 늘리려면 민간인을 징집하는 수밖에 없는데, 그건 별로 좋은 생각이 아닐세. 훈련시키는 데 몇 년은 잡아먹을 테니까."

"투투, 그럼 어떻게 하나?"

"지금이 중요한 시기라네. 토베 왕국과의 협상을 성공적으로 끝내면 다른 왕국 대부분이 우리와의 협상을 거절하지 못할 걸세. 그러니 일단 보름 정도 더 협상을 해보기로 하세."

"투투, 알겠다."

백왕이 강력하게 주장을 하니 투투도 더 이상 고집 부리지 않았다.

원래 그는 남의 말을 듣는 성격이 아니고, 특히 인간은 자신보다 하위의 종족이라고 무시하는 경향도 있다. 그도 그럴

것이, 투투는 마족인 것이다. 그것도 하급이 아닌 무력이라면 어디 가서도 자신있는 고위 마족이다

하지만 백왕 라이번의 경우에는 디온의 명으로 존중해야 한다. 라이번의 표면적인 직분은 집사이지만 실제로는 상담역이기 때문이다. 디온의 상담역이라면 그들의 상담역도 되는 셈이니 인간이라고 무시할 수도 없다.

실질적으로 투투가 거대 군벌의 수장이 되어 있고 렉스는 암살자 조직을 소유하고 있지만, 그것의 운영은 백왕 라이번의 손에 의해 이루어진다.

백왕 라이번은 투투가 수긍하자 더 이상 말할 필요가 없다는 듯이 결정을 내렸다.

"그럼 오늘 다시 한 번 토베 왕국으로 사자를 보내겠네."

"투투, 그래라."

큰일의 지침이 정해지니 작은 일은 대충 처리가 되었다. 아침 식사가 끝날 무렵에는 회의도 끝났다.

그런데 식사가 끝나고 흑왕의 거처에서 나오니 참모들이 기다리고 있었다. 백왕이 수하 중에서 배운 것 있고 머리가 좋은 사람들만 따로 뽑아 병법을 가르친 자들이다.

"백왕, 토베 왕국에서 군대를 이동시켰다고 합니다."

"이동? 장소와 규모는?"

"파난 강 어구에 카리먼 기사단이 진을 치고, 몰든 기사단

은 소매린 산에 들어섰다는 척후병의 보고입니다.”

그 말을 듣자마자 백왕은 몸을 돌려 다시 흑왕의 거처로 들어갔다.

투투는 부드러운 솔로 렉스의 등을 닦아주다가 웬일로 다시 오나 하는 눈으로 백왕을 보았다.

라이번은 들어서자마자 선 채로 용건을 말했다.

“흑왕, 아무래도 싸워야 할 것 같네. 토베 왕국이 전쟁을 상정하고 군을 이동했으니 협상할 여유는 없을 듯하군.”

이번에 토베가 취한 군사 행동은 상당히 노골적인 전쟁 의사라고 할 수 있다.

더군다나 토베는 그동안 흑왕 군단과의 협상에서 시간을 끌며 자국 내의 문제점을 해결하고 군을 정비했다. 흑왕 군단이라는 외세의 위협을 이용해 국론을 통일하고 왕권을 강화하는 데 성공한 것이다.

그렇게 정비된 군의 힘을 흑왕국단을 상대로 시험해 볼 모양이다.

백왕 라이번은 안 싸우는 게 서로에게 좋았을 텐데 하고 속으로 한탄했지만, 그렇다고 해서 전쟁을 피할 마음은 없었다.

투투는 싸운다고 하면 좋아 죽는 성격이니 더 말할 필요가 없다.

“투투, 그놈들이 먼저 온다고? 잘됐다. 뽀갠다.”

"전면전을 할 필요가 없네. 산악 지역으로 들어간 몰든 기사단을 먼저 쳐서 패퇴시키고 다시 협상을 하세."

"투투, 일단 싸우면 협상은 없다. 그게 우리의 규칙이다."

"어쩔 수 없군. 마음대로 하게."

"투투, 준비하자."

투투는 싸운다는 사실에 흥분한 듯 즉시 렉스의 말안장을 조이고 올라탔다.

라이번은 그걸 보며 가면 속으로 다시 한 번 작게 한숨을 내쉬었지만 곧 밖으로 나와서 참모들에게 전면전 준비를 하라고 지시했다. 국지전만으로 끝나면 좋겠지만, 저쪽도 일을 벌인 이상 그렇게 대충 끝나지는 않을 가능성이 크다.

얼마 후, 흑왕 투투는 손수 산적 출신으로 구성된 산악병들을 이끌고 소매린 산으로 향했다.

백왕 라이번은 다른 병사들을 네 개로 나누어 선봉과 중군, 좌우군으로 정비를 하고 파난강 쪽으로 이동하기 시작했다.

그렇게 흑왕 군단과 남부의 장대군인 토베 왕국과의 전쟁이 시작되었다.

흑왕 투투가 거마 렉스를 타고 전장의 전면에 서면 그 전투의 승리는 보장된다. 하지만 이번 상대는 보통 군소 왕국의 토벌대와는 차원이 다른 강대국 토베, 그것도 전면전을 각오한 국가 정예군이다.

거기다가 막상 전투가 시작되자 토베의 입김을 받은 다른 두 왕국인 베로디스와 샤난에서도 출병을 했다.

뭔가 다른 게 있다고 불안해하던 라이번의 예감이 맞은 것이다.

졸지에 포위 상태가 된 흑왕 군단은 자칫 잘못하면 전멸할 위험에 처한 셈이다. 가까스로 파난강을 건너 그곳에 진을 친 카리먼 기사단을 물리치니 토베 군의 최정예인 토베아 기사단이 수도에서 출병했다는 전갈이 왔다.

이렇게 되면 이제는 뒤로 물러날 곳도 없다.

백왕 라이번은 부대가 휴식을 취하는 사이 고심해서 하나의 작전을 세웠다. 그것은 꽤 과감하고 어떻게 보면 극단적인 결단이라 할 수 있었다.

"우리 군단은 이대로 토베의 수도를 향해 진군한다. 퇴로를 확보할 필요는 없다."

"그러면 전투가 불리하게 진행될 경우 전멸의 가능성이 큽니다."

참모가 놀라서 항변했다.

뛰어난 정신력을 지닌 기사라면 모르지만 일반 병사는 퇴로가 막히면 그것만으로도 동요하게 되어 있다.

보통 포위를 당하면 군이 제대로 싸우지 못하는 이유가 여기에 있는데, 백왕이 적의 포위망 중 가장 강한 곳으로 진군을 한다고 하자 말릴 수밖에 없었다.

그러나 라이번은 참모들의 설득에도 뜻을 굽히지 않았다.

"베로디스와 샤난이 토베의 영토 내에서는 쉽게 이동할 수 없을 것이다. 아니면 지금은 몰라도 차후에 토베에게 트집을 잡혀 침략의 구실을 주게 되는 셈이니까."

"투투, 만약 주저없이 밀고 들어오면?"

"상관없네. 그대로 토베의 수도를 함락시킨 후, 그곳에서 양국의 군대를 맞이해 싸우면 되는 거지. 싸움이 어떻게 흐르든 토베 왕국은 회복 불능의 상태가 될 터이니 이후에는 우리와 전면전을 치르려는 왕국이 없을 것일세."

"투투, 그럼 무조건 앞만 뽀개면서 나가면 되는 거냐?"

"기본적으로는 그런데, 흑왕 그대는 이번엔 우군을 맡아 후위를 막아주게."

"투투, 전사는 무조건 앞에 선다. 앞에 서면 대장이고 뒤에 서면 부하다."

"이번에는 다르네. 흑왕이 뒤를 맡으면 베로디스와 샤난의 군대는 피해를 감수하고 적극적으로 덤벼들지 않을 것이니 우리는 오직 토베와의 싸움에 전력을 기울일 수 있지."

"투투, 백왕이 뒤를 맡아라. 백왕도 막을 수 있다."

"꼭 그렇다고 볼 수는 없지만 그렇다고 해도 피해가 막심

할 걸세. 말했잖나. 사람이 줄면 찾는 데 시간이 걸린다고.”

백왕은 강하긴 해도 무적이 아니다. 적은 병력으로 뒤에서 몰려오는 대군을 상대하면서 군을 후퇴시키는 건 보통 일이 아니다.

진군보다 힘든 게 싸우면서 후퇴하는 것이다. 라이번이 이런 사실을 설명하자 투투는 반밖에 이해를 못하겠는지 입속으로 그르릉 하고 짐승 소리를 한 번 내고는 말했다.

“투투, 뒤에 서기 싫다. 하지만 알겠다.”

투투는 기분이 좋지 않은지 승낙하자마자 렉스를 타고 가 버렸다.

뒤도 돌아보지 않고 떠나는 투투를 보며 라이번은 참모들에게 진격 명령을 내렸다.

“흑왕이 없으니 군의 사기에 변화가 클 터, 조금만 불리해져도 위험하다. 이 싸움은 얼마나 단기에 승기를 잡느냐가 관건이라는 것을 잊지 말고 거세게 몰아붙여라. 뒤는 생각하지 마라. 아군의 피해를 염두에 둘 필요도 없다. 그렇게 마음먹고 지휘를 해야 가장 아군에게 피해가 적다는 것을 명심해라.”

“옛!”

참모들이 저마다 소속된 부대로 돌아가니 라이번은 손수 부대의 지휘기를 들어 각 부대로 명령 신호를 보냈다. 그에 따라 전군에서 진군의 북소리가 울려 퍼졌다.

한편 우군으로 가서 그들을 이끌고 후위를 맡은 투투는 적이 보이자마자 그대로 혼자 돌진해 버렸다.

"투투, 알아서 천천히 뒤로 빼라."

달려나가면서 부관에게 한마디 툭 던진 것이 그가 오늘 수하들에게 내린 명령의 전부였다.

그 뒤로 투투는 한 나라도 아닌 두 나라의 군대를 번갈아가며 유린하기 시작했다. 사람이고 말이고 화살은커녕 할버드로 찍어도 칼이 안 먹혔다.

투투는 무기를 안 쓰고 주먹을 쓰는데, 주먹에서 오러가 발출되어 걸리는 자들을 산산조각 낸다. 피스트 마스터의 칭호에 어울리는 신위였다.

더군다나 거마 렉스는 상대 기사와 전투마를 말발굽으로 밟아 죽이는 데 달인의 솜씨를 보였다. 거기다가 심심하면 입에서 벼락을 내뿜어 렉스가 평범한 말이 아니라 전설 속의 나이트메어처럼 괴물이라는 것을 적들의 뇌리에 새겨 넣었다.

"투투, 크러쉬!"

펑!

"아아아악!"

"히히히힝!"

퍼퍽!

"컥!"

수천 명이 지르는 함성 속에서도 투투의 기합과 렉스의 울부짖는 소리는 똑똑히 들렸다.

흑왕 군단의 우군에 속한 병사들은 후퇴할 필요도 없이 그들의 총대장이 얼마나 무서운 전사인지 충분히 구경할 수 있었다.

그사이 라이번은 선봉과 중앙군을 계속 전진시켜 마침내 토베군의 최정예인 토베아 기사단과 조우했다.

양 군은 서두르지 않고 거의 반나절 동안 진을 친 채 대치했다.

토베아의 지휘관들은 어중이떠중이를 모아 만들었다고 얕보던 흑왕 군단의 기세가 예상했던 것보다 훨씬 대단하다는 것을 알아보고는 경거망동할 수 없었다.

이대로 싸우면 확실하게 승리를 보장받기는 어렵다는 것이 그들의 가슴을 무겁게 했다. 최고 주력군이 정면 무력 충돌에서 패하면 왕국의 패망과 직결된다.

상대를 얕잡아보고 강대국의 자존심 때문에 일을 벌였다가 선봉인 두 기사단이 어이없을 정도로 쉽게 패한 상황이다. 그리고 애초에 계획했던 3국 포위 섬멸 작전이 상대의 과감한 진군에 의해 무산되어 이렇게 일대일로 싸우는 형국이 되니 부담이 너무 컸다.

라이번은 그런 토베 측 지휘관의 갈등을 너무나도 잘 이해했다. 국가의 존망을 걸고 싸워본 사람으로서 절대로 질 수 없기에 나아가지도 물러서지도 못하는 중압감에 눌려 결단을 내리지 못하는 상황에 빠진 적의 지휘관에게 묘한 정을 느끼기도 했다.

하지만 이제 싸워야 할 때다. 시간은 흑왕 군단의 편이 아니니 더 이상 불리해지기 전에 결판을 내고 토베의 수도를 함락시켜야 했다. 시간을 끌면 끌수록 흑왕 군단이 불리해지는 것은 적도 안다. 그래서 이렇게 반나절 동안이나 싸우지 않고 있는 것이다.

하지만 저들은 하나만 알고 둘은 모른다.

시간은 토베의 편이지만, 밤은 흑왕 군단의 편이다.

라이번은 고개를 들어 하늘을 보았다.

해가 져서 날이 어둑어둑해지고 있었다. 하지만 양 군 모두 물러나서 야영할 준비는 못하고 있다. 지금 싸우면 야간 전투로 이어질 터인데, 그게 라이번이 노리는 점이다.

전반적으로 흑왕 군단은 마족에 의해 세뇌를 당한 집단이기 때문에 해가 지면 조금 더 힘이 강해진다.

잘 지치지도 않고 밤눈도 밝아진다.

"슬슬 시작하지."

"옛!"

라이번이 명령하자 부관이 대답하고 지휘기를 흔들었다.
곧 진군의 북소리가 울리고 흑왕 군단은 크게 함성을 세 번
지른 후 전열의 보병들이 열을 맞추어 진군하기 시작했다.

토베의 최정예 기사단인 토베아도 어쩔 수 없다는 듯 대응
했다. 그들은 흑왕 군단의 우측 측면을 기마 돌격으로 분쇄하
고 좌측의 보병은 맞서 싸우면서 서서히 뒤로 후퇴하는 작전
을 세웠다.

정예만이 수행할 수 있는 사선진으로 한쪽은 밀고 한쪽은
당김으로써 상대 진형의 총체적 붕괴를 노리는 고급 전술이
다.

그런데 막상 기마 돌격이 시작되자 흑왕 군단은 진군을 멈
추고 뒤로 물러나기 시작했다. 또한 기마 돌격을 맞이한 우측
보병 진형은 버티려 하지 않고 오히려 서둘러 길을 터주었다.

기마 돌격대를 막은 것은 군의 후위인데, 그들조차 돌격을
완전히 막아 멈추게 하려는 생각은 없고, 중앙 쪽으로 오지
못하게 밀어내는 수준이었다.

놀라운 것은 그럼에도 불구하고 전체 진형이 붕괴되지 않
는 점이다. 갈라졌던 진이 기마대가 지나가자마자 빠르게 원
래대로 복구되었다. 마치 바람 한번 세게 분 후 흐트러진 머
리카락을 다시 만지는 정도의 분위기랄까? 이들에게는 전투
의 공포심이 없는 것처럼 보였다.

제대로 기마대를 상대하기 시작한 부대는 보병이 아니었다. 후방에 꿍쳐 놓은 경기병들이 뒤를 따라붙어 활로 공격했다.

기마 돌격을 한 토베의 기사들은 중기병이니 꼬리에 따라붙은 경기병들을 떼어놓기는 불가능했다. 그러나 멈추어 서서 뒤로 돌아 공격을 가할 수도 없다. 아직 흑왕 군단의 본대에서 그다지 멀어지지 않았기 때문에 멈춰서 싸웠다가는 포위되어 전멸당할 위험이 있었다.

어쩔 수 없이 그들은 전력으로 전선을 이탈했다. 크게 원을 그리며 다시 돌아올 계획인 듯했다.

라이번은 그걸 모두 지켜보고 있었다.

작전대로다. 돌파력이 강한 중기병들은 앞에서 막으면 안 된다. 경기병으로 꼬리에 불을 붙이는 전술이 가장 효과적이다.

더군다나 적들은 중기병이 돌파한 뒤에 브병으로 진을 완전히 흩을 타이밍을 놓쳤다. 이쪽이 갑자기 진군을 멈추고 뒤로 뺀 건 진을 복구할 여유를 얻기 위함이다.

"사선진이라……. 고급 전술이기는 한데, 상대가 밀어붙이지 않고 뒤로 빼면 좌우가 분열되는 단점이 있지."

라이번은 적의 진형을 보는 순간 적들이 사선진으로 나올 거라고 예상했다. 그리고는 웃으며 중얼거렸다.

"저쪽에는 책에 쓰여 있는 병진을 시험해 보고 싶어하는 실험 정신이 투철한 지휘관이 있는 듯하군. 사선진은 쉽게 쓸 수 있는 진이 아닌데 말이야."

요컨대 상대는 정예부대만이 쓸 수 있는 고급 전술을 사용하고 싶어하는 것이다.

"긴장 끝에 악수를 둔다더니 정말이로군."

라이번은 적 지휘관이 아주 무능한 사람이라고는 생각하지 않았다. 단지 상대가 나빴을 뿐이다.

그들이 정예인 것처럼 이쪽도 전진, 후진이 자유로운 정예인데다가 모든 병법에 통달한 지휘관이 있다.

사선진 전술은 시작하자마자 삐딱선을 탔고, 적의 수뇌부는 당황했다.

"전군 속보로 돌격한다!"

라이번은 크게 외쳤다. 부관이 지휘기를 흔들 필요도 없이 전장 끝까지 그의 목소리가 전달될 정도였다.

"와아아아아아!"

목소리의 크기가 그대로 사기와 직결되어 흑왕 군단의 병사들은 크게 함성을 지르며 앞으로 달려나갔다.

그에 비해 상대는 예상과는 다른 전투 상황에 조금 당황했는지 대처가 늦었다.

대규모 전투에서 전장의 변화에 맞추어 즉시 군을 마음대로 움직일 수 있으면 능히 명장이라 할 수 있는데, 토베에는 그 정도 능력을 지닌 장군은 없는 듯했다.

전황을 보고받고, 참모들과 대책을 세우고, 다시 명령을 내리는 식으로는 늦다.

한쪽은 밀고 한쪽은 당기는 작전에서 미는 게 사라지면 결과는? 절반으로 싸우는 형국이다.

토베군은 완전히 밀리기 시작했다.

더군다나 이제 해가 완전히 져서 사방이 잘 안 보이는 시간이다. 토베의 지휘관들은 이제는 작전이고 뭐고 무조건 싸우는 수밖에 없다고 판단한 듯 진군의 북소리를 울렸다.

하지만 라이번은 적의 북소리를 듣자마자 참모들에게 명했다.

"좌측의 돌격을 중지시키고 진형을 유지하면서 후퇴하라고 전하게."

"옛!"

적의 좌측은 중장보병이 주를 이룬다. 원래 그들이 세운 사선진에서 막으면서 끌어당기는 역할을 하려던 지점이다. 그런데 이제 라이번의 의도대로 그들이 끌어당겨지는 상황이 되었다.

부관이 웃으면서 말했다.

"백왕, 우리 군은 부대의 전진과 후진에 대해서는 대륙에서 가장 뛰어난 작전 수행 능력을 지니고 있을 겁니다."

"나도 그렇게 생각하네."

라이번도 동의했다. 지난 몇 년간 그들이 한 병진 훈련이라는 게 바로 어떤 상황에서든 하나가 되어 나아가거나 물러서는 것이 전부다. 명령 체계도 다각화되어 아무리 심한 격전 중이라도 지시를 내리고 받을 수 있게 되어 있다.

마족의 세뇌를 받은 후 병사들은 전장의 공포를 거의 느끼지 않게 되었다. 그런 만큼 진형만 유지하면 어떤 상황에서든 최고에 가까운 전투력을 발휘한다.

이제 밤이 지나고 새벽이 되면 적의 지휘관들은 승패를 눈으로 확인할 수 있을 것이다. 그들이 기대했던 것과는 정반대의 결과를.

"마왕군이라……. 무섭군."

라이번은 디온이 마왕이 되지 않아도 투투와 렉스만 있으면 대륙 통일도 가능할 거라 생각하며 속으로 한숨을 내쉬었다.

Chapter 07
강해지는 방법

흑사자
마왕

여황 사비너 1세가 깨어난 것은 의식을 잃은 지 약 보름 정도 지난 무렵이었다.

마나 홀이 깨어져 죽기 직전까지 갔다가 회복한 것이기 때문에 아직 몸 안에 마나가 부족하다. 마법사인 사비너 1세는 침대에서 일어나기도 힘들 정도로 기운이 없었다. 식사도 거의 물에 가까운 수프만 먹을 수 있었다.

재상 토드는 그런 사비너 1세를 배려해서 여황이 의식을 잃은 동안 행한 대리 결제에 대한 보고를 며칠 미루었다.

겨우 체력을 회복하고 자리에서 일어난 사비너 1세는 간만에 제대로 된 식사를 하면서 약식으로 재상의 보고를 들었다.

그러나 흑왕 군단에 대한 이야기가 나오자 사비너 1세는 포크를 탁 하고 내려놓으며 자리에서 벌떡 일어났다.

"제정신인가요? 아무리 디온을 찾기 위해서라지만 남의 나라에서 광범위 탐색 마법을 펼치겠다니요. 그것도 흑왕의 무력으로 협박해서? 어떤 왕국이 그걸 허용하겠어요. 전쟁이 날 게 뻔하잖아요."

"그 정도는 저도 예상했습니다만, 아무래도 지금 황태자님의 소재를 파악하는 것이 더 중요하지 않겠습니까? 만약 늦어서 황태자님의 운명이 결정되어 버린다면 작은 전쟁 정도로는 끝나지 않습니다."

"작은 전쟁이라고? 언제부터 왕국의 자존심을 건 전쟁이 작은 일이 된 거죠? 소왕국들이 전쟁을 할 때에는 지면 멸망할 각오를 하고 하는 법, 그들에게 있어 그건 바로 세상의 멸망과 전혀 다를 바 없다는 것을 모르나요?"

사비너 1세는 기가 막혔다.

불과 십몇 년 전에 제국의 욕심의 희생양이 되어 왕국이 풍전등화의 위기에 처한 나라가 바로 그녀가 다스리는 레이어스다.

그때 사비너 1세는 세상이 망해도 좋다는 각오로 성공 가능성이 거의 없는 마왕 소환을 거행했는데, 단순한 성공이 아니라 한술 더 떠서 마신이 튀어나오는 바람에 오늘날 이 상황이 되었다.

그런데 그녀가 의식을 잃은 사이 드라켄 제국이 제국 버릇 남 못 준다고 엉뚱한 계획을 세웠고, 눈앞의 올챙이 시절 기억 못하는 개구리 같은 재상이 그걸 승낙한 모양이다. 그것도 흑왕에게 보내는 서신에 여황의 직인을 찍어서 보냈다니!

비록 재상이 유사시 여황의 전권 대리인이라 이번 일이 배임은 아니지만, 그래도 기본 개념은 있어야 할 것 아닌가.

사비너 1세는 생각할수록 화가 나고 기가 막혀 더할 나위 없이 차갑게 말했다.

"제가 여황의 자리에 오른 이후 우리나라는 단 한 번도 전쟁을 일으킨 적이 없습니다. 이름뿐인 제국의 칭호를 가지고 있다고 손가락질당해도, 능히 영토를 더 넓히고 명실공히 제국의 힘을 가질 수 있음에도 불구하고 자중했던 이유를 모르나요?"

"여황 폐하."

토드 재상은 고개를 들지 못했다.

사비너 1세의 꾸짖음을 듣고 보니 그 자신이 제국의 재상이라는 생각에 남부의 소왕국들의 운명을 가지고 놀았다는 것을 깨달았다.

이건 아니다. 있어서는 안 되는 일이다.

사비너 1세는 그런 토드에게 냉정한 목소리로 선언했다.

"지금 이 시간부로 토드 재상의 직위를 박탈합니다. 아무리 전권 대리인이라고 해도 남의 나라에서 사실상 전쟁을 일으키는 행위를 마음대로 결정한 분께는 더 이상 이 나라의 정치를 맡길 수 없습니다."

"송구하옵니다."

"하아, 그리고 빨리 흑왕에게 사자를 보내 모든 일을 중지하고 귀국하라고 전하세요. 원래 처음부터 마족인 그들이 제멋대로 행동하지 못하게 제가 막았어야 하는데, 디온을 찾으려는 욕심에 그냥 넘어간 제 잘못도 큽니다."

"바로 사신을 보내겠습니다."

"좋아요. 그럼 앞으로는 당분간 제가 직접 모든 정무를 도맡아 할 테니 토드 재상께서는 자중하세요."

"그렇게 하겠습니다."

토드 재상이 물러난 후 사비너 1세는 손가락에 낀 반지의 보석을 비틀어 뽑아냈다. 그러자 보석이 묘한 울림소리를 내기 시작했다.

띠링, 띠링.

작은 수정으로 된 방울 소리가 이럴까? 맑고 청아한데 워낙 소리가 작아서 귀를 기울여야만 들을 수 있다.

잠시 후, 한쪽에 있는 책장이 스르륵 열리며 흑갈색의 로브를 입은 남자 둘이 걸어나와 부복했다.

"부르셨습니까, 여황 폐하."

사비너 1세는 정감 어린 눈으로 그들을 보았다. 그들은 전대 흑마법사들의 후예로, 사비너 1세와는 사형제지간이라 할 수 있었다.

사비너 1세를 가르친 일곱 명의 노마법사는 마왕소환진을 발동시킬 때 모든 마기를 쥐어짜고 생명까지 바쳤다.

현재 사비너 1세에게 가장 소중한 사람이 디온이라면, 이들은 그다음 순위쯤 된다고 할 수 있다.

"흑마법사들을 총동원해서 내가 말한 지점으로 가세요. 그곳에서 디온을 찾아 내 편지를 전하는 게 그대들의 임무입니다."

"흑마법사들을 총동원하라고 하심은, 전투가 벌어질 가능성이 있는 것입니까?"

"그럴지도 모르지만, 전투가 벌어질 정도라면 그대들이 모두 가도 소용없을 거예요. 제가 전원을 다 가라고 하는 이유는 그대들 자신에게 있어요. 가보면 알 테니 서두르세요."

"명을 받들겠습니다."

이유를 말 안 해준다고 해서 거절할 수는 없다. 젊은 흑마법사들의 수장인 고르고스는 예를 올린 뒤에 비밀 문을 닫고 떠났다.

*   *   *

레이어스 제국의 여황이 흑왕에게 보내는 사자는 비밀리에 임무를 수행해야 하기에 몇몇 호위기사만을 대동하고 길을 떠났다. 모습도 평범한 상인 차림으로 변장했기에 아무도 그들이 사비너 1세의 친서를 지니고 있다고는 알지 못했다.

그런데 그들이 이동한 지 얼마 안 있어서 일단의 무리가 앞을 가로막았다.

"크크크, 가진 것 다 내놓고 꺼져라!"

"도적떼로군."

흉악해 보이는 거한이 외치는 소리에 사자는 인상을 찡그리며 호위기사들에게 눈짓을 했다. 인적이 없는 곳이니 빨리 처리하고 길을 가자는 뜻이다.

호위기사들은 두말없이 검을 뽑아 들고 앞으로 나섰다. 정식으로 기사 자격을 가진 그들은 평범한 도적떼들이 넘기 어려운 벽이 틀림없다.

그런데 막상 싸움이 벌어지니 도적떼의 실력이 대단해서 쉽게 무너지지 않았다.

그때 처음 소리를 친 거한이 움직였다.

슈슈슉!

"커억!"

"어떻게?"

한번 검을 휘두를 때마다 기사들이 쓰러졌다. 믿을 수 없는 실력이었다.

사자는 일이 잘못되었다는 것을 깨닫고 품속에서 하나의 물건을 꺼냈다. 신호탄이다.

만약의 경우를 대비해서 상당한 거리를 두고 사자의 뒤를 따르는 자들에게 사고가 났음을 알려야 했다. 그래야 다시 사자를 보내든 다른 방법을 강구하든 할 테니까.

그러나 사자가 신호탄을 꺼내는 순간 도적떼의 두령인 듯한 거한이 작은 표창을 하나 꺼내 던졌다.

표창이 사자의 가슴에 박히는 순간 사자는 전신에 전류가 흐르는 듯한 고통을 느끼며 그대로 의식을 잃었다.

"크큭, 됐군."

도적떼의 두령은 부하들을 도와 남은 호위기사들을 모두 처치했다. 그리고는 쓰러진 사자에게 다가가 품속을 뒤졌다.

"이것인가?"

사비너 1세의 친서를 꺼내 확인한 그는 부하들에게 말했다.

"흔적없이 뒷정리를 하고 계획한 대로 이놈들을 대신해서 흑왕에게 가고 있어라."

"옛."

서둘러 정리하는 부하들을 뒤로하고 두령은 그 자리를 떴다.

그가 간 곳은 인근에 있는 작은 마을이었다.

여관도 딱 하나밖에 없는 시골 마을인데, 며칠 전부터 몇 명의 귀족들이 여관을 통째로 세놓아 지내고 있는 중이다.

도둑떼의 두령이 다가가자 여관 입구를 지키고 있던 병사 하나가 그를 알아보고 인사했다.

"불칸님, 어서 오십시오. 다들 기다리고 계십니다."

"2층인가?"

불칸은 바로 2층으로 올라가 사람들이 기다리고 있는 방으로 들어갔다.

"가져왔소."

사람들은 놀란 표정으로 되물었다.

"오, 정말 증거를 확보했다는 말씀이시오?"

"그렇소. 암흑제국의 여황이 흑왕에게 보내는 친서이니 확인하시오."

불칸이 내민 두루마리에는 마법적인 봉인이 되어 있어서 한번 떼어내면 다시 봉인할 수 없게 되어 있었다. 틀림없는 진품이라는 소리다.

사람들은 조심스럽게 봉인을 떼어 내고 안의 내용을 살폈다.

"으음, 확실히 사비너 1세의 직인이 찍혀 있군."

"방금 사자를 죽이고 빼앗아 온 것이니 틀림없소. 내가 얘기한 대로 흑왕은 암흑제국의 수하이고, 이번 전쟁은 암흑제국의 대륙 남부에 대한 침략이오."

"의심할 여지가 없군."

여기 모인 귀족들은 불칸이 비밀리에 연락해서 소집한 주변 왕국의 고관들이다. 그들은 설마했던 일이 사실임을 알고 고개를 절레절레 저었다.

그러던 중 한 사람이 내용을 자세히 읽고 불칸에게 반문했다.

"하지만 여기 내용을 보면 군대를 해산하고 돌아오라고 되어 있소."

불칸은 태연하게 대답했다.

"내용은 나도 잘 모르오. 무슨 사정이 있었는지 모르겠지만 어쨌든 나는 내 말이 사실이라는 것을 증명했을 뿐이오. 그리고 지금 흑왕이 군대를 해산한다고 해서 암흑제국이 침략 전쟁을 했다는 사실은 변하지 않을 거요."

"틀림없이 불칸 경의 말대로입니다. 이건 그냥 넘길 수 없는 일이군요."

"그럼 어떻게 해야 합니까?"

“당장 이 사실을 세상에 알리고 암흑제국에 엄중한 항의와
손해배상을 청구해야 합니다.”

“손해배상이라니, 그걸로 되겠소? 암흑제국은 침략했소.
우리도 반격을 해야 하오.”

불칸이 코웃음을 치며 끼어들었다.

“크큭, 암흑제국의 뒤에는 북대륙의 양대 강대국이 있는데
거길 공격하겠다는 거요?”

“양대 강대국! 하, 하긴 처음 암흑제국이 설 때에도 그들이
동시에 보증을 섰지.”

“그래도 먼저 침략을 한 건 사실이니 손해배상이라도 받아
야 합니다.”

불칸이 다시 말했다.

“침략을 당한 건 토베 왕국이오. 그들이 손해배상을 청구
해야지 그대들에게 무슨 손해가 있었는지 모르겠구려.”

“음, 그건…….”

“솔직히 그대들은 암흑제국에 손해배상을 청구하기는커녕
오히려 고마워해야 하는 거 아니오? 그동안 토베 때문에 상당
히 고생을 한 것 같은데.”

불칸의 말대로 이들은 토베 왕국 주변의 약소국들 소속이
다. 강대국인 토베 왕국이 이런저런 도발을 해와도 군사력이
밀리니 항상 참아야 하고, 무슨 일이 있으면 항상 불리한 입

장에서 일을 처리해야 했다.

불칸은 침묵한 자들에게 계속해서 말했다.

"내가 이 사실을 그대들에게 알린 것은 정의니 도의니 하는 시시껄렁한 이유 때문이 아니오. 보다시피 나와 나의 동료들은 암흑제국의 정보에 정통하고, 심지어는 어느 정도 조작도 할 수 있소. 그러니 내 제안은 흑왕을 이용하여 토베를 멸망시키고, 다시 토베와 친한 몇몇 왕국도 손을 보게 하자는 거요."

"뭐라고!"

"그러면 그사이 그대들은 연합군을 만들어 흑왕으로부터 토베를 비롯한 멸망한 왕국들의 영지를 수복하면 되는 거요. 그리고 결정적인 순간에 암흑제국에게 우리가 그들의 음모를 알고 있다는 것을 알립시다. 그러면 암흑제국에서는 흑왕이 이끄는 군을 뺄 테니까, 우리는 손 안 대고 코 푸는 식으로 싸울 필요도 없이 막대한 영토를 확보할 수 있게 되는 거요."

"과연!"

사람들은 불칸의 제안에 크게 감탄했다.

확실히 토베를 비롯한 이번 전쟁에 연루된 몇몇 왕국이 망해준다면, 그리고 그 영토를 그들 나라가 흡수한다면 그야말로 큰 이익이 아닐 수 없다. 지금까지처럼 약소국이 아닌 나름 강대국이 되어 주변 왕국들의 위에 설 수 있게 되는 것이다.

"그렇다면 불칸 경과 경의 친구들이 원하는 게 무엇이오?"

"별거 아니오. 바로 재물이지. 왕국은 영토를 원하고, 우리 같은 자들은 재물을 원하는 법 아니겠소?"

"그렇군. 옳은 소리요."

알고 보니 이 정체를 알 수 없는 전사는 거대한 조직의 요원으로 그 조직의 일이라는 게 바로 전쟁상인인 모양이다.

사람들의 눈이 욕심으로 물들어가는 것을 확인한 불칸은 일이 다 되었음을 알았다. 그는 마무리를 하는 심정으로 말했다.

"어쨌든 이 전쟁은 완전히 결판 날 때까지 계속되어야 하오. 그걸 우리가 주관할 테니 보수를 달라는 것이 나와 내 친구들의 희망 사항이오. 물론 보수는 전액 선금이어야 하오."

불칸의 제안에 사람들은 결국 동의했다. 막대한 비용을 지불해야 하지만 토베 왕국의 영토를 찢어 먹는 것에 비하면 그야말로 껌 값이나 마찬가지다.

불칸은 그들에게 앞으로의 세세한 작전에 대해 일일이 설명했다.

얼마 후, 사람들은 모두 자신이 속한 왕국으로 돌아갔다. 그들의 주인인 각 왕국의 국왕에게 이 사실을 알려야 했다.

혼자 남은 불칸은 창문으로 흩어지는 마차들을 보며 회심의 미소를 지었다.

"이렇게 시작하는 건가? 디온, 네가 언제 나타날지 모르지만 아마 깜짝 놀랄 거다. 과연 네놈은 네놈의 수하들이 일으킨 전쟁을 어떻게 처리할지 궁금해지는구나."

지난 500년 동안 불칸은 삶과 죽음을 반복하면서 인간 세상의 일들이 아주 작은 부분에서부터 틀어지는 것을 수도 없이 봐왔다. 그렇기에 음모라는 것은 거창하게 계획을 세울 필요가 없다.

가만히 지켜보다가 결정적인 순간에 살짝 비틀어주기만 하면 그 뒤로는 알아서 굴러가는 법이다.

겉보기에는 무식한 바바리언 전사나 곁에 목숨을 건 용병으로밖에 보이지 않는 불칸이지만 사실은 이렇게 음모를 꾸며 사람들의 인생이 뒤틀리는 것을 즐기는 취미가 있었다.

"크큭, 이것도 다 오래 살아서 생긴 취미지만 말이야."

이번 임무도 성공이다.

불칸이 유일하게 윗사람으로 모시는 존재의 지령은 가능하면 암흑제국이 얽힌 전쟁을 일으킬 것과 그 전쟁이 오래가도록 조종하는 거였다.

실패하지 않는 불칸, 그는 수백 년간 지켜온 자신의 명예를 이번에도 지켜냈다.

*   *   *

시간이 얼마나 지났는지 알 수 없다. 디온은 마음속에 하나의 명제를 가지고 고민하다가 시간을 잊었다.

몸의 움직임을 완전히 정지시키고 나서 명상에 잠기니 곧 심장을 비롯해 몸 안의 내부는 여전히 움직이고 있다는 것을 깨달았다. 그래서 심장을 비롯해 움직이는 모든 것을 정지시키니 신체가 완전히 죽은 것처럼 변해 버렸다.

디온이 그렇게 한 이유는 바로 자기 자신의 마음속 가장 깊은 본능을 살피기 위함이다.

나의 본질은 마왕인가, 아니면 인간인가?

고민하던 디온의 영혼은 문득 자신의 몸 안을 관조할 수 있게 되었다는 사실을 알게 되었다. 눈으로 다른 사람을 보듯 그 자신의 오른쪽 심장을 비롯해 뼛속까지 모두 살피게 된 것이다.

처음에는 육체를 보았지만, 조금 시간이 흐르니 몸 안에 존재하는 에너지, 즉 마나를 보게 되었다.

그것들은 일정한 파장을 이루며 끊임없이 흘러 멈추지 않았는데, 몇 가지 다른 성질로 나뉘어져 서로 섞이지 않았다.

하나는 디온이 어렸을 때부터 축적한 마나이고, 다른 하나는 오른쪽 심장으로부터 나온 마기다. 그 외에 아주 작은 양이지만 신성력으로 보이는 기운도 있었다.

"내 육체는 지금 죽은 거와 같은데, 이것들은 전혀 변함없이 활발하게 움직이는구나."

디온은 깨달아지는 게 있었다. 에너지에는 부피가 없다. 아무리 큰 힘도 인간의 육체는 능히 담을 수 있다.

그렇다면 마왕이나 인간이나 거기서 거기가 아닐까? 결국 몸 안에 흐르는 에너지의 종류나 크기의 차이일 뿐.

그 차이가 너무나도 커서 문제인데, 디온이 스스로의 몸을 자세히 살펴보니 인간이 내재한 무한한 가능성을 알 것 같았다.

인간은 마왕을 뛰어넘을 수 있는 존재.

그걸 디온은 느꼈다. 확률이야 어떻든 간에 가능성이 있다.

"뭐야? 고민할 필요가 없었네.'

디온은 웃었다.

마왕이 되는 것을 막기 위해 검의 수련을 그만두었는데 그럴 필요가 없었다. 오히려 인간으로서 강해지는 것이 마왕이 되는 것을 효과적으로 막을 수 있는 방법이란 생각이 들었다.

동시에 디온은 깨달았다.

"마왕이 되면 노력할 필요도 없이 큰 힘을 얻고, 그 대신 마족의 규율에 따라야 한다는 거지. 마왕이니까 마신 이외에는 아무도 간섭을 안 하겠지만, 왕에게는 왕의 의무가 있는 것이 니까."

인간의 경우에는 표면적으로 천신을 따르는 게 대세지만 꼭 그렇지는 않다. 지금 보니 인간의 가장 큰 장점은 자유로 움이었다.

대신 수명도 짧고 힘도 약하지만 그건 잘하면 극복할 수 있 는 문제가 아닐까? 적어도 몸의 내부를 에너지 레벨까지 살펴 볼 수 있게 된 디온에게는 불가능한 문제는 아니라 여겨졌다.

"흠, 결국 난 처음부터 마왕이 될 마음이 없었던 거군."

모친인 사비너의 교육 때문일지도 모른다. 그냥 있으면 자 동적으로 마왕이 될 거라는 반발심에 능력을 억제하기 위해 노력해 온 것도 같다.

하지만 그 이전에 디온은 지금 인간이다. 누가 뭐래도 인간 이고 그걸 마왕으로 바꾸고 싶지도 않다.

"내가 마왕이 되고 싶었으면 처음부터 인간이 아닌 마왕으 로 태어났을 거야. 적어도 태어날 때의 난 마왕이 아닌 인간 을 선택한 거였어."

이제 자신이 무엇이 되고 싶은지 확실히 알게 된 디온이었 다.

결심한 이상 그걸 바꿀 마음은 없다. 이제 깨어나서 오른쪽 심장을 완전히 제거해 버리면 디온은 인간이 된다. 그 뒤로는 후회해도 마왕이 될 수 없을 것이다.

그런데 막상 결심하려고 하니 뜨다시 여러 가지 일이 마음에 걸렸다.

"그런데 그 노인은 내가 완전히 마왕의 운명에서 벗어나면 날 죽일 거라고 했단 말이야. 이유가 뭘까?"

마왕이 되지 않기를 희망한다면서 인간이 되면 죽인다고 말하는 이유를 아무리 생각해도 알 수 없다.

"도저히 이유를 알 수 없군. 하지만 적어도 그걸 알 때까지 난 마왕의 속성을 포기할 수 없어."

이유도 모르고 죽고 싶지는 않다. 죽으려고 인간이 되는 것은 아니니까.

디온은 우선 노인이 그런 말을 한 이유를 알고, 그가 자신을 죽이려고 해도 그걸 피하거나 막을 수 있는 방법을 찾기로 했다.

본질을 깨닫고 앞으로의 계획도 세웠다.

그때쯤 디온의 감각에 무엇인가가 잡혔다.

"누군가 나를 보고 있다!"

이유는 알 수 없지만 확실히 느꼈다. 아무래도 마왕의 능력이 움직인 것 같았다. 직접 보는 건 아니고 아무래도 마법적으로 찾아내서 본 것 같다.

위치를 알아냈으니 시간이 지나면 직접 찾으러 올지도 모른다.

“음, 내가 이런 상태일 때 다른 사람이 나의 육체를 건드리면 어떻게 되는 거지?”

아무래도 좋은 일은 없을 것 같다.

“어쩔 수 없군. 대충 생각이 정리됐으니 이제 움직이자.”

디온은 몸을 다시 깨우기로 했다.

서서히 몸에 활력을 되돌리니 땅의 무게가 전신에 느껴졌다. 심장이 두근거리면서 호흡이 돌아왔지만 숨을 쉴 수는 없었다.

여전히 오른쪽 심장으로부터 흘러나온 마기가 압력으로 몸이 부서지는 것을 막아주고 있었다.

디온은 차분하게 몸 안의 마나를 오른손에 모았다. 그리고 오러를 발출시켜 앞쪽의 흙을 밀어냈다.

쿠쿠쿠쿵!

요란한 소리가 나며 절벽 한쪽이 펑 하고 터져 나갔다. 그러자 충격으로 인해 절벽 전체가 무너져 내리기 시작했다.

디온은 급히 몸을 날려 무너지는 절벽의 바위 덩어리들을 밟으며 위로 올라갔다.

산사태와 비슷한 상황인데, 그걸 거슬러 올라갈 수 있게 된 것으로 보아 그의 능력은 이미 인간의 한계를 완전히 벗어났다고 볼 수 있었다.

절벽 위쪽은 광활한 숲이었는데, 아무리 봐도 근처에 사람의 기척은 느낄 수 없었다.

디온은 잠시 고민했다. 자신을 본 자가 직접 찾으러 올 때까지 기다리는 게 좋을지, 아니면 그냥 원래 깨어나면 하려던 일을 하는 게 좋을지.

"상대가 언제 올지 모르는 게 문제군."

정확하게 말하면 안 올 수도 있다. 디온은 그냥 계획대로 움직이기로 했다.

"일단 사람을 만날 때까지 북쪽으로 달리자."

디온은 도중에 가로막는 모든 것을 무시하고 북으로 달리기 시작했다. 대낮에도 별의 위치가 눈에 보이는 경지에 이르렀기에 방향이 틀릴 수는 없다.

도중에 몬스터들을 만나기도 했지만 몬스터가 덤벼들기 전에 무시하고 지나가 버리니 날개 달린 몬스터도 디온보다는 늦었다.

* * *

디온이 북으로 떠난 후 며칠이 지났다.

사비너 1세의 명을 받은 젊은 흑마법사들은 지도 한 장을 들고 겨우 그곳을 찾아올 수 있었다.

"이상하군. 절벽이 무너져 있는데?"

"분명히 저곳에 황태자님께서 계실 거라고 했는데 말이야."

"설마 이미 깨어나신 걸까?"

"이런, 하필이면!"

"정말 공교로운 일이군."

흑마법사들은 디온이 사비너 1세의 탐지 마법에 반응해서 깨어난 걸 몰랐다.

잠시 후 그들은 디온의 흔적을 찾기 위해 주변을 샅샅이 뒤졌지만 디온은 거의 날아가다시피 움직였기에 어떤 흔적도 남기지 않았다.

"여왕 폐하께 뭐라고 보고하지?"

"그냥 돌아가서 사실대로 보고합시다."

"어쩔 수 없군."

"그런데 여왕 폐하께서는 왜 우리를 모두 같이 보낸 것일까? 분명히 여기 오면 알 거라고 말씀하셨는데."

"글쎄. 정말 모르겠군."

그러던 중 흔적을 조사하던 흑마법사 중 하나가 큰 목소리로 동료들을 불렀다.

"어이, 이리로 좀 와봐!"

"뭔가 발견했나?"

“이 절벽이 무너진 돌들 말이야. 아무래도, 음, 믿기지는 않지만 말이야.”

“뭔데 그렇게 뜸을 들여?”

“그러니까 내가 나를 믿을 수가 없어서 그래.”

흑마법사들은 동료가 가리킨 흙과 바위 덩어리들에 시선을 모았다. 그리고는 곧 그들 모두가 심히 당황한 표정을 지었다.

“어, 어떻게 이런 일이 있을 수 있지?”

“세상에, 저 바위 전체에서 마나가 뿜어져 나오고 있어.”

“마정석, 아니, 이 경우는 마정암인 건가? 도대체 저 정도면 얼마나 큰 힘이 스며들어 있는 거지?”

놀랍게도 그들이 보고 있는 바위는 스스로 마나를 뿜어내고 있었다. 이건 마법사들이 가장 소중히 여기는 보석 중의 보석 마정석이라는 증거다.

곧 흑마법사들은 무너진 잔해를 파헤치기 시작했다. 놀랍게도 작게는 작은 자갈돌부터 큰 것은 사람 몸통보다 더 큰 바위가 마정석인 채로 계속 튀어나왔다.

또한 상당수의 흙에도 만만치 않은 마나가 느껴졌다. 이것들 역시 굉장히 귀한 마법적 시약이다.

“이것 때문에 여황 폐하께서 으리를 전부 보낸 거군.”

가공 안 된 마정석을 운반할 때에는 상당히 조심해야 한다.

　조금만 충격을 가해도 깨어지기 때문에 일단 보호 마법을 계속 걸어주어야 하고, 공기에 닿는 순간 마나가 방출되므로 결계로 감싸지 않으면 안 된다.

　이 원석을 여러 가지 마법적 처방을 해 그냥 들고 다녀도 전혀 문제가 안 될 정도로 가공한 마정석은 천문학적으로 비싼 보석이 된다.

　작은 마정석 하나로도 강력한 마법진을 만들 수 있고, 주먹만 한 마정석은 수십 명의 마법사가 합동 마법을 펼칠 수 있게 하는 매개체 역할을 하기에 충분하다.

　그런데 바위라니! 이건 역사상 발견된 가장 큰 마정석임이 틀림없다. 그런데 한 개도 아니고 몇 개나 나왔으니 흑마법사들이 자기 눈을 의심할 만하다.

　원래 디온의 몸에서는 끊임없이 마기를 뿜어내 주변의 압력으로부터 몸을 보호했다. 그걸 수년간이나 계속하니 마기에 접촉한 주변의 흙과 바위가 변화되어 마정석이 되어버렸다.

　그걸 사비너 1세는 디온의 위치를 볼 때 같이 확인할 수 있었다. 그렇기에 그녀가 총애하는 흑마법사들을 모두 보낸 것이다.

　흑마법사들은 서둘러 마정석을 운반할 준비를 했다.

　"이것만 있으면 우리의 수련이 몇 배는 쉬워지겠군."

"암, 당당하게 여황 폐하의 한 팔이 될 수 있을 걸세."

마법사는 전사나 기사에 비해 두각을 나타내는 나이가 훨씬 늦다. 극히 예외적인 경우를 빼고는 대부분의 대마법사는 백발이 성성한 노인인 것이다. 하지만 이렇게 말도 안 되는 마정석을 이용해 수련하면 그 시간이 엄청나게 단축될 수 있다.

젊은 흑마법사들은 그들의 앞길이 활짝 열렸음을 깨닫고는 저마다 흥분한 목소리로 어떻게 하면 이 마정석을 잘 이용할 수 있을지 계속해서 토론했다.

Chapter 08
포포르

흑사자
마왕

모라의 가게에는 오늘도 손님이 전혀 없었다. 보통 사람의 눈에는 거의 보이지도 않게끔 결계가 쳐져 있기 때문에 한 달에 한두 명 정도의 손님밖에는 오지 않게 되어 있으니 라블은 항상 심심해했다.

청소를 끝낸 라블은 오늘도 커다란 솥에 이상한 시약들을 잔뜩 집어넣고 열심히 국자로 젖고 있는 모라에게 가서 놀아 달라고 조르기로 했다.

"모라님, 자라나는 어린이에게는 즐겁게 놀 친구나 하다못해 이야기 상대라도 필요한 거 같아요."

"넌 자라지 않는 아이잖니. 음, 그럼 졸텐 백작의 따님이라
도 만나러 오라고 할까?"

"에, 그 꼬마 뱀파이어는 별론데요."

"그래도 너처럼 성장하지 않는 몇 안 되는 아이니까 서로
대화 상대가 되지 않을까?"

"아니요. 걔는 대화보다 주먹이 먼저 나온다고요."

"그것도 나쁘지 않지. 넌 시스너 양이 아무리 때려도 조금
도 문제가 안 되잖니. 그 아가씨도 스스로 원해서 그 어린 나
이에 뱀파이어가 된 건 아니니까, 성격이 좀 이상해도 네가
참고 받아주렴."

"문제가 안 되기는요! 아프다고요. 걔가 주먹으로 능기스
산의 백곰도 때려잡는 거 모르세요? 걔 별명이 열 살에 한주
먹으로 곰을 잡은 소녀라고요."

"그러니까 다른 애는 못 때리고 너만 때리는 거 아니니."

"아우, 아무튼 시스너는 싫어요. 다른 애는 없나요?"

"있기는 있어. 포포르 양은 어떠니? 나이를 아예 안 먹는
건 아니지만 그래도 사고로 500년간은 성장을 정지한 상태니
까."

"허걱, 모라님. 저를 벌주시려는 게 아니면 포포르만큼은
제발 부르지 마세요."

"넌 어떻게 모든 여자애들을 다 싫다고 하니?"

"모든 여자애들은 아니에요. 단지 시스너나 포포르는 여자애라고 하기에는 문제가 많다고요. 특히 포포르는 입에서 불도 뿜잖아요."

"그렇구나. 포포르 양의 브레스가 나이에 비해 꽤 세긴 하지."

"그러니까 뱀파이어나 사고로 500년간 헤츨링 상태로 지내야 하는 레드드래곤 말고 평범한 인간 아이하고 놀고 싶다고요."

"그건 좋은 생각이 아니야. 몇 년 후에 그 아이는 훌쩍 커버릴 테고, 그럼 성장을 안 하는 너의 정체에 의문을 가질 거 아니니? 아니면 정말 1, 2년만 친구로 지내고 그 뒤로는 헤어져야 하는데 그런 건 별로 권하고 싶지 않구나."

모라의 말에 라블은 고개를 푹 숙였다.

"그건 그래요. 친해진 다음에 헤어지는 건 참기 어렵죠."

"그러니 포포르 양하고 놀렴. 포포르 양은 드래곤로드의 손녀인데 내가 보기에 그녀는 장래에 할아버지의 뒤를 이을 거 같거든. 네가 계속 만날 수 있는 몇 안 되는 여자아이란다."

"그래도 포포르는 좀 그래요. 아아, 디온님이 빨리 오시면 좋겠네요."

"디온님이 보고 싶니?"

"전 디온님께 종속된 존재니까요. 잠깐만 만나도 기운이 난다고요."

"하기야, 네가 이렇게 따분해하는 것도 힘이 약해져서 생기는 현상이라고 할 수 있지. 디온님을 만나면 충전이 되긴 될 거야."

"따분한 건 그냥 따분한 거고요."

"음, 그런데 말이야. 나도 이야기를 하다가 지금 생각난 건데, 포포르 양을 디온님께 보내는 건 어떨까?"

"예?"

"난 마족이든 천족이든 디온님과 접촉하는 걸 별로 좋아하진 않거든. 그들은 결론적으로 디온님께 해가 되면 됐지 득이 되지는 않으니까. 하지만 드래곤이라면 나쁘지 않아. 능력도 강하고."

"하지만 포포르의 문제점은 능력이 아니라 성격이잖아요."

"뭐, 레드드래곤 성격은 다 거기서 거기잖니."

"그런가요."

라블은 포포르는 아니라고 주장하고 싶었다. 그녀는 레드 오브 레드다.

원래 드래곤의 유아 기간인 헤츨링 형태는 100년이면 끝난다. 그 뒤에는 정식으로 일족의 이름을 받고 몇 번의 수면기

를 통해 급속도로 몸이 커지면서 단숨에 거대한 드래곤이 되
어버린다.

그 뒤 500살이 될 때까지 계속해서 성장하는데, 그 기간은
드래곤에게 있어 부모의 곁을 떠나 독립하고 자신만의 삶의
방식을 정하는 아주 중요한 시기다.

그런데 포포르는 드래곤로드인 그녀의 할아버지의 마법적
실험에 말려들어 성장이 정지되었다. 할아버지를 원망할 수
도 없는 게 포포르 자신이 말을 안 듣고 갑자기 실험실 안으
로 뛰어들어 가 벌어진 일이다.

가뜩이나 성질이 포악한 레드드래곤이 성장 정지에 의한
스트레스까지 받으니 포포르는 거의 손을 댈 수 없을 정도로
성격이 난폭해져 매일같이 드래곤로드의 레어 구조물을 때려
부수며 생활하고 있는 중이다.

이대로 평생 헤츨링 상태로 살아야 할지도 모른다는 공포
심이 포포르를 거의 반쯤 미치게 만든 것이다. 300살이 된 지
금도 여전히 아명인 포포르로 불리는 것도 참기 어려운 일이
라 이제는 포포르라는 말을 들을 때마다 불을 뿜는다고 한다.

드래곤로드도 어쨌든 본인의 잘못으로 손녀의 일생을 망
친 셈이기 때문에 포포르가 어떤 짓을 해도 묵인하고 조용히
포포르의 성장 정지를 풀 방법을 연구하고 있다.

그런데 모라의 말에 의하면 포포르는 1차 각성은 몰라도 2차

각성 시기인 500살 때에는 아마 정상적으로 성장하게 될 거라고 한다.

그리고 그때에는 전화위복이 되어서 500년 동안 포포르의 몸속에 잠들어 있던 힘이 깨어나 폭발적으로 증가하여 굉장히 강력한 드래곤으로 재탄생될 가능성이 아주 크다고도 했다.

라블의 경험상 모라가 가능성이 아주 크다고 표현하면 그건 이미 확실하다는 소리다.

물론 이 사실을 드래곤로드나 포포르에게 말해주지는 않았다. 모라와 라블은 남이 묻기 전에 먼저 무엇을 알려주는 성격이 아니고 그래서는 안 되는 신분이기도 하다.

모라는 생각할수록 그 생각이 마음에 드는 듯 입가에 미소를 지으며 말했다.

"그러니까 말이야, 로드에게 포션 하나를 보내는 거야. '이걸 손녀가 500살이 되기 바로 전에 먹이면 크고 멋지고 훌륭한 드래곤이 되는 걸 볼 수 있을 겁니다' 라고 써 붙여서."

"예에? 그, 그건 사기잖아요."

"아니, 그게 사기가 아니야. 멋지고 훌륭한이라는 수식어가 키포인튼데, 지금 포포르 양이 다른 드래곤처럼 커져도 절대 멋지고 훌륭하게 될 수는 없거든. 성격 문제가 있으니까 힘세고 포악한 드래곤이 되겠지?"

“아, 그렇죠.”

“그러니까 내 생각에는 포포르 양은 제대로 된 인격 수양
이 필요하거든.”

“예, 저도 그렇게 생각해요.”

“디온님 밑에서 사고 안 치고 지내라고 하면 인격 수양이
좀 될 거야. 그럼 그때 포션을 먹는 거지. 인격 수양 수업 수
료의 증표로써. 어때?”

“에, 그러니까 포션을 먹는 게 중요한 게 아니라 디온님 밑
에서 인격 수양을 하는 게 진짜인가요?”

그제서야 라블도 모라의 생각을 이해했다.

모라 정도 되는 존재가 특별히 훌륭한 드래곤이 되는 포션
까지 보내고 일을 시키는데 포포르가 그걸 안 할 수는 없다.
그리고 절대 사고도 안 칠 것이다. 사고를 치면 포션을 돌려
줘야 하니까. 전후 사정을 전혀 모르는 포포르에게 있어 포션
을 못 마시는 건 평생 헤츨링으로 살아야 한다는 의미가 아니
겠는가.

“그렇지. 미래에 드래곤로드가 될 아이가 성격이 너무 안
좋으면 문제가 될 소지가 있거든. 그러니 이 방법이 가장 좋
겠어.”

“헤에, 그렇군요.”

라블도 모라가 옛날부터 드래곤들에게 관대하다는 것을

잘 안다. 그녀는 그전부터 포포르의 미래를 꽤 진지하게 고민해 왔던 모양이다.

"그런데 지금 포포르는 헤츨링이잖아요. 디온님께 힘이 될까요?"

"그 부분은 드래곤로드가 알아서 보완해 줄 거야. 아마 쓸만한 장난감들을 바리바리 싸서 보내겠지."

"아항, 그러니까 꼭 성인 드래곤이 아니더라도 드래곤로드가 제대로 밀어주면 상관없는 거군요?"

"응, 그쪽에 괜찮은 게 꽤 많거든. 오히려 웬만한 고룡 급보다 디온님한테 도움이 될걸?"

"헤에."

"좋아, 그럼 그렇게 결정하자. 그럼 난 드래곤로드에게 쓸 편지를 쓸 테니까 라블 네가 전하도록 해."

"예."

라블은 말 잘 듣는 착한 아이인지라 모라가 시키자마자 바로 드래곤로드에게 연락했다. 그러자 드래곤로드는 신이 나서 바로 고맙다고 대답하고는 그날로 자기 손녀를 보냈다.

모라는 가면을 쓴 채 작업실 안쪽에 있는 응접실에서 포포르를 맞이했다. 이곳은 모라가 쉴 때에 사용하는 공간인데, 특이한 점은 어떤 마법도 걸려 있지 않다는 것이다. 모라네 가게 내부에서 마법이 걸려 있지 않은 공간은 이 응접실뿐인데, 따뜻한 느낌의 풍경화와 몇 개의 도자기가 진열되어 있었다. 모라는 이곳에서 눈을 감고 명상하는 것을 즐겼다.

"안녕하세요, 모라님."

타는 듯한 붉은색의 머리카락을 짧게 다듬은 12, 3세 정도의 소녀가 모라의 가게에 들어와 인사했다. 포포르의 인간형 폴리모프 모습이다.

이 모습만 보아서는 귀엽고 발랄한 여자아이로 어디를 봐도 포악한 꼬마 드래곤의 분위기는 느껴지지 않았다.

"그래, 어서 오렴."

"라블님도 오랜만이에요."

"어, 응. 오랜만이야."

라블은 살짝 질린 얼굴로 겨우 대답했다.

포포르는 과거에도 드래곤로드와 함께 모라의 가게에 온 적이 있다. 당시 모라가 드래곤로드와 대화를 나누는 사이 라블이 포포르와 같이 놀았는데, 그때 라블은 포포르의 본성을 충분히 경험했다.

모라는 그런 라블을 스쳐 지나가듯 보고는 포포르에게 말했다.

"포포르 양, 이번에 너는 놀러 온 것이 아니고 나를 도우러 온 거니까 열심히 하렴."

"예, 모라님이 시키시는 건 무엇이든지 할게요."

포포르는 기분이 매우 좋았다. 그녀는 아직 모라의 진정한 정체에 대해 잘 모른다. 그건 드래곤로드에게만 허락된 정보이니 손녀라고 해서 알 수는 없다.

하지만 눈치가 있으면 드래곤로드가 모라를 대하는 태도에서 대충 어느 정도다 하는 것은 짐작할 수 있다.

포포르가 볼 때 모라는 결코 인간 마법사 따위가 아니다. 하긴 전에 본 게 200년 전이니까 인간 마법사가 아닌 건 확실하다. 엘프 쪽인 것 같기도 한데, 엘프라고 해도 보통 엘프가 아닌 거의 신 급에 도달한 게 틀림없다.

거기에 이번에 여기 오기 전에 드래곤로드가 창고 대방출을 해서 포포르에게 최고급 마법 물품들을 종류별로 챙겨주면서 사고 치지 말고 잘하라고 몇 번이나 신신당부를 했다.

거기서 포포르는 완전히 감을 잡았다.

이건 거의 말도 안 되는 행운이나 다름없다. 한마디로 신 급 존재가 포포르에게 특별히 일을 시키는 것이다.

보상도 보상이지만 이렇게 신 급 존재와 인연을 맺는 것은 아주 중요하다. 그녀의 용생에 할아버지 이외에 큰 후원자를 하나 만난 셈이다.

"무슨 일을 하면 될까요, 모라님? 혹시 마법 시약을 만드는데 드래곤의 브레스가 필요하세요?"

"아니, 그런 건 아니고, 이번에 디온이라는 인간 청년하고 알게 됐는데, 그분 인생이 좀 복잡하게 꼬였거든."

"예, 그 디온이란 분을 도와주면 되는 거군요?"

그 정도는 자신있다.

포포르는 아직 성룡이 못 되어 힘이 그다지 크지 않지만 할아버지가 준 마법 무구를 이용하면 디온이란 인간의 소원 정도는 얼마든지 들어줄 수 있지 않겠는가. 실제로 소원을 들어주는 지니가 있는 램프까지 들고 왔으니 전혀 문제가 안 된다.

그런데 모라는 그것도 아니라는 듯이 고개를 살살 저었다.

"사정을 다 설명하긴 좀 그렇고, 포포르 양이 해야 할 일만 먼저 말해줄게."

"예, 말씀하세요."

"이번에 디온님이 여길 들르시면, 내가 그분한테 널 잠시 맡아달라고 부탁할 거야."

"예."

"그럼 넌 디온님을 따라가면 돼. 그리고 디온님이 시키는 걸 하면 되는 거지."

"시키는 걸 하라고요? 몇 개나요?"

드래곤이 인간을 호의로 대할 때의 방식을 보면 일단 소원을 들어주는 게 있다.

그런데 모라는 시키는 걸 하라고 했다. 이건 요구를 들어주라는 건데, 내용은 소원을 들어주는 것과 비슷하지만 반강제적이라서 하기 싫은 일도 해줘야 한다. 그래서 자존심 강한 드래곤들은 절대 이런 일을 하지 않는다.

하지만 포포르는 이 정도는 참기로 했다. 문제는 요구를 몇 개나 들어줘야 하는 건가 하는 점이다. 보통은 한 개, 많으면 세 개. 그게 상식적인 숫자다.

'혹시 열 개쯤 들어주라고 그러는 거 아니야? 으, 그건 너무 귀찮은데.'

포포르는 속으로 모라의 상식적 개념성을 의심했다. 원래 신적인 존재가 그런 면에서 좀 약한 경우도 꽤 있어서 포포르의 의심도 일리가 있다고 할 수 있었다.

"포포르 양, 시키는 대로 하라는 건 요구를 들어주라는 게 아니야. 그냥 내가 됐다고 할 때까지 디온님의 곁에서 시중을 들라는 거야. 그러니까 하녀가 되라는 거지."

"예에! 하녀라니요? 제가 인간의 하녀가 되어야 한다고요?"

포포르는 너무 놀라서 자신도 모르게 소리를 질렀다. 그러다가 곧 피식 웃으며 다시 말했다.

"아, 그러니까 저보고 유희를 하라는 거네요? 헤에, 생각해보니 전 몸만 헤츨링이고 나이는 이미 유희를 해도 되는 거군요?"

"유희가 아니야. 난 디온님에게 네가 레드드래곤이라는 것을 밝힐 거니까."

그제서야 포포르는 모라가 진심으로 자신을 인간에게 종속시키려 한다는 것을 알았다.

기가 막혔다. 유희로 인간이 되어 다른 사람에게 충성을 바치는 건 아무런 문제가 없다. 하지만 본신인 채로 인간을 주인으로 모시라는 건 정말 죽으라는 말과 거의 동급이다.

왜냐하면 용언의 힘을 가진 드래곤들은 자신의 말에 책임을 져야 하기에 한번 주인이라 부르면 평생 주인으로 삼아야 하는 경우가 많다.

물론 인간의 수명이 백 년 정도이니 상대가 죽을 때까지만 주인으로 모시면 되겠지만 포포르는 그것도 싫었다. 이제부터 시작이라 할 수 있는 그녀의 용생 경력에 인간의 노예라는 한 줄을 달고 싶은 마음은 추호도 없었다. 포포르뿐만 아니라 어떤 드래곤도 인간의 부하가 되는 걸 참지는 않을 것이다.

"저, 저기요, 모라님."

"질문이 있으면 하렴."

"혹시 저희 드래곤 일족을 싫어하세요?"

"아니. 그런 건 아니야. 단지 상황이 좀 그렇게 됐어."

"그래도 너무하잖아요."

"그러니?"

"저기요!"

"하기 싫으면 안 해도 된단다."

모라는 별거 아니라는 투로 말했다. 하지만 그건 포포르에게는 강력한 협박으로 들렸다. 그것도 아주 흉악한.

포포르는 울 것 같은 표정을 지어 보이면서 머릿속으로는 필사적으로 생각했다.

이 위기를 모면할 방법이 없을까? 인간의 노예가 안 되고 성룡이 될 수 있는 포션은 챙기고, 이 모라라는 정체불명의 존재에게 미움도 받지 않는 방법이 필요하다.

그러나 포포르는 지금까지 성질과 주먹으로 살았지 머리로 살아온 몸이 아니다. 조금만 생각에 집중하니 금세 가슴속에서 뜨거운 것이 올라오면서 목구멍이 간질간질해졌다.

"그러니까… 하아악!"

콰르르르르!

뭔가 말을 하려던 포포르의 입에서 시뻘건 불꽃이 뿜어져 나왔다.

"앗, 또!"

라블이 기겁하며 몸으로 그녀의 브레스를 막았다. 여기 있는 그림이나 도자기 같은 장식물에는 어떤 보호 마법도 걸려 있지 않다. 아무리 헤츨링이라고 해도 포포르의 브레스를 맞고 멀쩡할 수는 없다.

"너 여기서 불 뿜지 말랬지. 치우는 건 나라고 몇 번이나 말해야 해."

"내가 뿜고 싶어서 뿜는 줄 알아요? 원래 성장기 드래곤은 속이 타면 저절로 브레스가 튀어나간단 말이에욧."

"넌 성장기가 아니잖아."

"뭐얏! 이게 겁도 없이 드래곤의 아픈 곳을 사정없이 찌르다니."

콰르르르르르!

이미 포포르는 흥분해서 뵈는 게 없었다. 라블은 다시 몸으로 포포르의 브레스를 막으며 모라에게 외쳤다.

"모라님, 주변에 결계라도 쳐주세요! 안 그러면 다 타요!"

"네가 잘하고 있으니 상관없을 거 같은데? 결계 같은 걸로 가두어두는 건 포포르 양에게 실례잖니."

사실은 응접실에서 마법을 쓰는 걸 싫어하는 거다. 라블은 속으로 그렇게 중얼거리며 다시 말했다.

"그럼 나보고 계속 몸으로 막으란 말이에요?"

"포포르 양을 잘 달래렴. 어차피 디온님은 언제 오실지 모르니까 그때까지는 네가 포포르 양하고 놀아줘야 할 거야."

"아아아악!"

"포포르 양도 아직은 시간이 있으니 잘 생각해 봐요. 그럼 난 다시 시약 만들러 갈 테니까."

모라는 포포르가 폭발한 시점에서 이미 오늘 대화는 끝났다고 판단하고는 자기 할 말만 하고 밖으로 나가 버렸다.

포포르는 생각하면 할수록 화가 나는데다가, 이곳에서 유일하게 조심해야 할 대상인 모라가 나가 버리니까 이제는 마음 놓고 분노를 표출했다.

"아무리 그래도 어떻게 어린 드래곤을 인간에게 노예로 팔아먹을 수 있어!"

콰르르르르르!

"안 가도 된다잖아!"

"그걸 말이라고 해? 너 죽을래?"

콰르르르르르!

그날 하루 종일 라블은 온몸으로 응접실을 사수했다. 이제 두 번 다시 포포르를 응접실에 들여놓지 않으리라 수십 번도 더 결심했고, 꼭 이 흉악한 꼬마 드래곤을 디온 밑으로 보내 정신 수양을 쌓게 해야겠다고도 새삼 다짐했다.

Chapter 09
해적과 마법사

흑사자
마왕

　디온은 광활한 삼림지대를 벗어나 사냥꾼들의 거처를 찾아냈다. 그리고는 자신이 대륙의 최남단에 있다는 것을 알았다.

　"아, 여기가 사우스 포레스트이구나."

　대륙 최남부에 세계 최고 넓이의 대삼림지대가 있다는 것은 알고 있었는데 이제 보니 그 한가운데에 떨어졌던 모양이다.

　사냥꾼들은 갑자기 나타난 디온의 말투가 북방어에 속하자 신기한 눈으로 디온을 보았다.

그도 그럴 것이, 여기까지 북방인이 오는 경우는 거의 없기에 사냥꾼 대부분은 북방어 말투를 처음 들어본다.

디온 역시 마찬가지인데, 사냥꾼들이 디온을 북방인이라고 알아차리고 변방 속어를 쓰기 전까지는 내용을 반 정도밖에 이해하지 못했다.

기본적으로 대륙공통어에 속하기 때문에 못 알아듣는 것은 아니지만 지방 방언이 꽤 많이 섞여 있어서 아주 특이하게 들렸다.

"드라켄 제국까지 가려면 한참 걸리겠네요."

"하모, 너무 멀어서 못 갑니다."

"거리도 문제지만 다른 왕국을 지나가려면 신분증명서가 없으면 안 되니까."

"아, 그렇군요."

디온은 곤란한 점 하나를 깨달았다. 생각해 보니 국가의 경계선을 지나가려면 허락을 받는 게 상식이다. 신분이 확실하지 않은 사람을 자국 내에 들이려는 자는 많지 않으리라.

'내가 레이어스의 왕자라고 밝힐 수는 없고, 드라켄 아카데미 학생이라고 할까? 아니지. 그럼 여기 왜 왔는지를 설명해야 하잖아.'

지금까지 이런 수속은 모두 라이번이 해주었기에 디온은 드라켄에서 레이어스를 오갈 때에도 전혀 신경 쓰지 않았다.

그런데 이렇게 혼자가 되니 불편하기 짝이 없었다.

사냥꾼들의 숙소를 나온 디온은 그들이 가르쳐 준 대로 가장 가까운 도시로 향했다.

원래 디온은 드라켄 제국으로 가서 마녀 모라에게 앞으로의 일에 대해 상의하려 했다.

목표는 정했지만 그곳까지 도달하기 위한 길은 하나가 아니다. 조언이 필요했다.

디온이 지금까지 곰곰이 생각해 본 결과 아무런 의도 없이 자신에게 호의를 베푼 것은 모라가 유일했다.

다른 자들은 모두 어떤 바라는 결과가 있어서 디온에게 도움을 주던 참견을 하던 한 것이다.

마족은 말할 것도 없고, 모친인 사비너 1세도 디온에게 희망하는 사항이 있다. 그런데 그렇게 뭔가 바라는 게 있는 경우에는 이상하게 나중에 일이 꼬이는 것 같다.

모라만이 가장 순수하게 디온을 도와줬고, 그녀의 조언대로 한 일들은 대부분 결과가 좋게 나왔다.

그러나 꼭 서두를 필요는 없다. 국경을 강행 돌파하거나 밀입국을 하는 것도 가능하기는 한데 무리하기는 싫었다.

이런 기회에 정상적인 여행을 해보고 싶은 생각도 들었다.

"어떻게 할까?"

고민하던 디온은 일단 도시로 나가 북쪽으로 움직이는 상인들을 찾기로 했다. 그의 기억에 레이어스 왕국에도 남방의 향신료를 파는 상인들이 꽤 왔었다.

사우스 포레스트에서 채취되는 식물 중 향목이라는 게 있는데, 그 에센스는 방향제 겸 향수로 대륙에 인기가 높다.

"요리사 겸 호위 용병으로 취직해서 따라가면 되겠지, 뭐."

요리는 만국 공통, 디온은 자신이 배운 것을 실전에 써먹기로 했다.

"그러고 보니 던컨 선생님께서 시간 나면 신분을 감추고 하급 식당에 요리사로 취직해 보라고 하셨지. 하하, 이것도 수행인 셈이네."

귀족인 디온이 평민의 식당에 취직을 한다는 것은 말이 안 되지만 던컨은 디온의 경우 제대로 요리의 길을 걸으려면 평민의 요리를 경험해 봐야 한다고 충고했다. 디온이 그런 것에 기분 나빠하지 않는 성격이란 걸 파악한 다음에 한 말이다.

디온은 생각할수록 무역 상인들의 요리사로 취직하는 것에 마음이 끌려 걸음을 서둘러 직업소개소로 향했다.

그런데 직업소개소에서도 디온에게 신분증명서를 요구하는 게 아닌가?

"일단 신분증명서를 보여주시고 경력과 특기, 그리고 희망 직업을 말씀해 주세요. 소개비는 보름치 급료입니다."

"아, 신분증명서를 잊었네요. 다시 올게요."

소개소를 나온 디온은 고개를 들어 하늘을 보았다.

"그냥 게이트를 열까?"

인간으로 살려고 하니 왜 이렇게 아쉬운 게 많은지. 디온은 한숨을 내쉬었다.

그런데 소개소를 나와 정처없이 걸음을 옮기려는 디온을 누군가가 불러 세웠다.

"거기 청년, 아까 들어보니 요리사가 되겠다고 하던데, 요리 잘하나?"

디온이 돌아보니 콧수염을 두껍게 기르고 머리에는 터번을 쓴 중년 남자였다. 눈매가 날카로운 게 꽤 거친 인생을 산 것으로 보였다.

"예? 아, 예. 요리는 좀 합니다."

"그런데 신분증명서가 없지?"

"그게요……."

"허허허, 인생에 있어 신분증명서가 꼭 중요한 건 아니지. 난 호세 몬타로라고 하는데 나랑 얘기 좀 하세."

디온은 잠시 호세라는 사람을 바라보다가 나쁜 일은 없겠다 싶어 순순히 그의 뒤를 따라갔다.

호세가 디온을 데리고 간 곳은 변두리에 있는 작은 호프 집이었는데, 구석에는 칸막이가 되어 있어서 한잔하면서 대화를 하기에 적합했다.

호세는 싸구려 흑맥주 두 잔을 시킨 후에 디온에게 말했다.

"이런 일을 오래 하다 보니 사람 눈만 봐도 대충 사정을 알 수 있단 말이지. 내가 보기에 자네는 북방 사람이고, 지금 신분증명서가 없는 상황이지. 안 그러나?"

"말씀하신 그런 상황입니다."

"내가 보기에 자네는 나쁜 사람이 아니야. 눈이 맑거든. 말 못할 사정이 있나 본데, 세상에 사정없는 사람이 얼마나 있겠나. 그건 넘어가고, 결론은 자네는 고향에 가고 싶다는 거겠지?"

"예."

"알았네. 내 자네를 희망대로 무역 상인의 요리사로 취직시켜 주지. 드라켄 제국 쪽으로 가는 사람들인데, 마침 요리사가 필요하다고 하더군. 그런데 자네, 검 쓰는 실력은 어떤가?"

호세는 말하면서 디온이 허리에 차고 있는 틸리아를 힐끗 보았다. 검집을 천으로 둘둘 감아서 장식은 보이지 않지만 꽤 괜찮은 검이라는 것은 느낌으로 알 수 있다는 투였다.

디온은 살짝 미소 지으며 대답했다.

"원래 검을 수련했는데, 집안에서 검 쓰는 걸 별로 안 좋아해서 요리로 길을 바꿨죠."

"오호, 그런가? 그건 그렇고, 집안 애기가 나오는 걸 보면 아무래도 귀족인 것 같은데, 피부도 좋고 말이야. 괜찮겠나?
무역 상인의 요리사라는 직업이 그렇게 대접을 못 받지는 않
지만 귀족에게 대하는 예의는 못 지킬 걸세."

"상관없습니다. 그런 건 바라지도 않습니다."

"특이하군. 알았네. 내 바로 알아보지.'

"그런데 신분증명서는 없어도 되는 겁니까?"

"소개소의 정식 등록은 힘들지. 하지만 아까도 말했듯이
세상에 사연없는 사람은 없으니까 이렇게 그림자 소개업을
하는 나 같은 사람이 있는 거 아니겠나? 대신 소개료가 정식
의 세 배 정도니까 그건 양해해 주게."

"드라켄 제국으로 갈 수 있으면 상관없습니다."

"좋아, 그럼 기다리게."

호세는 말이 끝나자마자 흑맥주를 단숨에 들이켜 잔을 비
우고는 밖으로 나갔다.

얼마 후, 다시 돌아온 호세를 따라 그 용주로 보이는 늙은
상인에게 간 디온은 즉석에서 간단한 시험을 받았다.

"음, 나쁘지 않군. 제대로 배운 솜씨야."

"역시 그렇죠?"

"그런데 신분증명서가 없다고?"

"예, 북방인인데 어쩌다가 이곳까지 흘러온 모양입니다.
사정은 묻지 않았고, 고향으로 돌아가려고 하니 좀 도와주십

시오.”

“흠, 도와줄 것도 없지. 이 정도 솜씨로 무역단을 따라다니겠다는데 없는 신분도 만들어줘야 할 판이니까.”

장거리 여행은 기본이고 어떨 때에는 꽤 위험한 일도 당할 수 있는 무역단에서 가장 구하기 힘든 사람은 바로 요리사다. 칼밥을 먹는 용병들은 돈만 주면 언제든지 구할 수 있지만 실력있는 요리사는 대부분 안정을 취하려 하기 때문이다.

무엇보다 자신만의 주방을 가지려 하는 것은 요리사의 기본적 욕망에 속한다.

그런 만큼 무역단에 취직하는 요리사는 대부분 실력이 형편없거나 말 못할 사연이 있어서 한곳에 정착하지 못하는 자들뿐이다.

그런 만큼 정식 소개소의 소개로 요리사를 구하는 것은 거의 불가능에 가깝고, 구해도 소개소까지 있는 요리사가 무역단에 취직하는 이유는 뻔하기 때문에 실력이 있을 가능성은 제로에 가깝다.

장거리 여행에 실력없는 요리사를 고용하는 것은 그야말로 재앙에 가깝다. 그런 만큼 경험있는 무역 상인들은 오히려 사연이 있는 실력있는 요리사를 선호하는 편이다.

하지만 이것도 위험한 게, 그 말 못할 사연이라는 게 가령 첩자라든지 연쇄살인범이라든지 하는 식이면 큰 문제가 된다.

그래서 그들은 호세와 같이 사람 보는 안목이 있는 그림자 소개업자들에게 의뢰를 한다. 비싼 소개료를 치르더라도 실력있고 탈 안 나는 요리사를 구할 수만 있다면 전혀 상관이 없다.

노상인은 디온이 마음에 든 듯 고개를 끄덕였다.

"우리는 드라켄 제국까지 가는 무역단이고, 육로와 해로를 번갈아가면서 이용하는데 상관없겠나?"

"예."

"그럼 자네를 고용하겠네. 내 이름은 플라트라고 하니 앞으로는 이름을 부르게."

"알겠습니다, 플라트님."

플라트는 디온의 채용을 결정짓자 B-로 품속에서 돈주머니를 꺼내 호세에게 셈을 했다.

"소개비의 절반은 내가, 절반은 자네가 내는 걸세."

"예, 이미 들었습니다."

"그럼 출발 일까지 이곳에서 머물게. 하녀가 지낼 방을 안내해 줄 걸세."

그걸로 디온의 취직이 결정되었다. 역시 전문 기술이 있으니 자잘한 문제점은 고용주가 알아서 하 결해 준다.

플라트의 집에서 지내면서 디온은 이미 모인 용병들과 인사를 나누었다. 디온이 요리사라고 하자 다들 호의적으로 대했다. 여행에서 요리사가 가지는 권한은 아주 커서 상단주 바로 다음이라고 할 수 있다는 것을 디온은 처음 알았다.

그리고 용병들의 이야기를 들으며 이번 상행이 꽤 위험하다는 것을 알았다.

"북쪽에서 흑왕이라는 자가 어중이떠중이들을 모아 군벌을 일으켰는데, 이게 말도 못하게 강하다더군."

"이번에 토베 왕국을 상대로 전쟁을 벌였다던데?"

"놀랍게도 토베 왕국이 밀리고 있는 모양이야."

"와, 거기 꽤 큰 데잖아."

"그냥 큰 정도가 아니지. 북방의 양대 제국 말고는 가장 센 곳 중 하날걸."

"그럼 흑왕이라는 자는 토베를 무너뜨리고 자신의 왕국을 세울 셈인가?"

"그런가 보지. 나도 그럴 줄 알았으면 흑왕 군단에 들어갈 걸 그랬지? 건국을 하면 지금 군단에 속한 놈들은 귀족이 되는 거잖아."

"그러게 말이야. 개국공신이 되면 영지도 넉넉히 받을 텐데."

왕국 하나가 새로 서려나 보다. 젊은 용병들이 눈을 빛내는 것도 무리는 아니다.

그러나 경험 많은 노년 용병들은 혀를 차며 고개를 저었다.

"니들이 지금 진짜 전쟁을 못 겪어봐서 하는 소린데, 개국 공신이 말이 쉬워서 개국공신이지 끝까지 살아남아서 귀족이 되려면 목숨을 건 싸움을 백 번은 해야 될 거다."

"실력없으면 가까이 안 가는 게 좋아. 그리고 아무리 수완이 좋아도 부랑자들 모아 만든 군벌이 오래갈 리가 없다. 흑왕이 전쟁의 천재라서 토베 왕국을 무너뜨릴 수는 있다고 치자. 그다음에 왕국을 세우는 게 쉬울 거 같지? 아서라. 다 한때의 폭우나 돌개바람 같은 거다."

"그래도 그 정도 군벌을 세운 것만 봐도 수완은 있는 거 같지 않습니까?"

"그럴 수도 있지. 아니면 따로 지원을 해주는 곳이 있던가."

"따로 지원을 받는다고요?"

"사실 흑왕 군단 같은 세력이 몇 년 사이에 갑자기 일어난다는 게 말이 안 되거든. 후원자가 있기 쉬워. 그러니까 이건 어떤 사악한 왕국이 일으킨 침략 전쟁이라는 거지. 개국공신? 이용만 당하고 다 죽을 게 뻔하다."

"오호, 그래서 영감님들이 흑왕 쪽에 안 붙고 이렇게 남쪽까지 몸을 피하신 거군요."

"영감이라니? 이놈들아, 아직 네놈들 몇 명 정도는 가볍게

찜 쪄 먹을 수 있다."

"누가 뭐래요?"

역시 나이 든 사람의 말에는 귀를 기울여야 한다. 디온도 흑왕이라는 자의 뒤에는 무엇인가가 있다는 걸 확신할 수 있었다.

사람을 모으는 건 몰라도 그걸 먹여 살리고 훈련시키고 무장시키는 데 드는 비용은 국가 예산이 아니면 감당하기 어려운 법이다.

"그런데 이번 상행에는 아무래도 토베 왕국 근처를 지나가야 할 거 같단 말이야."

"예? 그게 말이 됩니까? 전쟁이 일어난 곳은 가능한 한 멀리 돌아가는 게 상책 아닙니까."

"그렇지. 그런데 말이야, 상인들에게도 다 사정이 있는 법이라고. 이번 전쟁은 전조가 없이 갑자기 일어난 거잖아. 그런데 상단주가 저번 상행 때 그쪽을 지나오면서 거래 계약을 한 게 몇 개 있거든."

"어, 그럼 그 계약 때문에?"

"그런 모양이야. 토베 왕국 내부의 계약이라면 취소해도 상관없는데, 옆 왕국이잖아. 그러니 어쩔 수 없이 가야 한다는 거 같더군."

"젠장, 어째 이번에 다들 급료를 올려주더라니. 그런 이유가 있었군요.”

“별일은 없을 거야. 옆 나라니까. 하지간 조심해야 해. 난을 피해 밀입국 한 난민들이나 패잔병 같은 무리가 먹고살 길 없으면 아무래도 밑천없는 장사를 하기 쉬우니까 그쪽 치안이 꽤 난잡해졌을걸.”

“어쩔 수 없죠. 후후, 이번 상행에는 피를 좀 많이 보겠군요.”

용병들은 술을 마시며 단단히 각오를 다졌다.

“그나저나 요리사 양반은 괜찮겠나? 어쩌면 좀 험한 일을 경험할지도 모르는데.”

노용병은 아직 젊어서 세상 경험이 별로 없어 보이는 디온을 보고 안쓰러운 표정으로 물었다. 용병이라고 해도 상당한 부담이 될 정도의 상행을 요리사가 따라올 수 있을지 걱정이 되는 모양이다.

디온은 그런 노용병의 마음씀씀이에 기분이 좋아져 미소를 지으며 대답했다.

“괜찮습니다. 제가 이래 봬도 칼질은 즘 하거든요.”

허리의 검을 툭툭 치며 말하자 노용병은 오히려 더 걱정이 되는지 눈살을 살짝 찌푸렸다.

“혹시 도적떼를 만나서 싸우게 되더라도 절대 도우려 하지 말고 상인들과 함께 최대한 안전한 곳에 몸을 피하게. 어설프

게 싸우다가 자네가 다치면 곤란한 건 우리야. 요리사가 없어서 허구한 날 빵하고 말린 고기만 먹는 상행은 사양하고 싶거든.”

“예, 말씀대로 안 다치도록 조심하죠. 하하하.”

디온이 웃자 노용병은 역시 젊은 사람이라 아직 무서운 줄 모른다고 판단하고는 한숨을 내쉬었다.

디온은 그저 미소 지으며 노용병의 오해를 풀어줄 생각은 안 했다.

어쨌든 이번에 같이 여행을 하게 된 상단의 상단주 플라트도 그렇고 용병들도 대부분 마음에 들었다.

무엇보다 요리하며 여행을 할 수 있다는 사실이 좋아서 디온은 조금 시간이 걸리더라도 이들의 상행에 끝까지 따라가기로 결심했다. 적어도 드라켄 제국까지는 이들을 떠나지 않을 생각이었다.

드디어 상단이 떠나는 날이 되었다. 플라트는 대륙 횡단 상단을 지휘하는 자답게 인망과 실력이 대단해서 디온의 신분 증명서 문제는 아무도 신경 쓰지 않았다.

하지만 디온의 생각과는 또 다르게 이번 상행은 철저한 계획하에 이루어졌다. 대충 길을 가다가 마을을 만나면 좋고, 아니면 노숙하고 하는 그런 여행이 아니었다.

일정에 맞춰 관도를 따라 여행을 하면서 밤이 되면 예정된 도시에 들어가는데 숙소조차 이미 다 정해져 있었다.

또 한 가지 예상과 다른 점은 도시의 여관에 들어가서도 상단원들은 여관의 음식을 먹는 게 아니라 디온이 해준 요리를 먹었다.

"우리는 노는 여행을 하는 게 아니네. 다른 지역의 요리를 잘못 먹으면 탈이 나기 십상이지. 정해진 시간에 정해진 요리를 정해진 양만큼만 먹는 게 장거리 여행을 하면서도 몸을 덜 상하게 하는 비결일세. 별식은 상행이 끝나고 고향에 돌아가서 쉬면서도 충분히 먹을 수 있거든."

"그렇군요."

디온은 왜 이들이 그렇게 열심히 요리사를 찾았는지 이해할 수 있었다. 또한 상인들이 자신의 요리에 꽤 만족하고 있다는 것도 알 수 있었다.

알아주는 사람이 있으니 요리에 정성이 깃든다. 즐거움도 더한다. 마기를 억제한 이후 요리에 특별한 힘이 들어가지는 않지만 기분 좋게 정성 들여 만든 음식은 점점 더 맛있어졌다.

어느덧 1차 경로라 할 수 있는 육로의 여행이 끝나고 드디어 플라트 상단은 항구도시에 도착했다.

해양 마물 때문에 먼 바다를 나가는 것은 절대 금기지만 비교적 안전한 근해 항해망은 지역적으로 꽤 활성화되어 있다.

단지 근해라고 해서 무조건 안전한 것은 아니고, 네임드 괴수가 사는 해역이 따로 있어서 배로만 여행하는 것은 불가능하다.

육로의 마물들과는 달리 해양 마물은 퇴치할 방법이 거의 없는 상황이라 아직까지 바다는 인간보다 마물들에게 좀 더 많은 소유권이 있다.

"해적들은 없나요?"

디온이 묻자 용병들은 크게 웃었다.

"근해 항해에 무슨 해적을 만나겠어? 아주 없는 건 아니고 지역에 따라서는 그런 데도 있기는 한데, 우리가 지나가는 경로에는 해적도 마물도 없다고."

"그렇군요."

"해적이 있는 지역을 지나가려면 수전에 능한 용병들을 고용해야 한다고. 그런 용병들이 흔하지도 않고, 그들은 주로 해적이 나오는 근처 항구에 머물면서 임시 고용직만 하지. 우리 중에는 배 위에서 제대로 싸울 수 있는 사람은 없어. 그저 배 멀미를 안 하는 정도지. 하하하하!"

"확실히 바다 위에서 싸우는 건 별로 좋은 일이 아니죠. 도망갈 곳도 없이 지면 다 죽잖아요."

"그런 거지. 아무튼 걱정 말라고."

용병의 말대로 디온은 걱정을 전혀 안 했다. 원래부터 안 했다. 오히려 해적이란 걸 한번 구경해 봤으면 좋겠다고 생각했을 정도다.

그런데 디온의 바람이 이루어지려는지 항해를 시작하고 이틀 정도가 지났을 무렵 전방에 수상한 배가 나타났다.

보통 상선에는 소속과 목적지를 알리는 깃발을 달게 되어 있는데, 그런 깃발이 전혀 없으니 진짜 '나 수상한 배요'라고 주장하는 듯했다.

선장은 플라트와 함께 식사를 하다가 조타수가 그 배를 발견하고 보고를 해오자 즉시 자리에서 일어나 확인을 하러 나갔다.

그리고는 곧바로 다시 돌아와 상인들은 모두 선실에 들어가 있으라고 말했다. 아무래도 심상치 않은 모양이다.

디온은 다른 상인들과 함께 같이 선실로 들어갔다가 슬쩍 다시 나와서 갑판으로 올라왔다.

이미 상대편 배는 이쪽 배와 거의 부딪칠 정도까지 접근해 있었다. 접근 정지 신호를 무시하고 말없이 지근거리까지 오는 건 해적만이 하는 짓으로, 설령 해적이 아니라고 해도 이 정도면 먼저 공격해도 되는 수준이다.

선장은 더없이 긴장한 표정으로 선원들과 용병들에게 전투 준비를 하라고 말했다.

그때 상대편 배에서 한 사람이 걸어나와 큰 목소리로 외쳤다.

"나는 마법사 베리얼이다! 실험을 하다가 돈이 떨어져 급하게 마련해야 하니 양해하기 바란다!"

양해는 무슨 양해란 말인가? 선장은 기가 막혀서 다시 외쳤다.

"그 말은 해적 행위를 하겠다는 뜻이오?"

"그렇다! 순순히 항복하고 가진 재물을 다 내놓으면 너희와 배의 안전은 보장하겠다! 난 급한 돈이 필요한 거라 빠르게 몇 건만 하고 사라질 계획이다! 너희를 잡아서 몸값을 받거나 노예로 팔 생각은 없다!"

"미안하지만 재물을 내놓을 수는 없소. 아무리 마법사라고 해도 해적 행위를 하면 범죄자로서 세상의 추적을 받게 될 테니 그만두는 게 어떻소?"

"그 제안은 호의로 받아들이지. 하지만 이미 한두 건 했기 때문에 이제는 늦었다. 쓸데없는 말로 시간 끌면 서로 피곤하니 어서 정해라. 싸움을 택해서 내 마법에 다 죽을 건가, 아니면 재물을 내놓고 살아남을 것인가?"

"으음, 한두 건을 했다면 어제 떠난 배들이 당했겠군."

선장은 상황의 심각함에 눈살을 찌푸렸다.

"그냥 싸우죠. 아무리 마법사라고 해도 몸에 칼이 안 박히는 건 아니지 않습니까."

용병들이 무기를 살짝 흔들며 작은 목스리로 말했다. 그러나 선장은 고개를 저으며 대답했다.

"저놈은 마법사답게 용의주도합니다. 배를 가까이 대기는 했지만 사람이 건널 정도는 아니지요. 이 상태로 계속 거리 유지를 하면서 마법을 쓰면 이쪽에서는 활로만 대응해야 하는데, 그러면 아무래도 불리할 겁니다."

"그럼 거짓 항복을 한 다음에 재물을 가지러 오면 공격하는 건 어떻겠습니까?"

"그 방법이 제일 좋겠지요."

선장이 결정을 하고 대답하려 하자 디온은 급히 옆으로 가서 그걸 저지했다.

"항복은 좋지 않은 것 같습니다."

"자넨 상단의 요리사로군. 그게 무슨 소린가?"

"저 베리얼이라는 마법사가 입고 있는 로브는 상급 마도사의 신분을 나타내는 것인데, 왼쪽에 파란 줄과 노란 줄이 학파를 나타내거든요. 파괴가 아닌 환상과 현혹 쪽이 장기인 모양입니다."

"오, 마법사에 대해 잘 아는가 보군. 계속 말해보게."

"저자는 지금 선장님께서 결정하신 것처럼 거짓 항복을 기다리고 있을 겁니다. 현혹 마법 중에 강철신용이라는 마법이

있는데, 그건 어떤 사람이 거짓으로 남을 속이려는 순간 사용
하면 걸린 사람은 거짓을 진실로 행하게 되는 효과가 있습니
다."

"그런 마법이 있다고? 허, 우리가 거짓 항복을 하면 저자가
그 강철신용이라는 걸 시전하고, 그렇게 되면 우린 진짜 항복
을 하게 된다는 거군."

"정확하게 이해하셨습니다. 그러니 거짓 항복은 절대로 안
하는 게 좋습니다. 오히려 항복을 안 하고 싸우자고 하면 저
쪽에서는 이쪽에 별다른 공격 마법을 쓰지 못할 겁니다. 현혹
쪽으로 강화한 마법사들은 아무래도 파괴 마법에는 약한 편
이거든요."

"오, 조언해 주어서 고맙네."

디온의 조언이야말로 피가 되고 살이 되는 훌륭한 것이었
다. 선장은 즉시 베리얼에게 외쳤다.

"우리는 절대로 항복하지 않을 것이오. 싸울 테면 싸워봅
시다."

"정말인가? 정말 후회하지 않을 자신이 있는가?"

"마법사를 무시하는 것은 아니지만 우리에게 칼이 없는 것
은 아니오. 희생없이 우리의 재물을 빼앗을 수는 없을 거요."

"으음, 만만치 않은 놈들이었군. 알았다. 바다는 넓고 고기
는 많으니 너희는 그냥 보내주지."

베리얼의 말이 끝남과 동시에 상대편 배는 이쪽 배로부터 점점 멀어지기 시작했다. 정말로 그냥 보내주려는 것 같았다.

역시 디온의 말대로다. 선장은 다행이라는 표정으로 디온에게 감사의 인사를 했다.

"고맙네. 저 사기꾼 마법사의 계략에 속아 넘어갔다면 큰일이 날 뻔했군."

"별말씀을요. 저도 아는 마법사한테 으연히 들었을 뿐입니다."

우연일 리가 없다. 로브만 보고 단숨에 마법사의 수준과 학파를 알아보고 그걸로 마법사의 계략을 유추해 낼 수 있다는 것은 보통 일이 아니다.

그러나 선장은 모른 척했다. 도움을 받은 사실이 중요하지 디온의 정체는 중요하지 않다. 으히려 모르는 게 좋을지도 모르는 게 사람의 숨겨진 사연이나 신분이다.

싸움이 일어나지 않고 일이 해결되자 용병들은 안심한 듯 무기를 집어넣고 저마다 술을 마시던가 도박을 하러 갔다.

디온은 주방으로 돌아가 저녁 식사 준비를 하려 했다. 그런데 상단주 플라트가 주방까지 디온을 찾아왔다.

"무슨 일이십니까, 상단주님?"

"디온 군, 선장에게 이야기 들었네. 마법에 대해 정통하다고 하더군."

"그럴 리가요. 친구 중에 마법사가 있어서 이야기를 들은 것뿐입니다."

"그런가? 아무튼 아까 그 마법사 말일세. 베리얼이라는 자. 디온 군이 보기에 실력이 어떻던가?"

"보기만 해서는 알 수 없지요. 하지만 복장으로 봐서는 꽤 실력이 있는 것 같더군요. 상급 마법사의 로브는 쉽게 구할 수 있는 게 아니고, 하급 마법사는 있어도 감히 입을 생각을 못하거든요."

"흠, 돈이 급해서 해적질을 한다고 하던데 사실일까?"

"그건 잘 모르겠습니다. 사실 상급 마법사 정도 되면 마탑이나 국가에서 충분한 지원을 받게 마련 아닐까요?"

"음, 그렇다면 무슨 다른 사정이 있다는 것이로군."

"그런데 어째서 그런 질문을 하십니까?"

"별일은 아닐세. 사실대로 말하자면 내 욕심 때문이지. 그러니까 이 정도 상단을 운영하자면 여러 분야에 걸쳐 아는 사람이 많아야 하는데 난 아직 마법사와는 별 인연을 맺지 못했네."

"아, 베리얼이라는 자를 포섭하시려고요?"

"그럴 수만 있다면 가장 좋겠지만, 그냥 어느 정도 친분만 유지할 수 있어도 꽤 도움이 될 걸세. 단지 이미 그자는 범죄를 저질러서 도움이 아닌 화가 될 수도 있겠지만 잘 생각해 보니 저자는 살인을 저지르려 하지 않고 마법으로 사기를 쳐서 재물만 빼앗아 가려 했지 않나. 본성이 흉악한 사람은 아닐 것 같단 말일세."

디온은 납득했다는 듯이 고개를 끄덕였다. 확실히 이 플라트라는 사람은 한 지방을 대표하는 상단주답게 남들과는 또 다른 안목이 있는 것 같았다.

"듣고 보니 그렇군요. 그럼 제가 다음 항구에서 좀 조사를 해볼까요?"

"가능하겠나?"

"안 될 것은 없지만 되리라는 보장도 없습니다. 아무래도 여긴 타향이라 사람들하고 대화하는 것도 쉽지 않거든요."

"그건 염려 말게. 내 사람을 하나 붙여주지. 도둑 길드 쪽에 좀 인연이 있었던 자라서 조사할 때 도움이 될 걸세."

"아닙니다. 그냥 저 혼자 하루 정도 조사를 해보죠. 대신 성과가 없어도 실망하지는 마십시오."

"오, 그래 주면 고맙겠네."

플라트는 꼭 부탁한다고 말하면서 스매 안쪽에서 작은 돈주머니를 꺼내 디온에게 건네었다. 조사비라고 했다.

열어보니 은화가 열 개 정도 담겨 있었는데, 이 정도면 꽤 후한 보수라 할 수 있었다.

"하긴, 상급 마법사 만나는 게 흔한 일은 아니지."

디온은 혼자 중얼거리면서 베리얼이라는 자를 어떻게 찾아야 잘 찾았다고 소문이 날까 고민하기 시작했다.

배는 무사히 항해를 끝마치고 폴던 항구에 도착했다. 여기서 이틀을 쉰 후에 다시 배를 타고 다음 목적지로 간다고 했다.

디온은 일단 여관에 짐을 풀고 식사를 한 후에 플라트 상단주와 약속한 대로 베리얼이라는 마법사를 찾기 위해 거리로 나서기로 했다.

그런데 그때 플라트가 보낸 사람이 마법사 베리얼에 대한 조사서를 가져왔다. 기록한 방식을 보니 도둑 길드에서 작성한 모양이다.

"일 처리가 빠르시네. 그새 도둑 길드에 가서 의뢰를 했단 말이잖아."

디온이 감탄하며 읽어보니 베리얼이라는 자에 대한 일반적인 신상명세 내용이 모두 적혀 있었다.

베리얼은 어렸을 때부터 마탑에서 수학한 자로 중급 마법사인 보다히를 스승으로 모시고 30여 년간 마법 수련에 전념, 마침내 상급의 경지에 올랐다.

그때 스승이 노환으로 타계한 후 스승의 연구실을 이어받아 계속 마법 수련을 하기를 희망했지만 마탑의 탑주 계열이

아니라 연구실을 물려받지 못하게 되자 스스로 마탑을 나왔
다.

그 뒤 토베 왕국의 도도리안 후작가에 고문 마법사로 있다
가 흑왕과의 전쟁이 발발하기 얼마 전 후작가를 나온 후 행방
을 감추었다.

후작가를 떠난 이유는 밝혀지지 않았지만 좋게 헤어진 것
은 아닌 것 같다고 주변 사람들은 조심스럽게 예측하고 있다.

마법적 특징은 주로 현혹이나 환상을 다루며 공격 마법은
거의 쓰지 않는다고 한다. 싸움 자체를 별로 안 좋아하고, 사
람을 죽인 일은 없다고 알려져 있다.

그 뒤로는 해적업을 하면서 배를 숨길 만한 곳이 표시된 지
도가 한 장 있었다. 아무래도 피해를 당한 다른 배들에 의뢰
를 해서 이미 대충은 조사한 것 같다.

"흠, 마탑에서 나온 건 그렇다 치고, 도도리안 후작가에서
갑자기 나온 이유가 문제겠군."

보통 마법사는 계약을 충실히 지키는 편이다.

특히 드라켄처럼 국가에서 세운 아카데미 출신이 아닌 마
법사들의 성지인 마탑 출신은 어릴 때부터 계약의 신성함과
엄중함을 세뇌 수준으로 주입받기 때문에 절대로 함부로 계
약하지도 않고, 또 한 번 계약한 건 거의 어기지 않는다.

후작가의 고문이 될 정도의 상급 마법사가 어느 날 갑자기 해적이 되어 돈, 돈 하는 걸 보면 문제가 있어도 확실히 있다.

디온은 크게 호기심이 생겨 가능하면 꼭 베리얼이라는 자를 찾기로 결심했다.

항구를 벗어나 다른 사람들이 없는 한적한 곳까지 온 디온은 틸리아를 뽑아 그녀에게 물었다.

"난 지금 베리얼이라는 상급 마법사를 찾고 있거든. 너 저번에 마법 감지 능력이 있다고 했지?"

[예, 주인님. 상급 마법사라면 찾을 수 있어요.]

"감지 반경은 어느 정도야?

[꽤 넓어요. 작은 도시 하나 정도는 덮을 수 있거든요.]

"오호, 그럼 계속 감지를 좀 해봐. 난 그자가 있을 만한 곳으로 이동할 테니까."

[예. 그럼 상급 마법사가 잡히면 말씀드릴게요.]

"응."

디온은 검을 손에 쥔 채로 달렸다. 보는 사람이 없으니 가진 실력을 마음껏 쓸 수 있었다. 하늘을 나는 새도 디온보다 빠르기가 쉽지 않을 것이다.

지도에 표시된 배를 숨길 수 있을 만한 장소는 모두 세 군데였는데, 보통 거길 다 뒤지려면 하루 이틀로는 부족하다. 그러나 디온은 한 시간도 안 되어 첫 번째 장소에 도착했고,

그곳에 베리얼이 없는 것을 확인하고 다시 두 시간 만에 두 번째 장소에 갈 수 있었다.

[여기예요, 주인님. 저쪽에 환상으로 숲을 만들어놓았네요.]

"오, 그렇구나."

틸리아가 말한 장소는 그냥 보면 나무간 무성하게 많은 숲이었지만 디온이 의식을 집중해서 보니 나무들이 울렁거리며 그 뒤에 숨겨진 배가 보였다.

디온은 그곳으로 다가갔다. 그런데 가까이 가려 하자 틸리아가 경고했다.

[경계 마법이 걸려 있네요. 환상 지대에 들어서면 안에서 알아차릴 거예요.]

"해제시킬 수 있어?"

[잠시만요.]

틸리아의 검날이 파란 빛을 띠며 잠깐 빛났다.

[됐어요.]

디온은 그곳을 지나 배 안으로 숨어들어 갔다. 경계를 서는 사람이 몇 있었지만 디온의 기척을 알아차리지는 못했다.

디온은 틸리아가 감지한 상급 마법사가 있는 지점으로 접근했다. 그런데 가면서 보니 선원 복장을 한 자들 대부분이 보통이 아니다. 다년간 정식으로 검을 수련한 자들의 몸놀림이 그들의 동작에 배어 있었다.

'이건 기사들이잖아!'

디온은 이번 문제가 결코 범상한 일은 아니라는 것을 알아차렸다. 그때 마법사 베리얼이 싸우지 않고 물러나고, 이쪽도 굳이 싸워서 피해를 볼 마음이 없었기에 쫓아가지 않았는데, 그때 싸움이 벌어졌더라면 이쪽이 큰 피해를 볼 뻔했다. 물론 디온이 나서지 않았을 때의 이야기다.

디온은 더욱 조심스럽게 기척을 숨기고 이동하여 마침내 문제의 마법사가 있는 방 앞에 도착할 수 있었다.

어떻게 할까 잠시 고민하던 디온은 잽싸게 문을 열고 들어가 베리얼을 비롯한 방안 사람들이 미처 반응하기 전에 틸리아의 검면으로 그들을 후려쳤다.

파파팍, 바지지직!

"커억!"

"컥!"

틸리아는 적당한 전격을 뿜어내서 이들을 죽지 않을 정도로만 감전시켰다. 상급 마법사는 항상 호신용 자동 발동 마법을 자신의 몸에 걸어두는 경우가 일반적인데, 그것도 알아서 다 해제해 버리니 베리얼은 전혀 반항도 못하고 쓰러졌다.

디온은 안에서 문을 닫았다. 순식간에 방 안의 모두를 제압해서 그런지 바깥쪽에 있는 사람들은 무슨 일이 일어났는지 알지 못했다.

"틸리아, 이 방에 결계를 쳐줘."

[예.]

우우우웅!

[소리와 충격에 대한 일방 결계예요. 외부의 소리는 들리지만 안에서 나는 소리와 충격은 외부로 전달되지 않아요.]

"오, 그거 좋네."

역시 틸리아는 편하다. 원래 에고 소드는 검이 마법을 쓸 수 있게 하기 위한 목적에서 만드는 경우가 많은데, 그 점에서 틸리아는 발군이다. 거의 대마법사 수준으로 말만 하면 웬만한 마법은 모두 쓸 수 있다.

전에는 성질이 안 좋아서 봉인을 해버리려다가 모라가 성격 개조를 해줘서 쓰는데, 쓰다 보니 너무 편하고 좋아서 거의 개인 비서 같은 느낌이었다.

디온은 쓰러진 사람들을 모두 포박하고 방 안을 뒤졌다. 그러나 방 안에는 베리얼이 개인적으로 보는 마법 관련 서적 몇 개만 있을 뿐, 이렇다 할 만한 게 나오지 않았다.

[디온님, 혹시 재물을 찾으시는 거면 이 배의 가장 아래쪽에 있는 것 같아요. 그쪽에 금하고 은이 감지되거든요.]

"어, 꼭 재물을 찾는 건 아니야. 그래도 고마워. 빼앗은 것들을 거기다 뒀나 보네."

디온은 이제 베리얼을 깨우기로 했다. 일단 준비해 온 밧줄로 베리얼을 꽁꽁 묶은 후 그가 몸에 끼고 있는 마법 물품을 모두 벗겨냈다.

그다음에 뒷목을 살살 주무르며 몸을 부드럽게 흔드니 베리얼은 조금씩 의식이 돌아오는 듯 신음성을 흘렸다.

"으으, 여긴?"

"깨어났군요, 해적 마법사 베리얼 씨."

"헛, 너는?"

"당신을 잡으러 온 사람이라고 해두죠."

"으으, 어떻게 여길 안 거지?"

"환상 정도로는 이렇게 큰 배를 감추기가 쉽지 않아요. 이제 질문은 내가 할 테니 당신이 대답해요. 왜 말도 안 되는 해적질을 한 거죠?"

"무슨 소리냐?"

"질문을 내가 한다고 했는데, 안 되겠네요."

디온은 틸리아로 베리얼의 옆구리를 살짝 찔렀다.

바지지지직!

"아아아아악!"

"별로 고문하고 싶은 마음은 없는데, 조금 더 할까요?"

바지지지지직!

"아아아아아아아! 그만! 그만!"

이 정도 전기 고문에 항복하다니, 베리얼이라는 자는 따로 첩보 훈련 같은 것을 받지 않은 순수한 마법사인가 보다.

디온은 여전히 틸리아를 베리얼의 옆구리에 댄 채로 말했다. 여차하면 다시 손을 쓰겠다는 강력한 의지 표명이었다.

방 안에 들어오기 전에 이미 독하게 나가기로 다짐했다. 수십 명의 기사 급 인원과 상급 마법사가 동원된 일에 끼어든 이상 대충 할 수는 없었다.

"그럼 말해봐요."

"으으, 돈이 필요했다. 비밀 독립 연구실을 차리기 위한 자금만 확보하면 바로 세상과 인연을 끊고 평생 마법 연구만 하며 살 생각이었다."

"거짓말."

바지지지지지지직!

"끄아아아아아아!"

"진실을 얘기해요."

"지, 진짜다!"

바지지지지지지지직!

베리얼은 상황 파악을 못하고 계속 비밀 연구실 소리를 하다가 몇 번이나 더 고생을 했다. 디온은 아무 말 없이 베리얼이 헛소리를 할 때마다 그의 몸에 전기를 흘려 넣었다.

결국 베리얼은 버티지 못하고 울면서 다른 사연을 이야기했다.

"난 계약한 귀족이 시키는 대로 군자금을 모아 그럴듯한 해적단을 만들기로 했다. 그러니까 그 귀족의 숨겨진 전력이 되려는 거였다."

"이제야 좀 그럴듯하군요. 최소한 밖에 있는 사람들이 설명이 되니까. 그런데 그것도 거짓말이네요."

바지지지지지직!

베리얼이 대답할 때마다 틸리아는 거짓말 탐지 기능을 발휘하고 있었다. 그걸 모르는 베리얼은 필사적으로 말을 꾸며 댔지만 거짓이 진실이 될 수는 없는 법. 계속해서 몸만 혹사 당했다.

이제는 거의 초주검이 되어 전기를 흘리지 않아도 몸을 부들부들 떠는 베리얼은 그래도 진실을 말하지 않았다. 거짓을 말해도 소용없다고 판단했는지 입을 다물고 흐느껴 울기만 했다.

디온은 한숨을 내쉬며 말했다.

"대단하네요. 고통에 대한 훈련도 전혀 받지 않았는데 끝까지 사연을 말하지 않는 걸 보면 정말 그럴듯한 사연이 있는 것 같은데, 어쩔 수 없이 현혹 마법을 쓸게요."

"자, 잠깐! 차라리 나를 죽여라!"

"싫어요."

　단호하게 거절한 디온은 틸리아에게 명해 베리얼의 의식을 제압하라고 했다. 그러자 틸리아는 강력한 마족 전용의 현혹 마법을 사용해 순식간에 베리얼의 의식을 점령해 버렸다.

　[이자가 자기 머리에 몇 가지 방어 마법을 펼쳐 놓았는데 그냥 제거했어요.]

　"아, 그래서 차라리 죽이라고 했던 거구나."

　[예, 보통 현혹 마법을 걸려고 했으면 아마 미쳤을 가능성이 커요.]

　"헤에, 그런 독한 짓을 스스로 했단 말이야?"

　역시 이번 일은 예상보다 훨씬 문제가 심각하다. 디온은 몽롱한 눈으로 멍하니 있는 베리얼에게 물었다.

　"이제 진실을 말해봐요. 왜 이런 일을 벌인 거죠?"

　"도도리안 후작의 음모로 마탑에 갇힌 왕자님을 구하려 했다."

　"도도리안 후작이 무슨 음모를 꾸민 거죠?"

　"자세히는 모른다. 왕권을 약화시키고 자신이 국가의 실권을 장악하려 한다고 생각했는데 그것도 아닌 듯했다. 그자의 목적은 바로 토베 왕국을 망하게 하는 데에 있다."

　"흠, 지금 거기는 흑왕이라는 자와 전쟁 중이라고 했죠? 그럼 도도리안 후작은 흑왕의 수하인 건가요?"

　"그럴 가능성이 크다. 확실한 건 마탑이 이 일에 깊은 관계를 가지고 있다는 것이다. 그 증거로 왕자님에게 마법사로서 천부적인 재능이 있다고 하면서 마탑의 세 명의 장로 중 한 명을 형식적인 제자로 받아들인 후 마법은 안 가르쳐 주고 세뇌를 시키려 했다. 난 그걸 알고 남들 몰래 손을 써서 왕자를 빼돌린 후에 마탑을 나왔다. 그리고는 토베 왕국 내에서 이 일의 원흉을 찾다가 도도리안 후작이 흉수라는 걸 알게 되고 그의 부하로 들어갔었다."

"그렇게 된 거로군요. 그런데 마탑에서 왕자를 빼돌렸는데 의심도 안 받고 거길 나왔다고요?"

"내가 직접 손을 쓴 건 없다. 그저 왕자에게 공간미로감옥에 뛰어들라고 조언해 줬을 뿐이다."

"어, 마탑의 공간미로감옥이라면, 그 한번 들어가면 탑주의 허락 없이는 못 나온다는 그곳인가요?"

"그렇다. 그곳은 공간이 뒤틀린 곳이라 소환 주문이 있어야 나올 수 있는데, 그것도 들어갈 때에 등록한 자만 나올 수 있고, 왕자님처럼 스스로 뛰어들어 간 사람은 소환도 안 되고 영원히 그 안에서 헤매게 되어 있다. 그래서 마탑 사람들도 왕자를 죽었다고 생각한다."

"흠, 그럼 어떻게 구하려고 했어요?"

"사실은 내가 미리 왕자를 등록해 놓았다. 그러니 내가 거길 가면 왕자를 소환할 수 있다."

"그래서요?"

"이번에 해적질을 하면 마탑에 남아 있는 내 친구가 나를 잡으러 올 거다. 후작이 이미 나를 의심해서 마탑에 잡아달라고 요청한 상태다. 나는 잡히자마자 재판도 없이 공간미로감옥에 들어가는 벌을 받게 될 테고, 그때 왕자는 아무도 모르게 그곳에서 나와서 여기 있는 사람들과 함께 왕국을 재건할 거다."

"그러니까 왕자를 꺼내기 위해 자신은 공간미로감옥에 갇히겠다는 거군요. 쩝. 충신이네."

결국 조국을 멸망시키려는 음모를 알게 된 마법사가 일신을 희생해서 왕자를 구하고 망해가는 조국을 재건하는 데 일조하겠다는 이야기다.

디온은 이런 자에게 너무 심하게 손을 썼다고 후회하며 한숨을 내쉬었다.

"틸리아, 이제 이 사람 마법 풀어줘."

[예.]

틸리아가 대답을 하고 검신이 파랗게 한번 빛나자 곧 베리얼은 신음성을 내며 의식을 잃었다.

디온은 다시 조심스럽게 베리얼을 깨운 후 포박을 풀어주었다.

"미안해요. 사정이 그런 줄 모르고 좀 심하게 손을 썼네요."

“으으, 내가 말을 한 건가? 그런데 어떻게 내가 멀쩡하지?”

“제가 알고 있는 마법이 마탑 거랑은 좀 달라요. 마법 해제나 현혹 둘 다요.”

“그럼 내 금제 마법을 해제했다는 건가?”

“그래요.”

“넌 누구지? 상급 마법사인 내가 걸어놓은 금제 마법을 아무런 부작용도 없이 해제할 수 있다는 건 상식적으로 말이 안 된다.”

“안 되긴요. 저 사실은 레이어스 출신인데요. 흑마법이 현혹 쪽에는 독보적이잖아요.”

“네가 흑마법사라고?”

“그건 아니고, 흑마법사를 좀 알아요. 대마법사 급으로 말이죠. 하하하!”

“으으음, 그래도 그렇지.”

“자잘한 건 나중에 따지고요, 어떻게 할 거예요? 해적질을 계속할 거예요?”

“그건 어쩔 수 없다. 앞으로 몇 건은 더 해야 해.”

“쩝, 알았어요. 알아서 하세요. 전 이만 가볼게요.”

“잠깐! 이대로는 못 간다.”

“저를 막을 수는 없어요. 쓸데없는 데 전력 낭비하지 마시고 그냥 계획대로 일 추진하세요. 전 모른 척할 테니까요."

디온의 말에 베리얼은 잠시 주저했다.

확실히 아무도 모르게 이곳까지 와서 그를 제압하고 현혹 마법으로 자백까지 받아내는 자를 건드리는 건 좋지 않다.

디온이 적인지 아닌지는 나중에 확인해 봐야겠지만, 적어도 지금 보이는 행동으로 볼 때 건드리지만 않으면 적이 되지는 않을 듯했다.

"그럼 전 갈게요."

"잠깐."

"뭔데요?"

"차라리 진실을 알았으니 말하기도 쉽겠군. 내 부탁을 할 테니 우리에게 협조해 주는 것이 어떤가? 왕자님께서 나오시면 그대를 중히 쓰도록 내 추천서를 남겨놓겠네."

"저도 심각한 일이 좀 있는 몸이라서 다른 나라의 일에 끼어들 여유가 없네요. 전 곧 상단을 따라 북으로 가서 드라켄 제국 쪽으로 갈 겁니다."

"그러지 말고 도와주게. 내가 그곳에 갇히면 왕자님을 보필할 사람이 필요하네. 특히 마탑의 마법사들로부터 왕자님을 지킬 사람이 없어. 그런데 자네는 어쩌면 그게 가능할지도 모르겠다는 생각이 드는군."

"저기요, 저보고 남의 나라 일에 끼어들어서 마탑하고 원수가 되라고 하시면 좀 곤란하거든요."

해적질을 한 자를 놔두고 그냥 간다는데 그걸 오히려 도와 달라니 기가 막혔다. 그것도 마탑을 상대로 말이다.

마탑은 국가의 굴레를 벗어난 순수한 마법적 학문 수양의 메카다. 하지만 그건 표면적인 문구일 뿐, 실상은 그곳이야말로 대륙에서 가장 흉악한 곳 중 하나라고 아는 사람은 서슴없이 말한다.

마탑에 있는 마법사 중 상당수는 제정신이 아니다.

이게 정설이다. 생체 실험이 아닌 인체 실험이 비밀리에 성행하고, 아무리 위험한 일도 자신의 마법력을 높일 수 있다면 서슴지 않고 행할 정도로 마법에 미쳐야 그곳에서 살아남을 수 있다.

순수한 사람이 없는 것은 아니지만 그런 자들은 파벌에 밀려 점점 도태되어 결국 자신의 연구실에 갇혀 세상사에 관심을 끊게 되는 경우가 대부분이다.

마탑의 매드 매지션 이야기는 한두 가지가 아닌데, 그중에서 강화인간 시리즈는 웃겨도 웃지 못할 이야기인 게, 단순한 허구가 아닌 실제로 일어난 일이기 때문이다.

그런데 마법으로 인간의 육체를 강화하는 실험 중에 정말로 굉장한 자들이 몇 나타나긴 했는데, 그게 돌연변이나 마찬

가지여서 같은 방법을 써도 대부분 실패해 버린다고 한다.

그래서 결국 마탑에서도 강화인간 실험을 중지했다. 하지만 지금도 비공식적으로는 그 실험이 계속되고 있다는 소문도 있다.

아무튼 미친놈은 안 건드리는 게 상책이라고, 레이어스의 여황이자 디온의 친모인 사비너 1세도 마탑과는 가능하면 척을 지지 않고 좋은 관계를 유지해 왔다.

그런 만큼 마탑이 수상한 짓을 해도 디온이 함부로 끼어들 수는 없었다. 또 거기 신경 쓸 겨를도 없다. 이쪽은 역사상 최대의 이슈인 마왕 현신 사건의 당사자인 것이다.

"죄송합니다. 저는 정말로 거기 관여할 수 없으니 이만 갈게요."

디온은 정중하게 사과와 거절을 하고 문을 열고 나가려고 했다. 그런데 그때 베리얼이 매달리듯 사정했다.

"상황이 절망적인 것은 나도 아네. 왕자님을 구해냈다고 해도 흑왕 투투가 이미 토베 왕국의 수도를 점령했으니 이제 토베 왕국의 미래는 극히 불투명하다고 해야겠지. 하지만 제발 도와주게. 억지라는 것은 나도 알지만, 그래도 좀 도와주게."

"흑왕 투투?"

디온은 문고리에서 손을 떼고 돌아섰다.

“자세히 좀 얘기해 보세요. 흑왕이라는 자의 이름이 투투라는 말씀이신가요?”

이건 또 무슨 미칠 것 같은 XX 소리냐. 디온은 입 밖으로 튀어나오려는 욕설을 가까스로 참았다.

『흑사자마왕』 4권에 계속…

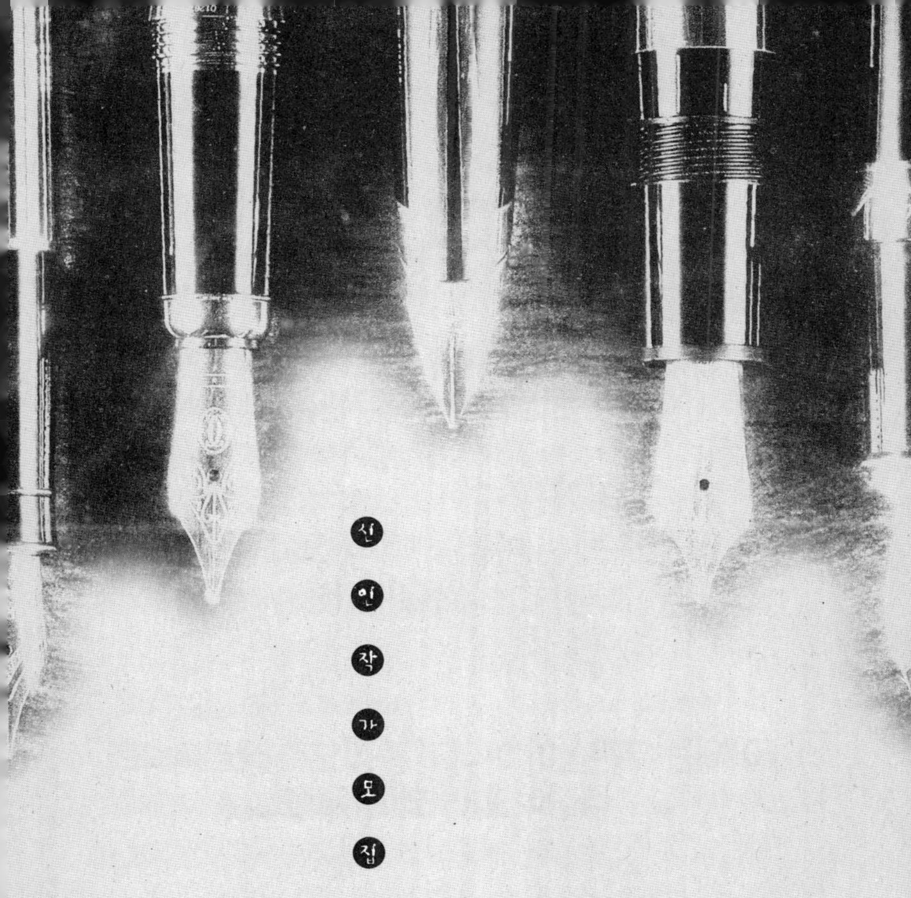
신

인

작

가

모

집

시작이 반이라고 했습니다.
작가의 길어 대한 보이지 않는 벽을 과감히 깨뜨리십시오!
청어람은 작가 지망생 여러분들의
멋진 방향타가 되어드리겠습니다.

저희 도서출판 청어람에서는
소설 신인 작가분들을 모집합니다.
판타지와 무협을 사랑하시는 분들의 많은 참여를 바랍니다.
소정의 원고(A4용지 150매)를 메일이나 우편으로 보내주시면
검토 후 출판 여부를 알려드리겠습니다.

주소:경기도 부천시 원미구 심곡2동 163-2 서경B/D 2F 우편번호 420-822
TEL:032-656-4452 · FAX:032-656-4453
http://www.chungeoram.com
e-mail:chungeoram@chungeoram.com

저작권 보호!!

장르문학의 성장에 힘이 되어주십시오.

저작물의 무단 전재와 복제, 불법 다운로드! 이것은 관심이 아니라 무관심입니다!

작가님들은 창의적 열정과 시간을 투자해 자신의 꿈과 생계를 유지합니다.
한 권의 책을 만들어 많은 사람들은 자신의 인생과 미래를 설계합니다.

저작물 속에는 여러 사람의 노력과 희망이 담겨 있습니다!

저작물의 무단 전재와 복제, 불법 다운로드는 여러 사람들의 꿈과 생계를
위협함으로써 장르문학을 심각한 상황에 빠뜨리고 있습니다.

이제는 무관심이 아니라 관심으로 장르문학의 성장에 힘이 되어주세요.

[도서출판 **청어람**은 항시적인 저작권 보호를 통해 장르문학과
여러분의 희망을 지키겠습니다.]

저작물의 무단 전재와 복제, 불법 다운로드는 법률에 의해 처벌받을 수 있습니다.
저작권법 제97조의5 (권리의 침해죄)
저작재산권 그 밖의 이 법에 의하여 보호되는 재산적 권리(제73조의 4의 규정에 의한 권리를
제외한다)를 복제·공연·방송·전시·전송·배포·2차적 저작물 작성의 방법으로 침해한
자는 5년 이하의 징역 또는 5천만 원 이하의 벌금에 처하거나 이를 병과(동시에 두 가지 이상의
형벌을 지우는 일)할 수 있다.

도서출판 **청어람**

「무림포두」, 「염왕」의 작가 백야!
그가 칠 년 동안 갈고닦아 온 역작 「취불광도」!

강호 일신(一神), 검신 한담(邯罩).
오직 검 한 자루로 무림을 지배하고 다스리는 인물.
강호를 지배하는 또 하나의 손, 또 하나의 검…….

기이한 파계승의 손에서 자란 나정은 스승과 함께 떠난 무림행에서
이십 년 전의 혈난을 만들어낸 금단의 무공을 만나게 되고……

그에게 잠재되어 있던 거대한 힘이 운명의 안배에 따라 깨어난다!

어린 동자승, 나정이 만들어가는 무림 기행!
또 하나의 전설이 이제 시작된다!

無籍門主

무적문주

눈매 新무협 판타지 소설

강호가 혼란할 때마다 나타났던 전설의 문파
강호인들은 그들을 무적문이라 부른다.

마도천하의 시대. 명문정파 비검문은 유일한 계승자인 설호를 보호하기 위해
표운성이라는 청년을 찾는데……

"혜혜, 돈 좀 주셔야겠는데요?"

결핏하면 돈! 돈! 돈!
세상에서 가장 좋은 것도 돈이요, 가장 귀한 것도 돈이다.

그를 은밀히 따르는 어둠 속의 사군자(死軍者)들
서서히 드러나는 무적문의 실체

"은자의 은혜만 받는다면 나 표운성, 이루지 못할 것은 없다!"
돈에 환장한 문주가 나타났다!

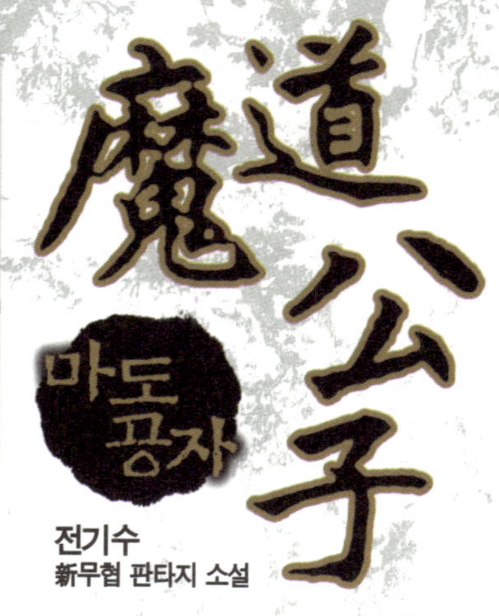

魔道公子
마도공자
전기수
新무협 판타지 소설

유행이 아닌 자유추구 -
WWW.chungeoram.com
Book Publishing CHUNGEORAM